# Je ne sais plus pourquoi je t'aime

**Gabrielle Zevin**

Gabrielle Zevin vit à New York. Depuis 2000, elle a travaillé comme scénariste, entre autres pour *Conversation(s) avec une femme*. *Je ne sais plus pourquoi je t'aime* est son second roman après *Une vie ailleurs*.

**Du même auteur :**
- Une vie ailleurs
- La mafia du chocolat
- Caprice de fan, *in* Amours d'Enfer

GABRIELLE ZEVIN

# Je ne sais plus pourquoi je t'aime

Traduit de l'anglais (américain)
par Valérie Le Plouhinec

Titre original :
*Memoirs of a teenage amnesiac*
(Première publication : Farrar, Straus and Giroux, New York, 2007.)
© Gabrielle Zevin, 2007.
Tous droits réservés, y compris droits de reproduction totale
ou partielle, sous toutes ses formes.
© Editions Albin Michel, 2009, pour la traduction.

© Librairie Générale Française, 2012, pour la présente édition.

*Pour mon éditrice, Janine O'Malley,
à l'occasion de son mariage.*

Avant tout, mon histoire est une histoire d'amour.

Et comme la plupart des histoires d'amour, celle-ci met en jeu le hasard, la gravité et un coup sur la tête.

Tout a commencé par une pièce lancée en l'air.

La pièce est retombée côté pile. J'avais choisi face.

Si les choses s'étaient passées comme je le voulais, il n'y aurait peut-être pas d'histoire. Juste un chapitre ou une phrase dans un livre dont le sujet général ne serait pas encore décidé. Peut-être ce chapitre aurait-il contenu le plus léger des murmures d'amour, mais peut-être pas.

Parfois, on est obligé de perdre.

J'étais

# 1

S'il en était allé autrement, je m'appellerais Natalia ou Natacha, et j'aurais l'accent russe et les lèvres gercées toute l'année. Je serais peut-être même une enfant des rues prête à troquer n'importe quoi contre un blue-jean. Mais je ne suis pas Natalia ni Natacha, parce qu'à l'âge de six mois on m'a emmenée de Kratovo, district de Moscou, jusqu'à Brooklyn, circonscription de New York. Je n'ai aucun souvenir du voyage ni même d'avoir vécu en Russie. Ce que je connais de ma vie d'orpheline se limite à ce que m'en ont dit mes parents, c'est-à-dire ce qu'on leur en a raconté, qui est très vague : une petite fille âgée d'une semaine trouvée dans un étui de machine à écrire vide, sur l'avant-dernier banc d'une église orthodoxe. L'étui donnait-il un indice sur la profession de mon père biologique ? L'église signifiait-elle que ma mère était dévote ? Comme je n'en saurai jamais rien, je préfère ne pas me poser de questions de ce genre. De toute manière, je déteste les histoires d'orphelins. Elles sont toutes pareilles, mais cela n'empêche pas que la plupart des contes en soient pleins. À croire que tout le monde, sur cette Terre, est orphelin.

Je n'ai pas souvenir d'une époque où j'aurais ignoré que

j'étais adoptée. Il n'y a jamais eu de grande discussion du style « nous avons quelque chose à te dire ». Mon adoption était un simple fait parmi d'autres, comme être brune ou ne pas avoir de frères et sœurs. J'ai su que j'étais adoptée avant même de savoir ce que cela signifiait réellement. Pour comprendre l'adoption, il faut avoir quelques notions de base sur la reproduction sexuée, que je n'ai pas acquises avant le CE2, lorsque Gina Papadakis a apporté à l'école l'exemplaire curieusement écorné des *Joies du sexe* de ses grands-parents. Elle l'a fait circuler pendant l'heure du déjeuner, et alors qu'à peu près tous les autres s'étranglaient en réalisant que leurs parents avaient fait *ça* pour les fabriquer *eux* (tous ces poils... et puis les personnages dessinés ne manifestaient pas une once de joie), je me sentais parfaitement bien, un peu supérieure, même. J'étais peut-être adoptée, mais au moins mes parents ne s'étaient pas abaissés à cela pour m'avoir.

Vous vous demandez sans doute pourquoi ils ne s'y sont pas pris à la manière traditionnelle. Ce n'est pas que ça vous regarde, mais ils ont essayé pendant un moment sans arriver à rien. Au bout d'un an environ, papa et maman ont décidé que, plutôt que d'investir à peu près un milliard de dollars dans des traitements de fertilité qui ne marcheraient peut-être même pas, il valait mieux consacrer cet argent à aider une pauvre malheureuse comme moi. Et voilà pourquoi vous ne tenez pas entre vos mains, en ce moment même, l'histoire véridique et édifiante d'une orpheline de Kratovo appelée Natalia qui, s'il en était allé autrement, s'appellerait peut-être Nancy ou Naomi.

À vrai dire, je pense rarement à tout cela. Si je vous le raconte maintenant, c'est uniquement parce que, d'une certaine manière, je suis une amnésique-née. Il a toujours fallu que je remplisse les trous.

Mais décidément, je vais trop vite.

Lorsqu'il a appris la nouvelle de mon accident (à défaut d'un terme plus approprié), mon meilleur ami, Will, que j'avais complètement oublié à ce moment-là, m'a écrit une lettre. (Je ne suis pas tombée dessus tout de suite, parce qu'il l'avait glissée dans la boîte d'un CD qu'il m'avait gravé.) Il avait hérité d'une vieille machine à écrire noire de son grand-oncle Desmond, un ancien correspondant de guerre paraît-il, même si Will n'aurait su dire précisément de quelle guerre il s'agissait. Il y avait une entaille dans le chariot, que Will attribuait au probable ricochet d'une balle. Quoi qu'il en soit, Will aimait taper des lettres sur cette machine, même s'il lui aurait été bien plus facile d'envoyer un e-mail ou de passer un coup de fil. Précisons que ce garçon n'était pas réfractaire à la technologie ; il appréciait juste certaines choses oubliées par les autres.

Il faut que je vous dise que le rapport ci-dessous, bien qu'étant le seul document relatant les événements ayant mené à mon accident, ne traduit pas grand-chose de la personnalité de Will. Cela ne lui ressemblait pas du tout d'être si coincé, si raide, voire barbant. Ses notes de bas de page donnent une meilleure idée de lui, mais de toute manière la moitié d'entre vous ne prendra sans doute pas la peine de les lire. Je sais que moi, je ne l'ai pas fait. Sur le moment, les notes de bas de page me faisaient presque le même effet que les histoires d'orphelins.

Chef :

La première chose que tu dois savoir sur moi, c'est que jKe me souviens de tout, et la deuxième, c'est que jKe suis sans doute la personne la plus honnête du monde. jKe suis conscient qu'on ne peut pas faire confiance à quelqu'un qui se prétend honnête et, sachant cela, jKe ne dirais pas cela de moi-même en temps normal. Si jKe te le dis maintenant, c'est seulement parce que jKe sens que c'est une chose que tu dois savoir.

Dans l'espoir de me rendre utile auprès de toi, jK'ai reconstitué la chronologie des événements ayant mené à ton accident. Elle te sera peut-être de quelque utilité, ou non, et tu la trouveras ci-dessous.

18 h 36. Naomi Porter et William Landsman, corédacteurs en chef de l'Album annuel du lycée Thomas Purdue, lauréat d'un prix national[1], quittent les bureaux du *Phénix*[2].
18 h 43. Porter et Landsman arrivent sur le parking du lycée, Porter se rend compte qu'ils ont oublié l'appareil photo au bureau.
18 h 46. Une discussion[3] s'ensuit à propos de qui doit retourner au bureau chercher l'appareil. Landsman propose de régler la question en tirant à pile ou face[4], proposition acceptée par Porter. Landsman choisit face, mais Porter décrète[5] que face, c'est elle.

---

1. Prix de l'Association nationale de la presse lycéenne, mention d'honneur.
2. Alors que pour les simples mortels la rentrée a lieu après le premier lundi de septembre, l'année scolaire commence en août pour l'équipe de foot, la fanfare scolaire, et nous. Et le club d'ornithologie. Nous devions photographier la première réunion de la Société d'ornithologie de Tom-Purdue le lend. matin.
3. Nous « discutons » souvent. D'autres appelleraient peut-être cela « se disputer ».
4. Ce qui soulève toutes sortes de questions philosophiques intéressantes sur lesquelles je m'interroge encore, mais que je préfère ne pas développer dans l'immédiat.
5. Là encore, « dispute ».

Landsman s'incline, comme c'est souvent le cas. Landsman lance la pièce, Porter perd.

<u>18 h 53</u>. Landsman monte en voiture et rentre chez lui ; Porter retourne au *Phénix*.

<u>19 h 02</u>[1]. (env.) Porter arrive au bureau du *Phénix*, où elle récupère l'appareil photo.

<u>19 h 05</u> (env.) Porter tombe sur les marches extérieures du lycée. Porter se cogne la tête sur la dernière marche, mais parvient à sauver l'appareil photo[2]. Porter est découverte par un certain jKames Larkin[3].

Comme jKe te l'ai dit, jKe suis à ta disposition pour répondre à toutes tes questions à mesure qu'elles se présentent.

jKe reste, comme toujKours, ton fidèle serviteur.

William B[4]. Landsman

P.-S. Toutes mes excuses pour le « jK ». Tu as déjà compris, jKe l'espère, que cette chose est en fait la lettre qui suit le « i » dans l'alphabet. Ma machine à écrire a un défaut qui fait que chaque fois que jKe tape cette lettre, le « K » majKuscule vient avec.

---

1. Malheureusement, à partir de là j'ai dû me reposer sur les récits de tierces personnes, comme ton père et l'autre, là, James.

2. L'appareil était un Oneiric 8000 G Pro, dont nous venions de faire l'acquisition pour $ 3 599,99 HT plus les frais de port, ce qui nous avait coûté l'intégralité de la recette de notre vente de papier cadeau de l'année dernière. Toute l'équipe du *Phénix* t'en remercie.

3. Je ne sais pas ce qu'il faisait là ce jour-là.

4. Tu as également oublié, je suppose, que le « B » est l'initiale de Blake, bien que William Blake soit sans doute le poète que j'apprécie le moins, d'ailleurs c'est à peine si je le considère comme un artiste. La responsable de ce nom, *alias* ma mère, sera aussi ta prof d'anglais, *alias* Mrs Landsman.

Évidemment, je n'avais aucun souvenir de tout cela. Ni du tirage à pile ou face, ni de l'appareil photo. Et certainement pas non plus de mon meilleur ami, le vrai l'unique, j'ai nommé William Blake Landsman.

La première chose qui me soit revenue à l'esprit, c'est « l'autre, là », James Larkin, même si je ne connaissais même pas son nom à ce moment-là. Et je ne me rappelais pas non plus James dans son ensemble, James en soi. Juste sa voix, parce que j'avais encore les yeux fermés et que j'étais endormie, plus ou moins. Ou à moitié endormie, comme quand le réveil sonne et qu'on réussit, pendant un petit moment encore, à faire comme si on ne l'entendait pas. On entend la radio et la douche ; on sent l'odeur du café et du pain grillé. On sait qu'on va se réveiller, ce n'est plus qu'une question de temps ; il ne manque plus qu'une petite poussée de quelqu'un ou quelque chose pour qu'on se lève.

Sa voix était basse et posée. J'ai toujours associé ce genre de timbre à l'honnêteté, mais je suis sûre qu'il existe des tonnes de menteurs à la voix grave qui attendent tranquillement, tapis dans l'ombre, des proies faciles comme moi. Même à demi inconsciente, je conservai tous mes *a priori* et décidai de croire chaque mot que prononcerait James.

– Monsieur, je m'appelle James Larkin. Malheureusement sa famille n'est pas là, mais je suis son petit ami, et je vais monter avec vous dans cette ambulance.

Je n'entendis personne discuter avec lui. Son ton était sans réplique.

Quelqu'un me prit la main, et j'ouvris les yeux. C'était lui, même si je ne connaissais pas son visage.

– Tiens tiens, bonjour, me dit-il doucement. Bon retour parmi nous.

Je ne pris pas le temps de me demander où j'étais allée pour qu'on se félicite de mon retour. Je ne me demandai même pas pourquoi je me trouvais dans une ambulance avec un garçon qui prétendait être mon petit ami alors que je ne le reconnaissais pas au premier coup d'œil.

Si ridicule que cela puisse paraître, j'essayai de sourire, mais je ne crois même pas qu'il s'en soit aperçu. Ma tentative n'avait pas duré assez longtemps.

La douleur arriva. Le genre de douleur qui ne se compare à rien ; le genre de douleur qui ne laisse de place à aucune autre pensée. L'épicentre se concentrait dans la zone située au-dessus de mon œil gauche, mais cela importait peu ; les vagues qui me traversaient le reste de la tête étaient presque pires. J'avais l'impression que mon cerveau était trop gros pour mon crâne. J'avais l'impression que j'allais vomir, mais je me trompais.

– S'il vous plaît, est-ce que quelqu'un pourrait lui donner un calmant ? demanda James sans que j'aie besoin de rien dire.

Un secouriste me braqua une lumière dans les yeux.

– Pas avant qu'elle ait vu un médecin, et même peut-être qu'elle ait passé un scanner. Mais c'est formidable qu'elle soit déjà réveillée. Plus que cinq minutes, d'accord, Naomi ?

– Cinq minutes *avant quoi* ? demandai-je en m'efforçant d'avoir l'air patient.

Avant Noël ? Avant que ma tête explose ?

– Pardon. Avant qu'on arrive à l'hôpital, me répondit le secouriste.

La douleur dans ma tête était tellement intense à ce moment-là que j'eus envie de pleurer. Et c'est sans doute ce que j'aurais fait si je ne m'étais pas dit que cela risquait de me faire encore plus mal.

– Vous êtes sûr et certain qu'elle ne peut pas prendre de calmants ? s'écria James.

– Distrayez-la. Racontez-lui une blague, quelque chose. On est presque arrivés.

C'est tout ce qu'il avait trouvé comme réponse : agaçante et inutile.

– Ça m'étonnerait que ça marche, répliqua James.

– Le rire est le meilleur remède, dit le secouriste.

Je suppose qu'il appelait cela une plaisanterie, mais cela n'arrangea pas mon mal de crâne.

– C'est vraiment... (James s'inclina vers moi. Il sentait la fumée et les draps fraîchement lavés, laissés à sécher au soleil.) ... n'importe quoi, mais tu veux que je t'en raconte une quand même ?

Je hochai la tête. J'aurais vraiment préféré un médicament.

– Bon, il n'y en a qu'une qui me revienne, et elle n'est pas terrible. Certainement pas assez bonne pour supprimer la douleur. Alors... voilà, c'est un type qui va chez le psychiatre, et il dit : « Ma femme est folle. Elle se prend pour une poule. » Le psy lui répond : « Eh bien, faites-la enfermer. » Et le type dit...

Juste au moment où il allait révéler la chute, une vague de douleur particulièrement impressionnante m'explosa dans la tête. J'enfonçai les ongles dans la paume de James et lui entaillai la peau jusqu'au sang. Comme j'étais incapable de parler, je tentai de lui télégraphier mes excuses par les yeux.

– T'en fais pas, me dit James. Je m'en remettrai.

Et il me fit un clin d'œil.

Aux urgences, une femme médecin aux yeux tellement rouges que j'étais fatiguée rien qu'à la regarder demanda à James combien de temps j'étais restée inconsciente, et il répondit vingt et une minutes, il savait exactement. Il avait tout vu.

– À Tom-Purdue, notre lycée, il y a un escalier devant l'entrée. Elle était en train de descendre, et la seconde d'après elle vole vers moi la tête la première, comme une météorite.

– C'est normal que je ne me souvienne pas de ça ? demandai-je.

– Oui oui, dit la doctoresse. C'est parfaitement ordinaire d'oublier temporairement des séquences liées à un incident.

Elle me braqua une lumière dans les yeux, et je tressaillis.

À un moment, une autre doctoresse et un infirmier nous rejoignirent, je ne sais pas précisément quand. Je ne me rappelle pas bien à quoi ils ressemblaient non plus. Ils formaient une brume indistincte d'uniformes pastel et blancs, comme des dessins à la craie sur un trottoir sous la pluie.

Le second médecin déclara qu'elle devait me poser quelques questions, des questions d'ordre général ; rien sur l'accident.

– Ton nom complet ?
– Naomi Paige Porter.
– Où habites-tu ?
– Tarrytown, dans l'État de New York.
– Bien, Naomi, c'est bien. En quelle année sommes-nous ?
– Deux mille... euh... 2000, peut-être ?

Même en le disant, je savais que ce n'était pas juste. Parce que si on avait été en 2000, j'aurais eu douze ans, et j'étais sûre de ne pas avoir douze ans. Je le sentais. J'avais l'impression d'avoir... Je n'aurais pas su dire l'âge exact, mais je savais que je me sentais plus vieille. Dix-sept ans. Dix-huit. Je sentais bien que mon corps n'avait pas douze ans. Mon esprit non plus n'avait pas douze ans. Et James était là, James en chair et en os – James faisait bien dix-sept ans, peut-être plus – et je me sentais du même âge que lui, pareille à lui. Mes yeux passèrent de la première doctoresse à la seconde, puis à l'infirmier : visage impassible, tout le monde.

L'un des médecins dit :

– Bon, c'est très bien pour l'instant. Tâche de ne pas t'inquiéter.

Ce qui m'inquiéta, évidemment.

Je décidai que ce que j'avais de mieux à faire était de rentrer chez moi et de dormir en attendant que ça passe. J'essayai de m'asseoir sur mon lit d'hôpital, ce qui me déclencha des élancements atroces dans la tête.

– Hé ho, Naomi, où vas-tu comme ça ? dit l'infirmier.

James et lui me rallongèrent doucement. La doctoresse me répéta : « Tâche de ne pas t'inquiéter. »

Pendant que les deux médecins traversaient les urgences pour aller voir d'autres patients, je les entendis se chuchoter toutes sortes d'expressions alarmantes : « dommages traumatiques légers au cerveau », « spécialiste », « scanner », et « possible amnésie rétrograde ». J'ai tendance à affronter les problèmes en n'affrontant rien du tout, si bien qu'au lieu d'exiger qu'on m'explique immédiatement ce qui n'allait pas, je me contentai de les écouter jusqu'à ce qu'elles soient hors de portée, puis je décidai de me concentrer sur des sujets plus tangibles.

James disait toujours qu'il était moche, mais je pense qu'il savait que c'était faux. La seule chose négative qu'on eût pu lui trouver était sa maigreur, mais ça n'avait aucune importance. Peut-être parce que je n'arrivais à me souvenir de rien d'autre, j'avais le sentiment qu'il fallait que je le mémorise jusqu'au moindre détail. Sa chemise blanche effilochée était ouverte, ce qui me permettait de voir qu'il portait un très vieux tee-shirt de concert en dessous, tellement délavé que je n'aurais même pas pu dire de quel groupe il s'agissait. Son caleçon dépassait de son jean, je pus constater qu'il était écossais vert foncé. Ses doigts étaient longs et fins, comme le reste de son corps, et quelques-uns étaient tachés d'encre noire. Il avait les cheveux humides de sueur, ce qui lui donnait l'air plus brun qu'il ne l'est en réalité. Il portait autour du cou un cordon de cuir tout simple auquel pendait un anneau d'argent, et je me demandai si cette bague était à moi. Son col de chemise était à moitié relevé, et je remarquai du sang sur le revers.

– Tu as du sang sur le col, dis-je.

– Hum... c'est le tien.

Il rit.

Je ris, moi aussi, même si cela me faisait comme des battements de cœur dans la tête.

– Dans l'ambulance... (Allez savoir pourquoi, l'expression *dans l'ambulance* me gêna, et je dus reformuler :) ... dans la camionnette, tu as dit que tu étais mon petit ami ?

– Hmmm, je ne savais pas que tu écoutais.

Il avait un drôle de sourire aux lèvres et secoua la tête deux ou trois fois, comme s'il se parlait à lui-même. Il lâcha ma main et la posa sur le lit.

– Non, poursuivit-il. J'ai bien déclaré que tu étais ma copine, mais c'était juste pour qu'on me laisse monter dans l'ambulance avec toi. Je ne voulais pas te laisser toute seule.

Ça, c'était une information décevante, on peut le dire.

Il y a une blague sur les amnésiques qui me rappelle toujours ma rencontre avec James. Ce n'est pas tout à fait une blague, plutôt un slogan « marrant » qu'on pourrait porter sur un tee-shirt à condition d'être a) amnésique, b) extrêmement lourd, ou c) sujet à d'autres problèmes en plus de l'amnésie, comme une très basse estime de soi ou le besoin d'en faire des tonnes, ou tout simplement un très mauvais goût en fringues. Bon alors, imaginez un sweat vraiment craignos, cinquante pour cent polyester, avec le devant blanc et les manches rouges. Et maintenant, ajoutez les mots : « Salut, je suis amnésique. On se connaît ? »

– Tu sais ce qui est drôle ? lui demandai-je. La première chose que j'ai pensée de toi c'est que tu avais une voix hyperhonnête, et voilà, j'apprends qu'en fait tu me mentais.

– Non. Pas à toi. Juste à un crétin en uniforme, me corrigea-t-il. Si j'avais réfléchi un tout petit peu, j'aurais dit que tu étais ma sœur. Personne n'aurait osé contester ça.

– Sauf moi. Je n'ai pas de frères et sœurs.

J'essayais de tourner tout cela à la plaisanterie. À choisir, j'aimais mieux être sa copine imaginaire que sa sœur imaginaire.

– On est amis, au moins ?

– Non, Naomi, me dit-il avec le même petit sourire. On ne peut pas dire ça.

– Et pourquoi ?

Il m'avait tout l'air du genre de personne avec qui ce serait bien d'être ami.

– On devrait peut-être.

C'est tout ce qu'il répondit.

Comme cette réponse était à la fois satisfaisante et pas satisfaisante, j'essayai une autre question.

– Tout à l'heure, quand tu as secoué la tête, à quoi tu pensais ?

– Tu vas vraiment me demander ça ?

– Il faut que tu me le dises. Je risque de mourir, tu sais.

– Je ne te savais pas si manipulatrice.

Je fermai les yeux et fis semblant de tomber dans les pommes.

– Bon d'accord, mais c'est vraiment bas, me dit-il avec un rire résigné. Je me demandais si je pourrais m'en tirer en te laissant croire que j'étais ton copain. Et puis j'ai décidé que ce serait vraiment mal. Ce ne serait pas juste : tu ne sais même pas en quelle année on est, bon Dieu ! Une bonne relation ne se construit pas sur des mensonges et des conneries de ce genre.

» Et, bon, je me suis aussi demandé si ce serait mal de t'embrasser – pas sur la bouche, peut-être sur le front ou la main – tant que j'en avais l'occasion, tant que tu te croyais encore à moi. Et j'ai décidé que ce serait très très mal et sans doute gênant plus tard. En plus, une fille comme toi a sûrement un copain...

– Tu crois ? le coupai-je.

James opina.

– Certainement. Je me fous complètement de lui, mais je ne voulais pas t'attirer d'ennuis... ni profiter de toi. J'ai décidé que si jamais je t'embrassais, ce serait avec ta permission. Je voudrais...

À ce moment-là, mon père entra dans la salle des urgences.

James, qui était penché sur moi par-dessus la rambarde du lit, se redressa comme un soldat au garde-à-vous pour serrer la main de papa.

– Monsieur, dit-il, je m'appelle James Larkin. Je suis au lycée avec votre fille.

Mais papa le bouscula pour arriver jusqu'à moi, et James resta avec sa main tendue, dans laquelle je vis les quatre marques laissées par mes ongles tant je m'y étais agrippée.

Les femmes médecins revinrent, escortées d'un infirmier, d'un spécialiste et d'un brancardier qui commença à m'emmener sur mon lit à roulettes sans prendre la peine de me dire où, et puis j'eus vraiment envie de vomir, et je ne voulais pas que James voie ça (mais je n'avais pas envie non plus qu'il s'en aille), et je ne sais pas comment, James s'éclipsa sans que je m'en aperçoive – ce pour quoi il a un talent particulier, comme je devais m'en rendre compte par la suite.

Une fois que j'eus été admise dans une chambre, papa se mit à me demander sans arrêt si j'allais bien.
– Ça va, ma grande ?
– Oui papa.
Cinq secondes plus tard :
– Tu te sens bien, ma fille ?
Faisant preuve d'un self-control incroyable, je réussis à répondre « Oui papa » encore trois fois, alors que je ne savais absolument pas si j'allais bien. À la cinquième ou sixième fois, je demandai sèchement :
– Où est maman ?
Elle assurait mieux que papa dans ce genre de situations.
– À New York.
Il faisait les cent pas dans la chambre et allait sans cesse guetter dans le couloir.
– Bon Dieu, quand est-ce que quelqu'un va venir nous aider ? disait-il.
– Elle travaille ?
Maman était photographe, et il lui arrivait de devoir aller en ville pour son boulot.
– Si elle travaille ? répéta papa.
Il avait la tête tendue vers l'extérieur comme une tortue, mais il la rentra pour pouvoir m'examiner.

– Elle est... Elle... Naomi, tu dis ça pour m'inquiéter ?
– Papa, tu te fous de moi ?

Connaissant mon père, ce n'était pas un scénario invraisemblable.

– Si je me *fous* de toi ?

Je crus qu'il n'avait pas apprécié mon emploi du verbe *foutre*, même si en temps normal il n'était pas du genre à s'offusquer pour des gros mots. Il a toujours soutenu que les mots ne sont que des mots et qu'il n'y a pas de raison d'en éliminer, sauf s'ils sont soit blessants (alors qu'on ne veut pas l'être), soit inexpressifs. Je présumai que l'anxiété ambiante devait commencer à l'atteindre, donc je reformulai ma phrase :

– Pardon. Si je me *fiche* de toi, comme tu veux.
– Mais c'est *toi* qui te fous de moi, là ? me demanda papa.
– Ah bon, alors tu peux dire *foutre* et pas moi, c'est ça ? C'est injuste, protestai-je.
– Je me fous complètement que tu dises *foutre*, Naomi. Mais c'est bien ce que tu es en train de faire avec moi ?
– Je ne me fous pas de toi ! Dis-moi où est maman, c'est tout.
– À New York. (C'était comme s'il parlait au ralenti. Nouououyyyyyyoooork.) New York...
– ... City. Merci, je sais où c'est. Mais pourquoi ?
– C'est là qu'elle habite. Depuis le divorce. Tu n'as quand même pas oublié ça.

Vous l'avez déjà compris, bien sûr : j'avais oublié ça.

Tout le monde a toujours trouvé que je lui ressemblais énormément – à ma mère, j'entends –, ce qui est ridicule vu qu'elle est moitié écossaise moitié japonaise. Mais nous avons toutes les deux les yeux bleu clair, ce qui explique le malentendu, je suppose. Personne ne dit jamais que je ressemble à papa, ce qui est un comble puisque lui est en partie d'origine russe. Pour le reste, ses ancêtres sont français, et de tous les côtés il est juif, quoique non pratiquant. Tout cela nous donne à tous l'air bien plus intéressant que nous ne le sommes : en réalité ma mère est juste une Californienne ordinaire, mon père est né à Washington, et ils se sont rencontrés en fac à New York, où nous avons vécu jusqu'à mes onze ans. Si vous êtes amateur de vin, vous avez peut-être entendu parler d'eux. Ils ont écrit une série de beaux livres/guides de voyage intitulés *Les Tribulations des Porter en...*, complétez les points de suspension avec la destination exotique de votre choix, comme la Tunisie ou la Toscane. Ma mère prenait les photos et mon père écrivait les textes, à l'exception d'une note de maman par-ci par-là. Ses notes de bas de page étaient en général quelque chose de mortifiant dans le genre : « 2. Dans une fromagerie à Edam, Naomi a vomi dans un énorme sabot de bois. » Ou encore : « 7. Naomi a particulièrement adoré les *schnitzel* (escalopes viennoises). » Ma contribution consiste en une série d'apparitions de plus en plus gênées sur la photo des auteurs, sur le rabat de jaquette, au-dessus de la légende suivante : « Entre deux tribulations, Cassandra Miles-Porter et Grant Porter vivent à New York avec leur fille Naomi. »

C'est cela qui surgit dans ma tête lorsque papa dit qu'ils avaient divorcé : tous ces livres de tribulations des Porter, et moi, enfant, sur le rabat de jaquette. Bizarrement, je n'avais pas le sentiment que leur divorce m'arrivait à moi, en tout cas certainement pas au « moi » de ce moment, la personne couchée sur le lit d'hôpital. Cela arrivait à cette petite fille qu'on voyait sur les couvertures des livres. Je ressentais de la tristesse pour elle, mais pour moi-même, rien encore.

– C'est tout récent ? demandai-je.
– Quoi donc ?
– Le divorce.
– Cela fait deux ans et onze mois, mais nous sommes séparés depuis presque quatre ans, me révéla-t-il.

Quelque chose dans le ton de sa voix me disait qu'il connaissait aussi le nombre exact de jours. Il était comme ça, papa.

– Les médecins pensent que tu ne te rappelles pas bien l'année passée, mais... enfin, tu crois que ça peut concerner des événements antérieurs ?

Je ne répondis pas. Pour la première fois, je m'autorisais à envisager la possibilité d'avoir *tout* oublié des quatre dernières années.

J'essayai de retrouver la dernière chose que je puisse me rappeler. Ce qui s'avère incroyablement difficile à faire, car le cerveau fabrique en permanence de nouveaux souvenirs. Ce qui me vint à l'esprit était inutilement récent : mon sang sur le col de James.

Je décidai de faire une demande plus précise à ma mémoire. Je tentai de faire surgir la dernière image de ma mère. Ce qui surgit fut son expo « Signaux des temps », une exposition de ses photos dans une galerie de Brooklyn. Elle était venue me chercher, le dernier jour de l'année de sixième, pour pouvoir m'offrir une visite privée tant qu'il n'y avait encore personne. C'étaient des photos de panneaux et pancartes de tout le pays et du monde entier : plaques de rues, signaux de circulation, enseignes de restaurants, panneaux de communes, de cinémas, de toilettes, écriteaux repeints par-dessus mais qu'on distinguait quand même encore, cartons écrits à la main par des sans-abri ou des auto-stoppeurs, etc. L'idée de maman, c'est qu'on pouvait tout savoir sur un individu (et sur une civilisation en général) rien qu'en regardant ses panneaux. Par exemple, une de ses images préférées représentait une pancarte presque entièrement mangée par la rouille devant une maison, quelque part au fin fond de la cambrousse, sur laquelle on pouvait lire : « PAS DE CHIENS PAS DE NÈGRES PAS DE MEXICAINS ». Maman affirmait que, rouille ou pas rouille, le message lui signifiait clairement de « prendre la photo en vitesse et de se tirer de là ». Mais tout dans son expo n'était pas aussi intéressant. Au moment où nous partions, je lui avais confié que j'étais fière d'elle, parce que c'est ce que me disaient mes parents chaque fois qu'ils venaient me voir à un spectacle de danse ou aux journées portes ouvertes de l'école. Maman avait répondu qu'elle aussi était « fière d'elle ». Je me souvenais qu'elle avait souri juste avant de se mettre à pleurer.

– Alors, elle arrive ou quoi ? demandai-je à papa.

– Je ne pensais pas que tu voudrais la voir ici.

Je lui dis que c'était ma mère et que donc, évidemment, je voulais la voir.

– En fait... (Papa s'éclaircit la gorge avant de continuer :) Je l'ai bien appelée, mais comme vous ne vous parlez plus vraiment depuis un moment, ça ne semblait pas très indiqué qu'elle vienne.

Il plissa le front. Je remarquai qu'il avait moins de cheveux sur la tête que ce que prévoyait mon cerveau.

– Tu veux que je la rappelle ?

Oui, je voulais. Maman me manquait de la manière la plus primitive qui fût, mais je ne voulais pas avoir l'air d'un bébé ni faire des choses qui ne me ressemblaient pas, quoi que cela puisse signifier. Et puis, maman et moi, brouillées ? Cela me semblait complètement incroyable, et trop énorme pour que je puisse même commencer à l'envisager dans l'état où je me trouvais. Il me fallait du temps pour réfléchir.

Je dis à papa que ce n'était pas la peine qu'il l'appelle, et son front se déplissa d'une ride ou deux.

– Bon, c'est bien ce que je pensais, me répondit-il.

Environ une minute plus tard, papa claqua des deux mains avant de sortir son bloc-notes et son crayon de sa poche revolver. Il les avait toujours sur lui, en cas d'inspiration subite.

– Tu devrais dresser la liste de tout ce dont tu ne te souviens pas, me dit-il en me tendant le crayon.

Si mon père gagne sa vie principalement en rédigeant des livres, ce qu'il adore, ce sont les listes. Courses, livres lus, gens à qui il en veut, et ainsi de suite. S'il pouvait gagner de l'argent en écrivant des listes et non des livres, je crois que globalement il serait un homme plus heureux. Je lui ai dit ça une fois, et il a ri avant de me répondre : « Et une table des matières, à ton avis ma grande, qu'est-ce que c'est ? Un livre, ce n'est rien de plus qu'une liste très détaillée et très élaborée. »

Mon père fait partie de ces gens qui croient que tout peut être fait, que les maux de ce monde peuvent être guéris, du moment que c'est écrit et numéroté. C'est peut-être génétique, en tout cas ce qui est certain c'est que je ne fais absolument pas partie de ces gens.

– Alors, qu'est-ce que tu en penses ?

Papa me tendait toujours le crayon.

– Si je ne m'en souviens pas, comment je fais pour le mettre sur la liste ?

C'était la chose la plus absurde dans cette journée d'absurdités, aussi ridicule que de demander à quelqu'un qui a perdu ses clés où il les a vues pour la dernière fois.

– Ah. Très juste. (Papa se tapota la tête avec son crayon.) Tes méninges fonctionnent toujours mieux que celles de ton vieux père, à ce que je vois. Et si tu me disais les choses que tu as oubliées à mesure que tu en entends parler, je pourrais les noter pour toi, qu'en penses-tu ?

Je haussai les épaules. Au moins, ça l'occuperait.

– Choses que Naomi a oubliées, dit-il en écrivant. Numéro un, le divorce entre Cass et moi. (Il leva le papier pour me le montrer.) Rien qu'à le voir écrit, ça fait nettement moins peur, non ?

Non.

– Numéro deux. Tout ce qui s'est passé après le divorce entre Cass et moi. Ce qui nous amène en 2001, exact ?

– J'en sais rien.

J'ai bien conscience que papa essayait de m'aider, mais en réalité il commençait vraiment à me taper sur les nerfs.

– Numéro dix. Ton petit copain, je suppose ?

– J'ai un copain ?

Je repensai à ce qu'avait dit James. Papa me regarda.

– Ace. Il fait un stage de tennis en ce moment.

Il nota tout cela.

Mon père en était à dix-neuf (« Cours de conduite ? Non. Conduite ? Peut-être. ») lorsqu'une infirmière entra dans la chambre pour m'emmener en fauteuil roulant passer le premier d'une longue série de tests. Je me rappelle mon soulagement de pouvoir échapper au numéro vingt.

Je passai encore trois nuits à l'hôpital. Une horde de sorcières malfaisantes se relayaient pour me réveiller à peu près toutes les trois heures en me braquant une lumière dans les yeux. C'est ainsi que cela se déroule en cas de trauma crânien : tout ce qu'on veut c'est dormir, et personne ne vous laisse en paix. À part ne pas dormir, j'occupai le reste de mon temps à subir des tests barbants, à ignorer les listes incessantes de mon père, et à me demander si James Larkin se déciderait à venir me voir.

Il n'en fit rien.

Mon premier visiteur fut William Landsman. Les visites commençaient à 11 heures le vendredi, et Will se présenta à 10 h 54. Comme mon père était sorti donner quelques coups de fil, personne n'était là ne serait-ce que pour me dire qui était cet adolescent en veste d'intérieur bordeaux.

– Bravo pour le sauvetage, Chef ! lança-t-il en entrant dans la chambre.

Je lui demandai ce qu'il entendait par là, et il m'expliqua comment j'avais préservé l'appareil photo qui nous servait pour l'album.

– Pas une rayure. Tu as vraiment dépassé le sens du devoir, là, ajouta-t-il.

Malgré ses choix vestimentaires discutables, Will n'était pas le moins du monde maniéré ni efféminé. Lorsque je le questionnai sur sa veste, il déclara la porter par ironie, « en guise de divertissement face à la monotonie quotidienne des uniformes scolaires ». Il n'était pas très grand, à peu près ma taille (un mètre soixante-dix), mais il avait l'air costaud. Il avait les cheveux châtains ondulés et les yeux bleu foncé, saphir ou céruléen, plus sombres que les miens ou que ceux de ma mère. Ses cils, très longs, semblaient gainés de mascara, même si ce n'était pas le cas. Ce jour-là, il avait des cernes sombres sous les yeux et les joues rouges. S'il parlait de mon état de manière un peu cavalière, un peu brusque, je comprends à présent que c'était une façon de masquer son inquiétude. Quoi qu'il en soit, il me plut tout de suite. Il me faisait un effet confortable, comme un jean beaucoup porté et bien-aimé. Il va sans dire, je suppose, que James m'avait fait l'effet inverse pendant le court moment où je l'avais connu.

– Tu es Ace ? lui demandai-je, me rappelant que papa avait dit que j'avais un copain.

Will retira ses lunettes à monture rectangulaire noire et les essuya sur son pantalon. J'apprendrais plus tard que retirer ses lunettes était un geste que faisait Will quand il était gêné, comme si ne pas voir clair pouvait en quelque sorte le mettre à distance de la situation embarrassante.

– Non, certainement pas. Ace mesure environ une tête de plus que moi. Et en plus, c'est ton copain. (Une seconde plus tard, ses yeux lancèrent un éclair de malice.) Bon OK, c'est profondément mal, ce que je vais dire. Je veux qu'il soit noté officiellement que tu reconnais, avant même que je l'aie dit, que c'est profondément mal.

– D'accord. C'est mal.

– Profondément...

– *Profondément* mal.

– Bien, opina Will. Je suis très soulagé que tu ne te souviennes pas de *lui* non plus. Entre nous, il faut vraiment qu'il soit balourd, ton homme, pour ne pas venir.

– Balourd ?

Qui employait encore le terme *balourd* ?

– Passons. Je ne voulais pas t'offenser.

– Hors d'ici tout de suite, proférai-je d'un ton faussement sévère. Tu vas trop loin en insultant Ace, euh... c'est quoi, son nom de famille ?

– Zuckerman.

– Zuckerman, voilà. Ouais, je suis vraiment outrée que tu insultes mon copain dont je n'ai d'ailleurs aucun souvenir.

– Ça risque de te revenir un jour, et si c'est le cas, je retire tout ce que j'ai dit. Les visites n'ont commencé que depuis une minute, il va certainement arriver, déclara Will, sans doute dans le but de me réconforter.

– Papa m'a dit qu'il était à un stage de tennis.

– Si c'était ma copine, je serais rentré de mon stage.

– Et c'est qui, ta copine ?

– Je n'en ai pas. Je parlais dans l'abstrait. (Will eut un petit rire, puis me tendit la main.) Faisons les présentations. Je suis William Landsman, le corédacteur en chef du *Phénix*. Incidemment, tu es l'autre corédacteur en chef. Ton père m'avait averti que tu avais oublié certaines choses, mais je ne croyais pas pouvoir en faire partie, moi !

– Tu es tellement inoubliable ?

– Plutôt, oui.

Il hocha la tête, sûr de lui.

– Et modeste, avec ça.

Je n'avais pas besoin de me souvenir de lui pour savoir exactement comment le taquiner.

– Et aussi ton meilleur ami, au cas où tu n'aurais pas encore compris.

Will astiqua de nouveau ses lunettes.

– C'est vrai ? Mon meilleur ami porte une veste d'intérieur ? (Je hochai la tête.) Très intéressant.

– C'est par *ironie*. Mais sérieusement, tu peux me demander ce que tu veux. Honnêtement, Chef, je te jure, je sais tout sur toi.

Je le regardai dans les yeux, et décidai de lui faire confiance.

– J'ai quelle tête ?

Depuis qu'on m'avait recousu le front, je m'étais dans l'ensemble efforcée d'éviter mon reflet dans la glace.

Il m'examina sous les deux profils puis de face.

– C'est un peu enflé autour de l'œil et de la pommette gauches, mais le plus gros est recouvert par le pansement.

– Regarde sous le pansement, tu veux bien ?

– Chef, je ne vais pas regarder sous le pansement pour toi ! C'est complètement antihygiénique et c'est probablement contraire au règlement. Tu tiens à ce que je me fasse jeter d'ici et que je ne puisse plus venir te voir ?

– Je veux un rapport avant de devoir regarder moi-même. J'ai besoin de savoir si je suis défigurée ou quoi. (J'essayais d'en parler avec légèreté, mais j'avais la trouille.) S'il te plaît, Will, c'est important.

Will soupira lourdement avant de se mettre à grommeler.

– Je t'ai promis de tout te dire, pas de tout faire. J'exige qu'il soit noté officiellement que moi, William Landsman, je n'ai jamais voulu faire ceci, et que de surcroît je n'ai aucune formation médicale.

Il alla se laver les mains dans les WC de poupée de ma chambre et revint à mon chevet. Il posa doucement une main sur la partie droite de mon visage, et se servit de l'autre pour retirer lentement un morceau de sparadrap du côté gauche, le long de la racine des cheveux.

– Tu me dis si je te fais mal. Même un tout petit peu.

J'acquiesçai.

Lorsqu'un de mes cheveux fut arraché par le sparadrap, je tressaillis d'une manière que je croyais imperceptible, et Will s'arrêta.

– Je te fais mal ?

Je secouai la tête.

– Vas-y.

Dix secondes plus tard, il avait retiré assez de sparadrap pour pouvoir soulever la compresse et regarder en dessous.

– Il y a neuf points de suture et une grosse bosse plus bas, qui doit faire la taille d'un chou de Bruxelles, et puis un plus gros bleu qui s'étale sur le front. Rien de tout ça ne m'a l'air irréversible. Les points te laisseront sans doute une minuscule cicatrice. (Il recolla la compresse aussi délicatement qu'il l'avait retirée.) Tu es toujours follement, injustement, abominablement belle, et je n'ajouterai plus un mot là-dessus, Chef.

– Merci.

– Pas de quoi, dit-il, enjoué. Content de rendre service. (Il toucha le bord d'un chapeau imaginaire.) Ne va pas croire que je n'ai pas compris que tu cherchais juste les compliments.

– Eh ouais, on ne peut rien te cacher !

Will se pencha tout près de moi pour me parler à l'oreille.

– Allez, avoue. En fait, tu te souviens parfaitement de moi. Toutes ces conneries sur ta prétendue amnésie, c'est pour prendre des petites vacances du *Phénix*.

– Mais comment as-tu deviné ? Je ne voulais pas te vexer, c'est tout, Landsman.

– Quelle délicate attention.

– Bon alors, il ressemble à quoi, mon mec ? lui demandai-je.

– Voyons... Ace Zuckerman est une bête en tennis.

– Tu es en train de me dire que tu ne l'aimes pas.

– Étant donné que ce n'est pas mon homme, techniquement je ne pense pas y être obligé, Chef.

– Et James Larkin ?

– James Larkin. Larkin virgule James. Ouais, on ne le connaît pas encore vraiment. Il est arrivé en cours d'année, ce qui est inhabituel en terminale. Il me semble qu'il a dû se faire virer de son lycée précédent, une histoire comme ça.

– Un délinquant ?

Voilà qui était intéressant...

Will haussa les épaules.

– Je ne l'ai rencontré que ce matin, quand il est venu rapporter l'appareil photo au *Phénix*, et il a été tout à fait poli. Pour info, rien à voir avec Ace Zuckerman. (Un silence.) Ni avec moi.

Il plongea la main dans sa sacoche et en sortit son ordinateur portable.

– Tu as tes écouteurs, bien sûr ?

Je secouai la tête.

– Je ne sais pas trop.

– Tu les as toujours sur toi. Où est ton sac ?

Je désignai le placard dans le coin de la chambre. Will ouvrit la porte et se mit à fouiller dans mon sac à dos, ce qui aurait probablement dû me déranger, mais ne me dérangea pas. J'avais l'impression que c'était le sac de quelqu'un d'autre, de toute manière. Il en sortit un iPod, qui apparemment m'appartenait, et le brancha sur son portable.

– Quand ton père m'a annoncé la nouvelle, j'ai décidé de te faire une compile. Ne t'inquiète pas, je te l'ai gravée aussi.

Il me tendit un CD avec une playlist intitulée *Chansons pour une jeune amnésique*, Vol. I.

– C'est une de mes plus réussies. Certains choix auraient pu être plus pointus, poursuivit-il, mais j'étais pressé par le temps. Je te promets que le volume II sera meilleur, comme il en va, par exemple, du deuxième disque du *White Album* des Beatles ou de la trilogie du *Parrain* au cinéma.

Will me tendit mes écouteurs et rangea son portable. Il se mit à parler à toute vitesse.

– C'est difficile de faire une bonne compile. Il faut éviter ce qui est trop cliché, sans pour autant choisir des chansons trop obscures. En plus, on ne peut caser que dix-neuf pistes environ sur un CD, et chacune doit dire quelque chose de différent, et il faut encore équilibrer les morceaux lents et les rapides, en s'assurant que chaque morceau mène naturellement au suivant, ce qui ajoute encore à la pression. Et en plus de tout ça, il faut vraiment bien connaître la personne à qui s'adresse la compile. Par exemple, sur la tienne, chacune des chansons signifie quelque chose. Prends la première : c'est un peu l'histoire de notre rencontre, en troisième. Je me suis dit que ça te remuerait un peu la mémoire.

Je lus la jaquette du CD.

– « Fight Test », des Flaming Lips ?

– Ouais, j'ai pas mal hésité entre ça et « Yoshimi Battles the Pink Robots, Part I. » Et aussi « To Whom It May Concern » de John Wesley Harding. J'ai éliminé la première parce que j'avais une autre chanson de lui que je voulais mettre, et il ne faut pas doublonner les artistes. Celle que j'ai mise à la place s'intitule « Song I Wrote Myself in the Future », c'est l'avant-dernière.

J'allais lui demander comment nous nous étions rencontrés, justement, lorsque je fus interrompue par une arrivée qui me fit provisoirement oublier aussi bien la compile que William Landsman.

– Bonjour, Mrs Miles, dit Will à ma mère.

– Bonjour bonjour, répondit-elle d'un ton hésitant.

Will éclata de rire.

– On ne s'est jamais croisés, mais je vous ai vue en photo. Je suis Will Landsman.

– Je peux la voir seule à seule ? lui demanda ma mère.

Will me regarda.

– Ça va aller ?

Je hochai la tête.

– De toute manière, il faut que je retourne m'occuper de l'album du lycée.

– Ça continue même pendant l'été ? demandai-je.

– Ça ne s'arrête jamais. (Il me prit la main et la serra avec une certaine raideur.) Je t'appelle, me promit-il. N'oublie pas de recharger ton portable.

Une fois qu'il eut refermé la porte, ni ma mère ni moi ne prononçâmes un mot.

Ma mère est belle, et comme je suis adoptée, vous savez que je ne dis pas cela pour vous faire comprendre indirectement combien je suis jolie. De plus, tout le monde le reconnaît. Et ce n'est pas une beauté ordinaire. Elle n'est pas grande, maigre, blonde à forte poitrine ni rien de tout cela. Elle est menue, avec des formes, elle a des cheveux châtain clair ondulés qui lui tombent jusqu'au milieu du dos, et des yeux en amande bleu glacier. J'avais l'impression de ne pas l'avoir vue depuis une éternité. Je faillis me mettre à pleurer, mais quelque chose m'en empêcha.

Maman, pour sa part, ne se retint pas. Elle fondit en larmes presque à l'instant où elle arriva à mon chevet.

– Je m'étais promis de ne pas faire ça, dit-elle en faisant semblant de se donner une gifle avant de me prendre la main.

– T'étais où ? lui demandai-je.

– Ton père m'a dit de ne pas venir, que tu ne voulais pas de moi. Mais comment voulais-tu que je ne vienne pas ? (Elle examina mon visage.) Ta pauvre tête.

Elle me caressa le front très légèrement, avec douceur, puis s'inclina pour me prendre dans ses bras. J'eus un mouvement de recul. J'avais besoin de savoir une ou deux choses d'abord.

– Papa et toi, vous avez divorcé.

Elle acquiesça.

– Mais pourquoi ?

Papa entra dans la chambre à ce moment-là. Il parla d'une voix dure comme la pierre :

– Vas-y, dis-lui, Cass.

– Je peux tout expliquer, dit maman, et les larmes lui remontèrent aux yeux. Tu avais douze ans quand je suis tombée sur Nigel. C'était un pur hasard.

– C'est qui, Nigel ?

– Son petit copain du lycée, répondit papa à sa place.

– Juste un hasard, répéta maman. J'attendais le métro, et c'était la chose la plus inattendue qui...

Je lui dis que je ne voulais pas une histoire, rien que des faits.

– J'ai... recommença-t-elle. Que c'est difficile !

Pas d'adjectifs ni d'adverbes, que des noms et des verbes, lui précisai-je. Je lui demandai si c'était dans ses cordes. Elle hocha la tête et se racla la gorge.

– J'ai eu une aventure, dit-elle.

» Je suis tombée enceinte, dit-elle.

» Ton père et moi, nous avons divorcé, dit-elle.

» J'ai épousé Nigel et je suis retournée vivre à New York.

» Tu as une petite sœur de trois ans.

– Une sœur ?

C'était un mot étranger sur ma langue, du charabia. Les sœurs, c'était un truc que les autres avaient, comme la mononucléose ou un poney.

– Mais je croyais que tu ne pouvais pas avoir d'enfants.

Papa chuchota à maman qu'il avait essayé de m'annoncer la nouvelle progressivement, que j'avais déjà traversé *beaucoup d'épreuves*. Il n'avait jamais fait allusion à ma sœur ni à la grossesse de ma mère, ce qui était un peu étrange, surtout au regard de toutes les listes qu'il dressait. Je me demandai ce qu'il me cachait encore.

– Une sœur ? répétai-je.

Ça sonnait encore plus artificiel la seconde fois.

– Oui. Elle s'appelle Chloé.

– On est proches ?

– Non, dit maman. Tu refuses de la voir.

Je ne trouvai rien à répondre.

– Ça fait sans doute beaucoup d'informations à digérer en une fois, remarqua papa.

– Qu'en penses-tu, ma puce ?

Elle parlait d'une voix aiguë et chuchotante à la fois. Comme si elle s'éloignait en flottant.

*Ce que j'en pensais ?*

– De quoi ? Quelle partie ?

– De tout ce que je viens de te dire, bien sûr.

Ce que j'en pensais, c'est qu'il y avait là de très bonnes raisons pour qu'on ne se parle plus. C'était une chose que mes parents aient divorcé, mais que maman se soit remise avec son amoureux du lycée, qu'elle ait eu un amant, et une fille, et une nouvelle famille...

– J'en pense... (Elle écarquillait les yeux, pendue à mes lèvres.) ... honnêtement, ça me répugne. Je pense honnêtement que tu es une roulure.

– Naomi, intervint papa.

– Quoi ? demandai-je. C'est vrai ! Les femmes qui trompent leur mari et qui tombent enceintes sont des roulures. Tu devrais ajouter ça à ta liste, papa.

Maman se leva et se mit à reculer, incapable de me regarder dans les yeux.

– Je comprends, dit-elle, je comprends. Je comprends.

Finalement, papa jugea préférable qu'elle s'en aille, ce qui était marrant parce qu'elle semblait déjà avoir pris cette option.

– Et les tribulations des Porter, alors ? demandai-je quand elle fut partie.

– Ils ne tribulent plus. (Papa essayait de tourner cela à la plaisanterie.) Le dernier livre, c'était sur l'Islande. Tu te rappelles l'été où on est allés en Islande ?

Oui, je me rappelais. Nous étions partis juste après l'expo de maman, ce qui en faisait peut-être bien mon dernier souvenir. J'avais douze ans, et le thermomètre n'avait pas dépassé les dix degrés de tout l'été, l'été le plus froid de ma vie. Ma mère et moi disions que c'était l'été sans été.

– Qu'est-ce que vous faites, maintenant ? lui demandai-je.

– Ta mère prend toujours des photos. J'écris toujours des livres. On ne le fait plus ensemble, c'est tout. Et la plupart des *Tribulations des Porter* sont réimprimées.

– Et tes nouveaux livres, ils parlent de quoi ?

– Euh... eh bien le dernier, c'était sur... Je ne sais pas bien décrire. Cela parlait de beaucoup de choses, en fait. Mais d'après le texte de la couverture, c'était sur « la fin de mon mariage vue à travers le prisme de l'actualité mondiale ».

J'interprétai.

– Ça parle du divorce ?

– En gros, oui. On pourrait dire ça. Oui.

Je lui demandai si j'avais aimé. Il m'apprit que je ne l'avais même pas lu, mais que les critiques avaient été plutôt correctes.

– Peut-être que je devrais le lire maintenant ? Si je ne retrouve pas la mémoire.

– Mais oui, tu pourrais sauter les passages sur le Moyen-Orient, me proposa papa. Il y a des tartines là-dessus aussi. Non que tu ne doives pas te tenir informée, mais même moi je trouve ça un peu aride. Naomi, tu pleures ?

Il fallait croire que oui.

– Pardon, dis-je.

Je me tournai sur le côté, dos à papa. Je n'avais pas envie qu'il me voie pleurer. Selon toute probabilité, s'il ne m'avait pas déjà raconté l'histoire de maman et Chloé, c'était parce qu'il n'avait pas voulu en parler lui-même.

Chaque fois que papa disait quelque chose de sérieux, il le diluait en général dans une blague. C'était son style. Quand ma mère et lui recevaient, il avait toujours une histoire drôle sous le coude et il était capable de faire rire tout le monde. Mon père n'était certainement pas ce qu'on appelle timide, et pourtant en même temps il l'était. Pris tout seul, il était toujours un peu avare de certaines paroles. Par exemple, il disait rarement «je t'aime». Je savais qu'il m'aimait. C'est juste qu'il ne le disait pas beaucoup. C'était ma mère qui disait tous les «je t'aime». Mais je comprenais sa réserve parce que moi aussi j'étais comme ça. C'est pourquoi je ne pouvais pas le regarder.

– Pourquoi tu pleures, ma grande ? C'est ta tête ?

Les médecins nous avaient prévenus que les victimes de blessures à la tête pouvaient être émotives, mais ce n'était pas ça. C'était simplement... tout.

– Ce n'est pas entièrement la faute de ta mère. C'est principalement la sienne, mais... (Papa se mit à rire.) Je plaisante. Plus ou moins.

Je me sentais tellement seule !

– Qu'est-ce qu'il y a ? Allez, dis tout à ton vieux papou.

– Je me sens orpheline.

Je sanglotais tellement fort que papa ne me comprit pas du premier coup et que je dus répéter.

– Je suis orpheline.

Vous allez sans doute trouver ça illogique, mais c'était comme si ma mère était moins ma mère qu'avant. Ou peut-être étais-je moins son enfant à présent qu'elle en avait un nouveau. J'étais une descendante résiduelle : une fille obsolète avec un cerveau obsolète et un cœur obsolète. J'entendais mon père respirer, mais il restait silencieux et je ne pouvais toujours pas supporter de le regarder. Je fermai les yeux.

– Naomi ? dit-il au bout d'un moment. Tu dors ?
Je gardai les yeux fermés et le laissai croire que c'était le cas.
Il m'embrassa sur le front.
– Je ne te quitterai jamais, ma grande.
Il n'aurait jamais dit ça s'il avait pensé que j'étais réveillée.

## 2

Le lundi matin, les médecins étaient en mesure d'affirmer que je ne me souvenais pratiquement de rien après l'année de sixième – ce que je savais à peu près depuis la première conversation avec papa – et me renvoyèrent chez moi.

À la vérité, personne ne savait rien. J'étais un authentique mystère médical. À leur génial avis, le trauma crânien n'était pas assez grave pour avoir provoqué le type d'amnésie dont je souffrais, et ils prétendaient donc que je faisais un *refoulement*, ou une connerie de ce genre. Traitez-moi de folle si vous voulez, mais moi je suis persuadée que c'était la chute dans l'escalier.

Ils disaient que la mémoire me reviendrait peut-être, ou peut-être pas. Et que, quoi qu'il en soit, nous devions tous faire comme si elle ne devait pas revenir. De toute manière, il n'y avait rien à faire. Dans deux à trois semaines on réaliserait d'autres images de mon crâne, qui ne montreraient probablement rien. Une thérapie, peut-être.

– Reposez-vous, me dirent-ils.
– Et après ?

– Reprenez une vie « normale », dans la mesure du possible, me dirent-ils. Retournez en classe quand vous vous sentirez prête.

» Cela vous aidera peut-être à retrouver la mémoire, me dirent-ils. Mais d'un autre côté, peut-être pas.

» Le cerveau humain est mystérieux, me dirent-ils.

» Bonne chance, me dirent-ils en me tendant des échantillons d'Excedrine et un mot d'excuse pour la gym ; et à papa, une facture épaisse comme le *National Geographic*.

Je cherchai notre voiture des yeux sur le parking de l'hôpital, voiture qui, dans mes derniers souvenirs, était un 4 × 4 gris métallisé (pour maman) ou une fourgonnette rouge (pour papa). Je ne voyais ni l'un ni l'autre.

– Papa, à ton avis, c'est mauvais signe que je ne reconnaisse pas notre voiture ?

– Je ne crois pas aux signes, me répondit-il en montrant du doigt un véhicule compact blanc garé entre deux autres véhicules compacts blancs.

– Tu plaisantes ! Tu adorais la fourgonnette.

Papa marmonna une histoire de consommation de carburant.

– Tout est expliqué dans mon livre, ajouta-t-il.

C'était vrai, même si je n'allais pas m'en rendre compte avant plusieurs mois. Il évoquait la fourgonnette à la page quatre-vingt-dix-huit de son livre. Il disait l'avoir vendue parce qu'elle lui rappelait maman. Pas un instant il ne parlait de consommation d'essence. C'était drôle comme papa était plus honnête dans un livre qui pouvait être lu par n'importe qui dans le monde que quand il parlait avec moi. Ou peut-être était-ce triste. L'un ou l'autre. C'est parfois difficile de faire la différence.

Je m'installai sur le siège passager et attachai ma ceinture. Juste au moment où nous démarrions, le portable de papa sonna et il me demanda si cela m'ennuyait qu'il décroche. Je répondis que non, pas du tout ; après les interrogatoires quasi permanents des médecins, j'appréciais de ne pas parler.

– Oui. Allô. Moi aussi. Je comptais t'appeler...

Papa s'adressait à quelqu'un avec raideur. Il avait l'air gêné de s'exprimer devant moi.

– C'est qui ? chuchotai-je.

– Personne. Le boulot, articula-t-il silencieusement à mon intention.

Il roula les yeux d'un air contrarié et activa son kit mains libres.

Je décidai que j'avais mal interprété son expression et reportai mon attention sur la vue au-dehors. Les arbres étaient encore verts, mais on sentait que l'été était terminé. Cela me fit penser à une journée dont je me souvenais, et qui s'était incontestablement déroulée en été. Je ne me rappelais pas nécessairement les arbres, mais je me souvenais de l'atmosphère de ce jour-là. Il y avait cette odeur de gazon fraîchement tondu, quand on a l'impression que toute la nature *soupire* de soulagement. Mes parents et moi étions partis pour l'Islande environ une semaine plus tard.

Je me demandai si maman avait déjà son amant à ce moment-là. Sans doute. Elle avait dit que sa fille avait déjà trois ans. La fille de ma mère. Ma sœur. Je n'étais pas encore capable de penser à cela.

À travers la portière, je reconnaissais à peu près Tarrytown. Je remarquai un nouveau lotissement et un nouveau McDo. L'endroit où on vendait du jus de pomme et des beignets avait été rasé. Mais dans l'ensemble pas grand-chose n'avait changé, et c'était rassurant.

Tout à coup, papa tourna dans une rue qui ne me disait rien. Bien qu'il soit toujours au téléphone, je lui demandai où nous allions.

Il raccrocha avant de répondre.

– On a déménagé, dit-il tout simplement. J'aurais dû t'en parler plus tôt, mais il y avait tellement de choses... J'ajouterai ça à la liste quand on sera à la maison. On est presque arrivés.

Sa liste se révélait complètement inutile.

Papa m'informa qu'ils avaient vendu notre maison après le divorce. Il en avait acheté une autre à un peu moins d'un kilomètre de l'ancienne. D'ailleurs, la nouvelle était « plus grande » (pourquoi il nous fallait plus d'espace alors que nous étions moins nombreux, cela me dépassait) et « plus proche du lycée », et « d'autre part, on n'était pas restés si longtemps que ça dans l'autre, pas comme à Brooklyn ».

La maison où nous vivions aujourd'hui était bien plus moderne. Le mur du fond était apparemment tout en verre, et il y avait des courants d'air incroyables à l'intérieur. Notre ancienne maison avait un étage et plein de petites pièces biscornues et d'escaliers étroits. Je crois qu'elle datait de 1803, quelque chose comme ça. La nouvelle était, euh... neuve. Elle était de plain-pied et dégageait quelque chose de plus... rationnel, si on est gentil. Stérile, si on ne l'est pas.

Quelques objets subsistaient de l'ancienne, mais pas beaucoup. Au premier coup d'œil je reconnus un cache-pot en terre cuite devant la cheminée, une petite carpette tressée dans la buanderie, un porte-parapluies en fonte. Tous semblaient perdus, pas à leur place, comme des orphelins.

– Qu'est-ce que tu en dis ?

Papa souriait. Je voyais bien qu'il était fier de sa maison.

Comme je ne voulais pas le blesser, je lui dis que c'était bien. Pour être franche, il n'y avait pas grand-chose à ajouter. Tout était très beige. Le canapé était beige. Le parquet était teinté en beige. Les murs étaient beiges. Qu'est-ce qu'on peut bien avoir à dire sur le beige ?

Pour maman, toute surface raisonnablement plate ou dégagée était une toile en puissance, et elle avait toujours peint et changé les couleurs de nos murs. Notre maison sentait la peinture, mais aussi tous ses autres projets. Elle sentait les pastels gras fondus, l'argile, les encens bizarres, la colle et l'encre d'imprimerie. Elle sentait les gens qui y habitaient et les choses qui s'y passaient. Elle sentait la maison. Cette nouvelle habitation sentait... l'agrume de synthèse.

– Papa, c'est quoi cette espèce d'odeur d'orange ?

– C'est juste un produit qu'utilise la femme de ménage. Je n'aimais pas au début, mais maintenant j'y suis habitué. C'est naturel. (Papa soupira et claqua des deux mains.) Bon, je suppose que tu veux la visite complète officielle.

– On pourrait peut-être faire ça après déjeuner ?

Je lui dis que j'étais très fatiguée et il me guida dans le couloir jusqu'à « ma chambre ».

– Ça te rappelle quelque chose ? me demanda-t-il.

À la différence du reste de la maison, ma chambre avait des points communs avec l'ancienne, celle dont je me souvenais. Les meubles, déjà, étaient exactement les mêmes. J'en aurais presque fait un câlin à ma commode en rotin, ou alors un massage à ma chaise.

Je dis à papa que je voulais être seule. Il restait planté là et je sentais qu'il ne partirait pas avant que je l'y aie autorisé. Il hocha la tête et déclara qu'il avait du travail, mais que son bureau était au bout du couloir si j'avais besoin de lui.

– Ah, et puis tiens, ça te servira ! s'écria-t-il juste en partant.

Il sortit la liste de sa poche. Elle occupait cinq feuilles et comptait cent quatre-vingt-six points.

– Je me suis ennuyé ici sans toi, ma grande, dit-il.

Il m'embrassa sur le front, à droite de mes blessures. Je fermai la porte derrière lui, me couchai et m'endormis.

Papa me réveilla pour le déjeuner puis pour le dîner, mais les repas n'eurent aucun effet. Je ne me réveillai vraiment que vers 8 heures ce soir-là. J'étais seule pour la première fois depuis ce qui me semblait des années, alors qu'en fait c'était un temps très court.

À l'hôpital, j'avais globalement évité les miroirs. C'était facile. Je passais devant en vitesse, en retenant ma respiration comme s'il y avait eu un fantôme dans la chambre.

Je pense que c'était en partie parce que je ne voulais pas voir mes blessures. Cela ressemble sans doute à de la vanité, mais ce n'en était pas. Je suis d'avis qu'une plaie qui cicatrise, c'est comme de l'eau mise à bouillir : ça va plus vite si on ne regarde pas.

Mais de temps à autre, je m'apercevais du coin de l'œil sans le faire exprès. Dans un verre sur mon plateau-repas, dans les lunettes d'un médecin, dans la vitre le soir après l'extinction des feux. Pendant un instant je ne comprenais même pas qui j'étais en train de regarder et, d'instinct, je me détournais. C'est malpoli de dévisager les inconnus, et c'est ce que j'étais à mes propres yeux. Je ne connaissais pas la fille dans la vitre, pas plus qu'elle ne me connaissait.

À présent que j'étais enfin seule, je me sentais plus courageuse. Je décidai qu'il était temps de refaire connaissance avec moi-même. Les retrouvailles ne pouvaient plus être reportées.

La première chose que je fis fut de retirer tous mes vêtements et d'examiner mon corps dans la glace sur la porte de ma penderie.

C'était bien ce que je pensais. Même si j'avais perdu quatre années de souvenirs, je n'avais jamais vraiment cru avoir douze ans. Je ne dis pas que c'est ainsi pour les autres, mais c'était ainsi pour moi. Je savais d'instinct que j'étais plus âgée. Et même si mon corps était surprenant à certains égards, il ressemblait plus ou moins à ce que je ressentais de l'intérieur, donc ça allait.

Mon visage m'étonnait un peu plus, et pas à cause de mes blessures : de ce côté-là, Will m'avait fait une très bonne description, et l'ensemble changeait déjà de couleur, ce que j'interprétai comme un signe de guérison. Mon visage était étrange parce qu'il ressemblait à quelqu'un que je connaissais, une cousine peut-être, mais pas moi. Mes cheveux avaient à peu près la même longueur qu'avant, ils me descendaient jusqu'au milieu du dos, mais on aurait dit que j'avais des mèches légèrement décolorées, sans que j'en sois certaine. Ma mâchoire était plus étroite ; mon nez, plus effilé.

– Salut, me saluai-je. Moi, c'est Naomi.

La fille dans la glace n'avait pas l'air convaincue.

– Tu as quelque chose à y redire ? demandai-je.

Elle me regarda sans expression, sans prononcer un mot.

Je décidai que les miroirs ne servaient absolument à rien.

Je trouvai un tee-shirt dans ma commode et l'enfilai.

J'ouvris les portes de ma penderie. La personne qui vivait

dans ma chambre (car je n'arrivais pas encore tout à fait à me dire qu'*elle*, c'était *moi*) était incroyablement ordonnée. On aurait dit qu'elle s'était justement préparée pour une occasion comme celle-ci.

Je regardai mes vêtements. Plusieurs uniformes scolaires : kilts en laine gris foncé, chemisiers blancs, cravates bordeaux, divers sweats à capuche, et des pulls à col en V. Tenue de gym. Polo et jupette de tennis. Le tout bien repassé, plié ou sur des cintres. Dans une housse, il y avait une robe en velours noir pour un bal où je ne me rappelais pas être allée. Je décidai de l'enfiler, juste pour voir ce que cela donnait. La robe me serrait un peu au niveau de la poitrine. Il était évident que j'avais grandi depuis la dernière fois que je l'avais portée. Je ne pris pas la peine de remonter la fermeture Éclair jusqu'au bout.

Je passai les mains sur mes hanches. Le tissu était soyeux et velouté.

Je me demandais si je l'avais portée avec les cheveux relevés ou lâchés. Je me demandais si j'avais aimé ma silhouette ce soir-là, ce que mon cavalier avait pensé de moi, s'il m'avait dit que j'étais la plus belle fille du monde. Je me demandais qui avait été mon cavalier, si c'était Ace ou un autre. Je me demandais si c'était quelqu'un que j'aimais vraiment ou si j'y étais allée avec lui juste pour être accompagnée. Je me demandais s'il m'avait apporté des fleurs et, si oui, de quel genre. Savait-il que je n'aimais pas les roses ? Et s'il avait acheté des roses, avais-je dû faire semblant de les aimer pour ne pas lui faire de peine ? Peut-être n'y étais-je pas allée avec un garçon du tout ? Peut-être m'y étais-je rendue avec un groupe de filles ? Ou une bande de copains. Avais-je seulement une bande de copains ?

Peut-être avais-je porté cette robe à une tout autre occasion ? Je me demandais...

Sur l'étagère sous ma fenêtre, il y avait quatre albums-souvenirs de collège et de lycée, un par an à partir de la cinquième. Je les feuilletai, mais ils ne m'apprirent pas grand-chose. Des équipes sportives prenaient part à des compétitions. Parfois elles gagnaient, d'autres fois elles perdaient. Des élèves s'inscrivaient à des clubs ; d'autres non. Certains grandissaient. Certains mûrissaient. Quelques-uns devenaient de plus en plus crétins et, quoi qu'il en soit, la plupart obtenaient leur diplôme. Tous les albums racontaient la même histoire, de toute manière.

Je lus toutes les dédicaces dans tous les albums : « Passe un super été. Ne m'oublie pas. Gardons le contact. » Je me demandai pourquoi on s'embêtait avec ces signatures tous les ans. Le seul autographe intéressant était celui de Will, et ce n'était pas vraiment une dédicace. À l'intérieur de la reliure, à la fin de mes albums de troisième et de seconde, il avait très soigneusement dessiné un cadre qui prenait toute la place. Au-dessus de ces deux cadres, on pouvait lire : « Page réservée à William B. Landsman pour qu'il l'emploie selon son bon vouloir. » Il ne les avait pas encore utilisés.

Je me demandais...

En cherchant mon nom dans l'index de mon album le plus récent (celui de seconde), je ne trouvai que trois mentions de moi. La première renvoyait à ma photo de classe. Cette année-là, j'avais les cheveux très clairs sur le dessus, peut-être blonds, même si c'était difficile à définir. Tous les portraits des classes au-dessous de la première étaient en noir et blanc, donc quand je dis que j'étais blonde, en réalité c'était gris clair. La deuxième, c'était la photo de l'équipe d'élite de tennis. Mais je n'étais même pas dessus : il y avait juste mon nom dans la légende, suivi des mots « non photographiée ». Je me demandai ce que j'avais fait à la place. Enfin, mon nom apparaissait une troisième fois dans l'« ours », c'est-à-dire la liste des rédacteurs de l'album. J'étais rédacteur en chef photo, ce qui expliquait sans doute pourquoi je n'étais jamais photographiée.

C'est ce qui était toujours arrivé à maman, que ce soit dans *Les Tribulations des Porter* ou dans nos albums de famille. Comme elle était photographe, elle ne figurait jamais sur les photos, et quand on essayait de la photographier elle était très gênée. Je reposai les albums sur leur étagère. J'étais peut-être comme ma mère, la fille derrière l'objectif ?

Je me demandais...

Je passai en revue les tiroirs de ma table de chevet. Ce que j'y découvris de plus intéressant était un étui en plastique contenant des pilules contraceptives, ce qui signifiait, au choix : a) que je couchais avec quelqu'un (!?!) ou b) que je prenais la pilule pour une autre raison. Juste après par ordre d'intérêt, je trouvai un journal intime relié en cuir. Il aurait pu coiffer au poteau les pilules pour le titre officiel de Truc le plus Intéressant dans la Table de Chevet de Naomi, s'il ne s'était agi d'un *journal de régime*, qui détaillait absolument tout ce que j'avais mangé au cours des six derniers mois. Exemple :

*4 août*
*1 bagel avec fromage frais, 350 calories*
*18 minibretzels, 150 calories*
*2 Coca Light, 0 calorie*
*1 banane, 90 calories*

*7 Smarties beurre de cacahuète, 28 calories*
*TOTAL*
*618 calories* ☺

Tout le reste était à l'avenant. Il y en avait des pages et des pages. Parfois il y avait un ☹ si je trouvais que j'avais trop mangé, ou un 😐 si j'étais sans opinion sur mon alimentation du jour. Cela continuait jusqu'à la veille de mon accident. J'essayai de jeter cet objet inutile à la poubelle, mais je ratai mon tir. J'étais dégoûtée. Non mais franchement, vous vous voyez tenir un journal de régime ?

Je me demandais si l'ancienne Naomi Porter était, comme c'était fort probable, une pauvre idiote irrécupérable, une fille que je n'aurais même pas voulu connaître.

Je me demandais...

Je fouillai mon sac à dos. Vous allez me dire que j'aurais pu faire ça à l'hôpital, mais je ne l'avais pas fait. Je regardai mon permis de conduire. Il avait été délivré neuf mois plus tôt, pour mon seizième anniversaire. Je portais mon uniforme du lycée, et sur la photo je souriais si largement qu'on voyait que je portais encore des bagues. Je passai la langue sur mes dents : lisses, pas de métal. L'orthodontie... voilà une chose que je pouvais me réjouir d'avoir oubliée. En remettant mon permis dans mon sac à dos, je me demandai si je savais encore conduire.

Mon sac contenait aussi mon téléphone portable, dont la batterie était morte, si bien que je le branchai dans le chargeur et l'allumai.

J'avais envie d'appeler quelqu'un mais je ne savais pas qui, alors je me mis à regarder tous les contacts du répertoire. Je ne reconnus pas la moitié des noms. J'envisageai d'appeler

Will – il était peut-être au courant pour la pilule ? –, mais me ravisai. Même si c'était mon « meilleur ami », c'était quand même un garçon et je ne voulais pas lui poser de questions sur ce genre de choses.

Soudain, j'eus envie d'appeler ma mère. Pas parce que je pensais qu'elle serait au courant pour la pilule, mais simplement parce qu'elle me manquait. Elle me manquait par réflexe, même si je savais que ce n'était qu'un tour que me jouait mon si peu fiable cerveau. Une partie idiote, résiduelle, de ma cervelle. Tout comme l'être humain a dans les boyaux un appendice, inutile et plutôt nuisible, auquel il ne pense jamais sauf le jour où il doit se le faire enlever.

Je ne voulais pas vraiment lui parler, mais je décrochai et composai quand même son numéro. Bien sûr, j'avais pris soin de masquer le mien, au cas où elle disposerait de l'option présentation du correspondant. Je savais que j'allais sans doute raccrocher, mais j'avais besoin de l'entendre. Même si elle ne disait que « Allô, qui est-ce ? » ou ne faisait que respirer.

– Coucou ! glapit une voix aiguë de petite fille intelligente. Vous parlez à Chloé Fusakawa, et je viens juste d'apprendre à répondre au téléphone.

C'était ma sœur. Je n'étais pas préparée à ça, et pendant une seconde je restai sans voix.

– Allôôôôôôôô ? Y'a quelqu'un ?

– Non non, c'est personne, réussis-je à articuler.

Elle gloussa.

– Personne. Drôle de nom ! Bonjour, Personne ! Est-ce que tu aimes lire ?

– Oui.

– Est-ce que tu as lu *Bonsoir Lune* ?

– Oui.

Ma mère me le lisait quand j'étais petite.

– C'est mon septième livre préféré. Avant c'était le cinquième, mais maintenant c'est trop facile. Mais c'est quand même bien. Il y a ton nom dedans. À un moment, ça dit « Bonsoir, Personne », et c'est mon deuxième passage préféré dans mon septième livre préféré.

J'entendis la voix familière de ma mère dans le fond.

– Tu es au téléphone, Chloé ?

– C'est Personne ! cria Chloé.

– Alors raccroche, ma chérie ! C'est l'heure de prendre ton bain.

– Bon, il faut que je m'en aille, me dit Chloé. Au revoir, Personne. Rappelle-moi, d'ac ?

– D'accord.

En raccrochant, je me sentis plus seule que jamais.

Tout ce que je voulais, c'était dormir.

Et c'est ce que j'ai fait.

Pendant à peu près une semaine, peut-être deux.

C'était facile de perdre la notion du temps.

# 3

Je me réveillai en sursaut : trois petits coups frappés à la fenêtre. Cela me surprit, parce que mon ancienne chambre était à l'étage. Autrement dit, personne ne pouvait frapper à la fenêtre à moins d'avoir des superpouvoirs.

Je me redressai dans mon lit et ouvris le rideau. Il faisait nuit dehors, mais cela ne m'empêcha pas de reconnaître Ace Zuckerman. J'avais vu sa photo dans mon portefeuille, sur mon bureau, dans l'album et à d'autres endroits encore. En chair et en os, toutefois, il était à peu près aussi différent de James qu'on pouvait l'être. Le contraste entre mon « petit ami » et mon « faux petit ami » était presque comique.

Ace était en jean, comme James, et en haut de survêtement. Mais sur Ace, le tout était bien rempli. Je n'avais pas besoin de regarder pour savoir que sous son blouson, ce n'était sûrement pas un tee-shirt de concert délavé qu'il portait. Ace avait les cheveux châtain clair, un peu en bataille. Il était musclé. Et beau, je suppose, quoique de manière presque caricaturale. Tout, chez lui, semblait trop large, trop grand. Si on m'avait posé la question à ce moment précis, j'aurais répondu : « Pas du tout mon genre. »

J'ouvris la fenêtre et il se hissa par-dessus le rebord. Il avait des gestes d'athlète, et il projeta sans effort ses jambes loin devant lui pour éviter l'étagère sous ma fenêtre. À l'aisance décontractée de ses mouvements, je compris qu'il était déjà entré bien des fois dans ma chambre de cette manière.

La première chose qu'il fit fut de m'embrasser. Sur la bouche. Et sans me demander la permission.

Je n'avais aucun souvenir d'avoir déjà été embrassée par lui.

En fait, je n'avais aucun souvenir d'avoir déjà été embrassée par quiconque.

D'une certaine manière, c'était donc mon premier baiser.

Il avait goût de Gatorade[1] (ça aurait pu être pire, je suppose), et sa langue était comme engourdie, sans but, trop grosse dans ma bouche. Le mieux que je puisse en dire, c'est que ce fut vite terminé.

Il se dégagea, mais resta assis sur le bord de mon lit.

– Tu ne te souviens vraiment pas de moi, hein ?

– Non, mais je sais qui tu es. Tu es mon... (Il me regardait avec espoir, mais je ne pouvais pas me résoudre à prononcer le mot.) Mon...

– Copain, termina-t-il. Ace.

– Voilà, mon copain.

– Excuse-moi de ne pas être venu plus tôt. C'est juste que... J'étais en stage de tennis. Je donne des cours cette année, et...

– Ah bon, tu fais du tennis ? Moi aussi.

Ce n'était que pour faire la conversation. J'étais déjà au courant de tout cela, bien sûr.

– Je sais. C'est comme ça qu'on s'est rencontrés. Tu joues bien.

---

1. Gatorade : marque d'une boisson énergétique. (N. d. T.)

Tout à coup, il se frappa la tête, et la violence de son geste m'effraya, vraiment.

– J'ai foiré ! J'aurais dû quitter le stage avant la fin. J'aurais dû venir !

– C'est pas grave, Al.

– C'est Ace, mon nom, souffla-t-il.

– Je sais.

Je ne savais absolument pas pourquoi je l'avais appelé Al. Je connaissais son nom, mais je crois que son geste d'autoflagellation m'avait momentanément frappée de stupeur.

Il se racla la gorge et changea de sujet.

– Tiens, je t'ai apporté quelque chose. J'étais à la boutique du club où je faisais le stage, et ça m'a fait penser à toi.

Il sortit de sa poche une paire de bracelets en éponge blancs.

Je me demandai ce qui, chez moi, lui faisait tellement penser à des bracelets anti-sueur. Était-ce censé être une blague ? Je voyais à sa bouche – une fine ligne rose, pleine de patience résolue et d'anticipation – que non.

Certes ce n'était pas le cadeau le plus romantique du monde, mais enfin vous voyez, quoi, cela partait visiblement d'une bonne intention, alors je les enfilai.

– C'est joli, dit-il. Avec ton, euh... pyjama.

J'allai me placer devant les miroirs des portes de ma penderie en faisant mine d'admirer mes bracelets, mais ce que je fis en réalité, c'est observer le reflet d'Ace. J'essayais de le cerner, et c'est parfois plus facile quand les gens ne sont pas conscients d'être vus. Je le regardai me regarder. Il avait les yeux fatigués et semblait content que je porte son cadeau. Peut-être était-ce quelque chose de mélancolique dans son attitude, peut-être les pilules dans mon tiroir (*non, sans blague ?*), mais soudain je réalisai que je couchais sans doute avec lui. Je décidai également que je ne voulais pas en parler *là tout de suite* ; il était difficile de prédire où nous mènerait une telle conversation.

Au lieu de cela, je me détournai du miroir, traversai ma chambre et l'embrassai de nouveau, comme si j'avais une chance de mieux comprendre les choses de cette manière. Ses lèvres étaient douces, mais son menton était du papier de verre contre mon visage, même si je n'avais pas vu un poil dessus. Au bout de dix secondes, ce qui me semblait déjà beaucoup trop, je me reculai.

– Bon, eh bien merci pour les bracelets, dis-je.

Je ne savais pas comment annoncer à Ace que les médecins m'avaient recommandé d'éviter tous les sports pendant les deux mois à venir.

– Hum, est-ce que je joue beaucoup au tennis en cette saison ?

– Tu commences l'entraînement au début du printemps, m'informa-t-il. Mais à ce moment-là, ils te serviront beaucoup. Il faut croire que je pensais à long terme.

» Pardon, ajouta-t-il, pour la manière dont je suis entré. Je n'aurais pas dû t'embrasser. J'aurais dû te laisser m'embrasser. Et je n'aurais certainement pas dû mettre la langue. En fait, j'ai paniqué. J'ai tout foiré. D'habitude, je ne suis pas du genre à foirer. Pas sur le court. Et en dehors non plus.

Je lui dis que ce n'était pas grave, que nous traversions une période déroutante, ou quelque chose dans le genre. Puis je lui annonçai que j'avais mal à la tête, et il comprit que c'était le moment de repartir comme il était venu.

Je tirai les rideaux. J'étais sur le point d'enlever les bracelets lorsque papa toqua doucement à la porte.

– Oh, tu es réveillée ? J'allais sortir faire un tour.

Je regardai le réveil ; il était déjà 21 h 30.

– Où ça ? lui demandai-je.

– Juste chercher du café. On n'en a plus, et je vais sans doute travailler tard. Tu as besoin d'autre chose ?

Je lui dis que non.

– Je reviens dans une demi-heure. Jolis bracelets, au fait.

Je l'écoutai fermer et verrouiller la porte d'entrée.

Je l'écoutai faire sa marche arrière dans notre allée.

Notre maison était emplie de silence.

Je retirai les bracelets.

Même si j'étais encore crevée, je n'arrivai pas à me rendormir.

Je décidai de mettre mes écouteurs et d'écouter la compile de Will.

La première chanson était, bien sûr, « Fight Test ». Je me souvenais que Will avait fait allusion à un rapport avec notre rencontre. Je décidai donc de l'appeler.

– Alléluia, tu as rallumé ton téléphone ! Je voulais t'appeler, mais ma mère m'a dit de te laisser te reposer.

Je le laissai jacasser sur l'album, sur la lettre qu'il m'avait écrite, sur des recherches qu'il avait faites sur Internet au sujet de l'amnésie, et sur tout ce qui lui passait par la tête.

– Bon et alors, comment est-ce que je t'ai rencontré ? lui demandai-je lorsqu'il finit par se taire pour reprendre sa respiration.

– Je sais c'est difficile à croire, mais tu ne m'as pas aimé d'entrée de jeu.

– Nooon ? répondis-je en feignant l'incrédulité.

– Eh non, mon amie. C'est venu petit à petit. Je suis comme ça, moi. Je m'impose peu à peu. Officiellement, on s'est rencontrés le premier jour de l'année de troisième, lors d'une réunion informelle pour le *Phénix*, mais tu sais, on n'a pas fait connaissance ce jour-là, pas vraiment. On n'a fait que se voir et se présenter, et chacun a vaqué à ses occupations. La première fois que j'ai réellement fait ta connaissance, c'était à peu près un mois plus tard. On nous avait appris à faire de la mise en page sur ordinateur, et je te regardais travailler par-dessus ton épaule, une chose que tu détestes, comme je l'ignorais à l'époque...

– En fait, c'est une chose que tout le monde déteste, le coupai-je.

– Merci du tuyau, Chef. J'en prends bonne note. Pour revenir à notre rencontre, tu as mis une photo de l'équipe des pom-pom girls sur la page et ça commençait vraiment à prendre tournure, mais ça a fait chasser le texte de la légende, si bien qu'il ne restait plus qu'une ligne toute seule au-dessous : ce qu'on appelle...

– ... une orpheline, je sais.

Je ne savais pas comment je savais, mais je savais.

– Eh, tu te rappelles ! C'est bon signe. Je t'ai dit : « Zut, une orpheline. » Tu t'es retournée et tu m'as regardé comme si tu voulais me tuer. Tu croyais que je parlais du fait que tu as été adoptée...

– Tu es au courant pour ça ?

– Je te dis que je sais tout sur toi. Mais malheureusement, je n'étais pas au courant à l'époque. Donc j'ai répété le truc sur l'orpheline, et tu m'as répondu : « Va te faire foutre. » Et ça aurait pu continuer longtemps comme ça, sauf que j'ai fini par préciser : « Je parle de la maquette. » Alors là, tu as ri et tu as dit : « Ah ouais, je pense que je vais réduire un peu la photo pour régler le problème. » Voilà comment on s'est rencontrés. Et au bout d'un mois environ, une fois qu'on s'est mieux connus, tu m'as expliqué que tu étais adoptée, ce qui a énormément clarifié les choses.

– Parce que avant ça tu me prenais juste pour une emmerdeuse ?

– Je n'irais pas jusque-là.

– Mais quel rapport entre la chanson et notre rencontre ?

– Eh bien... fit-il en se raclant la gorge. Je pense qu'à un certain niveau, elle parle de la difficulté de la communication moderne. Comme je te l'ai dit, je n'ai pas eu beaucoup de temps pour composer une compile digne de ce nom. Mais quand je l'entends, je pense toujours à toi et à l'époque où on s'est rencontrés. Ça ne t'arrive jamais, à toi ? D'entendre une chanson et de l'associer à une personne ? La personne en question n'est même pas forcément au courant.

– Parfois, peut-être.

– Et mon père aimait beaucoup cette chanson aussi. C'était un grand fan des Flaming...

Je bâillai. Impossible de me retenir.

– Pardon. Tu disais ? Ton père...

– Oh mais bien sûr, il faut que tu dormes, Chef. Tu peux me rappeler demain si tu veux, si tu te sens d'humeur.

– Eh, Will, je peux te poser encore une question ?

– Tout ce que tu veux.

– Est-ce que tu dirais que je suis très amoureuse d'Ace ?

– Je ne pense vraiment pas être bien placé pour te répondre.

– Et qui d'autre, alors ?

Will soupira.

– Honnêtement, je dirais que oui. Je ne peux pas dire que j'aie jamais compris cette attirance, mais c'est comme ça.

– Et pourquoi ? Pourquoi lui et pas un autre ?

Je voulais vraiment le savoir.

J'entendis Will boire un peu d'eau avant de répondre.

– Je ne suis pas dans ta tête, donc je ne peux qu'avancer une hypothèse. Je crois que ça te plaît de te montrer avec un beau mec sportif. J'espère que tu ne me trouves pas trop méchant.

– Donc pour toi, je suis superficielle ?

– Je n'ai pas dit ça. Je trouve que tu es la fille la plus sympa des environs, mais je pense aussi que tu es un être humain. Et que tu vas au lycée à un endroit où ce n'est pas vraiment une mauvaise chose d'avoir un mec comme Ace.

Je me demandais...

Toutes ces spéculations étaient épuisantes.

– Bonne nuit, Will.

– Bonne nuit, Chef. Dis-moi, tu crois que tu pourras revenir au lycée pour la rentrée, en même temps que tout le monde ?

– Je ne sais pas quand je reviendrai. Je suis encore pas mal fatiguée.

– Alors pas de folies, hein ? Je te prendrai ton emploi du temps et tous tes devoirs, ne t'inquiète pas pour ça.

– Merci.

Je me glissai sous les couvertures pour écouter de nouveau la chanson. Je m'endormis avant la fin.

Je dormis treize heures d'affilée. Je n'entendis même pas mon père rentrer.

La veille de mon retour au lycée, je dis à papa que je voulais voir si je savais encore conduire.

– Tu es sûre que tu es prête ?

Je ne l'étais pas forcément, mais la perspective de me faire emmener partout en voiture par mon père n'était pas particulièrement réjouissante.

– Ça ne fait que trois semaines, ma grande. Je ne suis pas sûr que ce soit raisonnable.

Mais il fallait bien que je me remette à essayer ce genre de choses, vous comprenez ?

Nous allâmes à la voiture. Je mis la clé dans le contact et la tournai. Ce geste me semblait plutôt familier.

J'allais appuyer sur l'accélérateur lorsque papa m'arrêta.

– Il faut que tu passes la marche arrière.

– Ah oui, bien sûr, dis-je en le faisant.

J'allais appuyer pour la deuxième fois sur l'accélérateur lorsque papa intervint.

– Tu devrais regarder dans le rétroviseur pour voir si quelqu'un arrive. Et puis par-dessus ton épaule, pour vérifier l'angle mort.

– Ah oui, oui. Évidemment.

La route était déserte des deux côtés.

Je commençai ma marche arrière. Je venais d'avancer mon pare-chocs sur la route lorsqu'un klaxon hurla trois fois. J'écrasai le frein tandis qu'un 4 × 4 passait à toute vitesse en nous évitant de peu.

– *Pauvre débile !* lui cria papa, même si personne ne risquait de l'entendre à part moi. Beaucoup de gens traversent ce quartier à fond de train, ajouta-t-il. Il ne faut pas que ça t'inquiète.

Mais cela m'inquiétait. Je n'étais pas du tout sûre d'être encore capable de conduire.

– Je devrais *savoir* comment on fait !

Je frappai du poing sur le tableau de bord. Parmi tout ce qui m'était arrivé, je trouvais cela particulièrement humiliant. Je me sentais infantilisée, impuissante, faible, idiote, j'étouffais. C'était horrible que papa, ou n'importe qui d'autre, soit témoin de ce fiasco. Il fallait que je me tire de cette voiture.

Je ne coupai même pas le contact. Je claquai la porte et courus droit dans ma chambre.

Papa me suivit.

– Naomi, attends ! Je veux te parler une seconde.

Je me retournai lentement.

– Quoi ?

– Je... Tu conduiras quand tu seras prête. On peut réessayer la semaine prochaine. Il n'y a pas le feu.

Papa avait les yeux rouges. On aurait dit qu'il n'avait pas dormi, alors que déjà en temps normal il ne dormait jamais beaucoup.

– Tu as l'air un peu crevé, papa.

Il soupira.

– J'ai regardé un documentaire animalier et je me suis couché tard. C'était sur les lemmings. Tu sais, avant, on croyait qu'ils commettaient des suicides collectifs quand ils étaient en surpopulation, tu te rappelles ?

– Plus ou moins.

– En fait, ils ont juste une très mauvaise vue.

– Depuis quand tu regardes ces trucs-là ?

Mon père n'était pas très « nature ».

Il secoua la tête.

– Je sais pas trop. Depuis le divorce, je suppose. Je t'emmène au lycée demain, d'accord ?

Jusque-là je n'avais pas redouté le lycée, mais c'était uniquement parce que je n'y avais pas pensé.

À l'hôpital, on avait testé mes capacités cognitives et conclu que mon cerveau était, à part la perte de mémoire, normal. Quoi que « normal » signifie. (Ou, comme avait dit papa pour rire, « pas plus tordu qu'avant ».) Je me rappelais les maths et les matières scientifiques, mais j'avais oublié des livres entiers, que j'avais pourtant lus, ainsi que pratiquement toute l'histoire – mondiale et, bien sûr, personnelle. J'étais toujours capable d'apprendre des choses nouvelles, et il me restait tout jusqu'à la cinquième ; donc, réflexion faite, ça aurait pu être bien pire. Certaines personnes blessées à la tête se retrouvent pendant des mois ou même des années en thérapie parce qu'elles doivent tout réapprendre de zéro : lire, écrire, parler, marcher, même se laver et aller aux toilettes. Certaines finissent la tête rasée, ou obligées de porter un casque. Je suis sûre que l'un et l'autre seraient vraiment bien passés au lycée.

Ce qui m'inquiétait le plus à l'idée de retourner en classe, ce n'était pas le travail, mais les élèves. À me voir, on ne pouvait pas imaginer qu'il me soit arrivé quelque chose de grave – je n'avais rien de plus que des bleus et des points de suture – mais à l'intérieur, je ressentais tout autre chose. J'avais peur de ne pas reconnaître les gens et de ne pas me comporter comme il fallait. J'avais peur de devoir expliquer les choses alors que je les comprenais à peine moi-même. J'avais peur que tout le monde me regarde et peur de ce qu'on dirait. Voilà pourquoi je m'étais efforcée de ne pas penser du tout au lycée.

Le lendemain matin à Tom-Purdue, la plupart des élèves qui se faisaient déposer étaient en troisième ou en seconde. Assise sur le siège passager de la voiture de papa, j'étais sacrément triste de ne pas avoir conduit moi-même.

– Prête ? me demanda papa.

– Non.

J'avais gribouillé mon emploi du temps du jour sur ma main la veille au soir ; j'avais un plan du lycée ; je connaissais la combinaison de mon casier ; papa avait appelé tous mes professeurs. Pourquoi était-ce si dur d'ouvrir la portière ?

Papa sortit de la poche de sa veste une petite boîte rectangulaire noire.

– Ta mère voulait que je te donne ça. C'est arrivé vendredi dernier.

– Je ne veux rien qui vienne d'elle.

– Moi, ça m'est égal, dit papa. Je ne fais que passer le message.

Accrochée à la boîte, il y avait une carte qui portait son écriture bien reconnaissable, artistique :

*Ma puce, papa m'a dit que tu pourrais avoir besoin de ceci. Bonne rentrée au lycée. Je t'aime, maman.*

Mais je n'étais pas sa puce, ni celle de personne, et je n'aimais pas qu'on essaie de m'acheter. De toute manière je me fichais de ce qu'il y avait dans la boîte. Ça ne me plairait pas, par principe.

D'un autre côté, c'est très difficile de résister à ouvrir un cadeau une fois qu'il est là, sur vos genoux.

Et donc, je soulevai le couvercle. À l'intérieur, il y avait une paire de lunettes de soleil visiblement coûteuses, à monture argentée.

Je regardai papa.

– Tu lui as parlé de la lumière ?

– Elle est encore ta mère, ma grande.

Un effet secondaire « marrant » de mon accident était que j'avais l'impression de vivre au pôle Nord. Tout me semblait incroyablement brillant (comme le sont les calottes glaciaires en personne, j'imagine) et je me gelais la plupart du temps, même si on était encore en septembre. C'est le genre de choses qui arrivent suite à un coup sur la tête, il faut croire. Comme on me l'avait expliqué, les connexions dans le cerveau doivent passer par des déviations, et il leur arrive d'envoyer des informations erronées ou trop nombreuses. Résultat, j'avais froid quand il faisait doux et j'étais bizarrement sensible à la lumière, même lorsqu'il ne faisait pas particulièrement clair.

Malgré tout, j'étais quand même sur le point de jeter le cadeau de maman par la fenêtre, sur le parking de l'école. J'avais envie que quelqu'un l'écrase avec sa voiture.

Sans doute plus par réflexe qu'autre chose, je commis l'erreur de les chausser.

La matinée était lumineuse – plus que d'habitude ou non, je n'aurais pas su le dire avec certitude – et il est vrai que j'avais moins mal à la tête derrière les verres fumés. En me regardant dans le rétroviseur, je constatai qu'elles avaient aussi le mérite non négligeable de recouvrir presque entièrement ce qui restait de ma blessure, et même une partie de la cicatrice qui s'était formée à l'emplacement des points de suture.

J'avoue. Ce qui me perdit était complètement vaniteux. Je me sentais, un tant soit peu, classe.

Peut-être parce qu'elle était artiste, ma mère avait bon goût. Il fallait lui reconnaître cela. Cette femme savait toujours exactement ce que tout le monde devait porter.

– Ça te va bien, ma grande, dit papa.

Je déchirai le mot, lui tendis les morceaux et la boîte.

– Tu pourras jeter ça pour moi ?

J'ouvris la portière et sortis de la voiture. Je gardai le cadeau. Ce n'était pas parce que ma mère était la reine des garces que je devais laisser passer des lunettes de soleil parfaites.

# 4

Soit les autres me regardaient fixement, soit ils me fuyaient carrément des yeux. J'étais contente d'avoir les lunettes noires car personne ne savait de quel côté je regardais. Il me semblait entendre des élèves chuchoter mon nom, mais je ne distinguais pas ce qu'ils disaient. Peut-être que je ne voulais même pas le savoir, d'ailleurs. Peut-être qu'ils ne disaient rien du tout. Peut-être était-ce entièrement dans ma tête.

Je n'avais pas prévenu Will ni Ace que je revenais en classe ce jour-là. Je ne voulais pas en faire toute une affaire. En montant les marches de Tom-Purdue, je regrettais un peu de n'en avoir parlé à personne.

Une fois dans le couloir principal, je cherchai des yeux un visage familier dans la foule – James, Will, Ace – mais je ne reconnus personne. Des élèves et même quelques profs me saluèrent. Je leur souris en retour. Je ne savais absolument pas qui ils étaient.

Nous avions emménagé à Tarrytown l'année de mes douze ans. J'avais fait mon année de sixième à l'école élémentaire de

Tarrytown[1] avant d'aller à Tom-Purdue pour le collège et le lycée. Malheureusement, ma mémoire s'arrêtait justement là. Tous ces gens m'étaient étrangers. J'avais l'impression d'être la petite nouvelle. En fait, c'était pire que ça. J'avais déjà été nouvelle, et au moins dans ce cas tout le monde connaît votre statut. On *sait* qu'on ne vous connaît pas.

Je longeai le couloir jusqu'à l'emplacement supposé de mon casier, numéro 13002. J'essayai la combinaison que m'avait donnée Will en même temps que mon emploi du temps et mes devoirs, mais elle ne marchait pas. J'essayai de nouveau. Toujours rien. De frustration, je donnai un coup de poing dans la porte du casier. Quelqu'un me tapa sur l'épaule.

– Il faut que tu fasses un tour de plus dans le sens des aiguilles d'une montre avant de t'arrêter sur le dernier chiffre, me dit une fille très pâle aux cheveux teints en rouge groseille.

Elle portait des bottes de chantier rouges avec son kilt, et je voyais des chaussettes à rayures arc-en-ciel qui dépassaient un peu en dessous.

Je suivis son conseil et le casier s'ouvrit.

– Merci, dis-je.

– De rien, Nomi.

Cette fille me disait quelque chose, même si je n'arrivais pas d'emblée à la situer.

– Je te connais, dis-je.

Elle était dans ma classe à l'école élémentaire de Tarrytown. À l'époque, Alice Leeds avait de longs cheveux blonds qu'elle séparait souvent en deux tresses.

---

1. L'école élémentaire dure jusqu'à la sixième (incluse), suivie de deux années de collège, puis du lycée qui commence en troisième. (N. d. T.)

– Alice ?

– Je ne savais pas si tu te souviendrais de moi. Tout le monde est au courant pour ta tête.

Je lui expliquai que je me souvenais de tout jusqu'à la cinquième, y compris la classe de sixième de Mrs Bloomfield.

– On est toujours amies ? lui demandai-je.

– Mmm, pas tant que ça. On s'est un peu éloignées, je suppose. (Alice haussa les épaules.) À plus, me dit-elle en partant.

– À plus.

J'en étais à me demander si nous nous étions brouillées ou si c'était comme elle avait dit, si on s'était juste « éloignées », lorsque la cloche sonna. Je jetai tout un tas de livres dans le casier, que je fermai en claquant la porte. Je regardai ma main, où j'avais écrit : « Algèbre, Mrs Tarkington, salle 203 ».

Lorsqu'il arrive quelque chose, et j'entends par là quelque chose d'important comme une maladie grave ou la mort, certaines personnes préfèrent se comporter comme si de rien n'était. Ma prof principale et prof d'algèbre, Mrs Tarkington, était de ces gens. Même si je ne voulais pas nécessairement qu'on fasse toute une histoire de ce qui m'était arrivé, c'était encore plus gênant qu'on n'en parle absolument pas.

Bien que mes professeurs eussent été informés de mon état, Mrs Tarkington ne perdit pas son temps à me demander comment j'allais ni rien de ce genre. Elle n'éprouva pas non plus le besoin de m'indiquer ma place. Un garçon sympa avec des lunettes rondes me chuchota :

– Naomi Porter. On est placés par ordre alphabétique. Tu es derrière moi. Patten, Roger.

– Merci, lui dis-je, reconnaissante.

Je m'assis, et il se retourna par-dessus son épaule pour me serrer la main.

– On travaille aussi ensemble sur l'album. Je ne suis pas un créatif comme toi ; je vends juste les espaces publicitaires des dernières pages. Landsman nous a tous mis au parfum sur ce qui t'était arrivé. On voulait t'envoyer une carte, mais heureusement, tu es vite revenue. Super lunettes, au fait...

– Mr Patten, comment se fait-il que j'entende des chuchotements pendant les annonces du matin ? demanda Mrs Tarkington.

– Désolée, dis-je tout bas à Roger.

Il sourit et haussa les épaules.

En ce qui concernait le travail, comme c'était le début de l'année scolaire, la classe en était encore à des révisions d'algèbre et de trigonométrie. Heureusement, je me souvenais des deux.

Moins heureusement, j'avais oublié mon livre dans mon casier. Mrs Tarkington m'en prêta un, mais on voyait bien qu'elle était agacée.

À la fin du cours, elle m'attira dans un coin.

– Miss Porter, je ferme les yeux pour aujourd'hui, mais les lunettes de soleil ne sont pas acceptables en classe.

J'essayai de lui expliquer toute cette histoire de câblage dans mon cerveau, mais je vis bien qu'elle pensait que c'était juste une excuse. Et elle n'avait peut-être pas tort, mais n'empêche que je voulais garder mes lunettes. Je me sentais plus en sécurité derrière. Elle agita la main pour me congédier.

– Ne recommencez pas.

En deuxième heure, j'avais histoire américaine, et rien de tout cela ne me rappelait grand-chose. Mais d'un autre côté, personne d'autre n'avait l'air très savant non plus. En plus, tout était écrit dans le manuel, donc je me dis que ce ne serait pas trop dur de rattraper le niveau.

Je m'égarai sur le chemin de mon troisième cours, anglais, parce qu'il se tenait dans une salle située juste à côté de la bibliothèque et qui n'était pas indiquée sur mon plan. Lorsque j'arrivai enfin, Mrs Landsman me serra dans ses bras comme si j'avais été sa fille portée disparue. J'en déduisis que nous étions proches.

– Naomi Porter, nous nous sommes tellement inquiétées pour toi !

Elle avait une poigne surprenante pour une femme si petite, car Mrs Landsman ne devait pas mesurer plus d'un mètre cinquante-cinq ; je mesure un mètre soixante-dix depuis mes douze ans, mais avec cette petite femme agrippée à ma taille, j'étais soudain très consciente de ma hauteur. Elle avait les yeux bleu vif de Will, son sourire asymétrique et sa peau claire. En revanche, contrairement à lui, elle avait des cheveux blond-roux qui lui descendaient jusqu'à la taille : longs, raides et séparés par une raie au milieu. Elle avait aussi un visage de poupée fragile sur lequel on lisait tout de suite que ce serait incroyablement facile de lui faire de la peine. La plaque sur son bureau indiquait que son prénom était Molly, et ce prénom lui allait bien : féminin mais vieux jeu ; doux et ouvert comme une pomme.

– Will ne m'avait pas dit que tu revenais aujourd'hui !

J'avouai que je ne l'avais pas prévenu.

Elle agita son index sous mon nez.

– Ma chère, voilà qui va le scandaliser !

Les phrases de Mrs Landsman étaient des confidences à voix basse qui se terminaient toutes par un point d'exclamation.

– Il est resté à la maison aujourd'hui, il est malade – encore son estomac –, il travaille trop le pauvre garçon, mais si je m'écoutais, je l'appellerais tout de suite !

Mrs Landsman m'embrassa de nouveau avant de me montrer un siège dans les premiers rangs.

– Surtout, si je peux faire quoi que ce soit pour toi, dis-le-moi. Quoi que ce soit !

Mrs Landsman avait commencé l'année par un cours sur le théâtre, et la classe était en pleine lecture de *En attendant Godot*. Comme les autres s'étaient réparti tous les rôles pendant mon absence, il ne me restait plus qu'à les écouter. Le rôle d'Estragon était tenu par une blonde aux jambes interminables qui s'appelait Yvette Schumacher et portait des babies à plate-forme bordeaux avec de grandes chaussettes brodées de cœurs rouges : dans un lycée avec uniforme, l'habillage de la jambe et du pied est très révélateur. Je connaissais Yvette depuis la sixième, comme Alice que j'avais croisée dans le couloir. Vladimir était joué par Patten virgule Roger, du cours d'algèbre.

Peut-être que si je n'avais pas raté le début, l'histoire aurait été plus intéressante ou plus compréhensible. Mais sans le contexte et sans connaître l'intrigue, j'avais du mal à cerner ne fût-ce que le sujet de la pièce. Les personnages principaux étaient-ils amoureux, ou juste amis ? C'était difficile à dire.

J'essayai de me concentrer, mais déjà toute petite je n'aimais pas trop qu'on me fasse la lecture. Dès que j'ai su, j'ai préféré lire moi-même. En outre, le langage de la pièce était tellement répétitif que je le trouvais extraordinairement difficile à suivre.

Et soudain, sans transition, Mrs Landsman me secouait doucement.

– Naomi, pauvre chérie, réveille-toi !

La salle de classe était vide, et pendant un moment je ne sus plus où j'étais.

– Pardon.

– Ne t'excuse pas, chérie. Tu pourras lire la pièce plus tard. Elle a plus de cinquante ans, elle attendra bien jusqu'à demain. Tu avais l'air tellement tranquille ! J'ai failli te laisser dormir encore un peu. Veux-tu aller te reposer à l'infirmerie ?

C'était vrai que j'étais épuisée, mais je savais que je ferais mieux de continuer à suivre mon emploi du temps. Sans quoi les choses n'iraient pas en s'arrangeant.

– C'est vraiment très gentil, mais il faut que je m'en aille, lui dis-je à regret.

– Si tu es sûre... (Mrs Landsman m'examinait d'un œil inquiet.) Je te considère comme un membre de ma famille, chérie. Je peux te faire un mot. Quel cours as-tu maintenant ?

Je regardai sur ma main.

– Physique, avec le Dr Pillar.

– C'est un monsieur charmant. Un de mes collègues préférés !

Comme je mesurais quinze bons centimètres de plus qu'elle, Mrs Landsman dut lever les bras pour me poser les mains sur les épaules. Mon père et moi n'étions pas très câlins, mais c'était agréable d'être touchée par quelqu'un qui n'était ni médecin, ni en train d'essayer de coucher avec moi. C'était bon de se laisser materner.

– Fais donc un arrêt aux lavabos, me dit-elle. Ton emploi du temps a déteint sur ta figure.

Dans les toilettes des filles, je m'observai dans la glace. En effet, j'avais une empreinte inversée de mon planning sur la joue droite. Le savon était un de ces produits rugueux et poudreux que l'on ne trouve que dans les établissements scolaires.

Ça nettoyait très mal. En gros, il fallut que je me racle carrément la peau pour en effacer mon emploi du temps, et cette opération fit baver celui que j'avais sur la main.

Lorsque j'arrivai finalement en cours de physique, les lumières étaient éteintes parce que la classe visionnait un DVD : une introduction aux particules subatomiques et à la théorie des cordes. Je tendis mon mot au Dr Pillar, qui me sourit et m'indiqua une place libre.

Je retirai mes lunettes noires pour regarder le film. C'était vraiment très relaxant. Le narrateur avait une voix feutrée, et il y avait pas mal de musique New Age à la Philip Glass pour accompagner les images. Des interviews d'adultes très ringards en blouse blanche et chemisette en polyester alternaient avec des simulations informatiques d'étoiles et de planètes qui se formaient, se désagrégeaient, se reformaient. D'une certaine manière, c'était magnifique. Toutes ces étoiles et ces planètes, cela me rappelait quelque chose...

Un planétarium climatisé.

L'air était rance comme dans une bibliothèque, mais humide aussi, comme à la mer...

Moi en léger débardeur blanc.

Avec la chair de poule sur le bras.

Du rock des années soixante-dix.

Un garçon aux mains moites.

Ce sentiment...

Que tout peut arriver.

Je me demandai si c'était un souvenir réel, et si oui, s'il m'appartenait vraiment, ou si c'était quelque chose que j'avais lu dans un livre ou vu dans un film. Même au temps où mon cerveau fonctionnait parfaitement, je faisais cela. Je prenais des histoires dans les livres et je les combinais, en quelque sorte, avec des événements réels. Ce n'était pas tout à fait du mensonge, même si certains appelleraient cela ainsi. C'était plutôt un emprunt. C'est dur à expliquer précisément, sauf si vous êtes du genre à le faire aussi.

Je tâchai de me concentrer de nouveau sur le film. L'un des physiciens expliquait que lorsque les savants ont commencé à étudier l'univers, c'était comme s'ils se trouvaient dans une pièce plongée dans le noir. À présent, avec les nouvelles théories, ils comprenaient que ce n'était pas une pièce, mais une maison. Et pas n'importe quelle maison : plutôt un château, possédant un nombre infini de pièces dans lesquelles on pouvait déambuler au hasard. J'imaginais ces scientifiques errant à tâtons dans ce château obscur. Je ne sais pas pourquoi, je les voyais sous les traits de femmes soûles, de retour d'une beuverie d'étudiants.

– Dites donc, demandait l'une aux autres, est-ce que quelqu'un se rappelle comment on s'est retrouvées là-dedans, bon Dieu ?

Elles étaient encore en train de chercher la sortie lorsque je m'endormis pour la deuxième fois de la matinée.

Heureusement, je me réveillai toute seule cette fois, ce qui était une bonne chose. Je ne voulais pas passer pour « la fille qui s'endort tout le temps en classe ». (Il y en a toujours une. Vous vous reconnaîtrez.)

Les médecins m'avaient dit que les traumatismes pouvaient entraîner une fatigue extrême pendant « un certain temps ».

– Et c'est long comment, *un certain temps* ? leur avais-je demandé.

– Grosso modo ?

– Grosso modo.

– Indéfiniment, m'avaient-ils très utilement répondu.

– Miss Porter.

Le Dr Pillar m'arrêta alors que je sortais de la salle. Il avait une tête parfaitement ronde et chauve, avec une bande mousseuse de cheveux d'un noir de jais qui passait au-dessus des oreilles et du cou, comme un casque audio qui lui aurait glissé du haut du crâne.

– Votre père a appelé pour dire que vos compétences en maths et en physique sont extra, oui ?

Il formait ses phrases d'une manière étrange, guindée, avec un accent tout aussi étrange que je n'arrivais pas à situer, mais qui n'était pas sans ressemblance avec celui de Dracula.

– Vous êtes d'un an en avance en maths et en matières scientifiques, donc c'est très bien, oui ? Mais je prépare pour vous un dossier avec la chimie et les mathématiques nécessaires pour la maîtrise de la physique.

Il me tendit une grande et lourde enveloppe bourrée de feuilles. Autrement dit, une synthèse. Je le remerciai. C'était bon de savoir que le lycée n'était pas entièrement peuplé de Mrs Tarkingtons.

– C'est intéressant, ceci. Pourquoi vous avez perdu certaines choses et d'autres pas... (Il me scruta, à peu près comme on s'attendrait à ce qu'un chercheur observe un primate.) Peut-être c'est parce que vous placez différentes choses dans différentes zones de votre cerveau. Nous ne savons rien au sujet du cerveau, n'est-ce pas ?

Certes, il semblait assurément que ce soit le cas.

– Et quatre années, n'est-ce pas ? Voilà qui est très singulier. Peut-être c'est l'arrivée de la puberté qui modifie l'endroit dans lequel vous rangez les souvenirs à long terme ? Alors vous avez tout conservé avant la puberté, mais rien après ?

Je ne voyais pas bien où il voulait en venir, mais je n'avais vraiment aucune envie de discuter puberté avec le Dr Pillar.

– Peut-être un traumatisme de votre jeunesse que vous avez beaucoup désiré refouler ?

– Bah... peut-être.

– Pardonnez-moi. J'aime faire des théories sur ce qui ne s'explique pas facilement. C'est dans ma nature. Avez-vous une théorie à propos de votre perte de mémoire, Miss Porter ?

– J'ai perdu à pile ou face et je suis tombée dans l'escalier. Malchance et maladresse ?

– Ou, peut-être, hasard et gravité. À cet égard vous êtes une expérience de physique ambulante, oui ?

En effet, on pouvait le dire comme ça.

Après la quatrième heure venait celle du déjeuner, et Ace m'attendait devant la salle de physique pour m'emmener à la cantine.

– Tu n'avais pas prévenu que tu venais aujourd'hui !

Il me serra dans ses bras et souleva mon sac à dos de mon épaule.

– C'est bon, Ace. Je peux le porter moi-même.

– Mais je veux le faire, insista-t-il.

Nous prîmes place à une longue table avec un groupe d'une vingtaine d'élèves. C'était un mélange de garçons et de filles, j'en reconnus quelques-uns de mes cours, quelques autres de l'école élémentaire. Notre tablée était de loin la plus bruyante. On voyait bien que les personnes avec qui je déjeunais se considéraient comme les célébrités du lycée. On aurait dit qu'ils faisaient un spectacle de leur repas, au lieu de simplement le manger.

Une blonde aux cheveux bouclés prénommée Brianna se présenta avant d'ajouter :

– Je veux juste que tu saches à quel point je te trouve *courageuse*. C'est tellement tragique, ce qui t'est arrivé ! Hein qu'elle est courageuse ?

Je ne me sentais pas courageuse du tout. Même si ses mots étaient ostensiblement dirigés vers moi, elle avait plutôt l'air de s'adresser à Ace, ou à la table en général, ou au lycée tout entier.

Elle prit ma main dans les siennes.

– C'est bizarre parce que tu te ressembles, et en même temps tu es *complètement* différente, Naomi.

– Différente comment ?

Brianna ne répondit pas. Elle avait fini de me parler et était déjà passée à quelqu'un d'autre.

Quatre ou cinq de mes voisins et voisines se présentèrent à leur tour. Certaines des filles me parlaient trop fort, comme si j'étais sourde. D'autres n'arrivaient pas à me regarder dans les yeux. Ensuite, tout le monde retourna au *Show du Déjeuner* et personne ne fit plus attention à moi, ce qui m'allait très bien. Je me rendis rapidement compte que c'étaient les amis d'Ace, pas les miens. Je me demandai où était installé James Larkin : je ne l'avais pas encore vu. Ni Will.

– Est-ce que Will mange avec nous d'habitude ? demandai-je à Ace.

– Pourquoi veux-tu savoir ça ?

Sa réaction m'étonna.

– J'ai dit quelque chose qu'il ne fallait pas ?

– Non... Je sais que Landsman est ton pote, mais je ne sens pas du tout ce petit mec, me répondit Ace en secouant la tête. Il déjeune dans le bureau de l'album. Toi aussi, parfois.

En plus d'être bruyante, la cantine était climatisée à une température quasi polaire, comme si la direction avait peur que notre nourriture se mette à s'avarier avant que nous ayons eu le temps de l'avaler. Je me mis réellement à grelotter. En entrant, j'avais remarqué des élèves qui déjeunaient dans la cour.

– Il fait tellement beau, dis-je à Ace, on ne pourrait pas aller manger dehors ?

Avant qu'Ace ait eu le temps de prononcer un mot, Brianna me répondit.

– Hum, on pourrait, sans doute, mais on mange toujours ici.

Puis elle et une fille dont je n'avais pas retenu le nom se mirent à glousser, comme si j'avais suggéré d'aller déjeuner sur Mars.

– C'est vrai, ajouta Ace en haussant les épaules.

Et donc, je grelottai encore dix minutes avant d'annoncer que je devais aller chercher quelque chose dans mon casier.

– Tu veux que je t'accompagne ? me demanda-t-il.

Je secouai la tête et lui dis que tout allait bien.

Mais je n'allai pas à mon casier. J'en avais juste assez de geler. Je sortis dans la cour, mais l'automne approchait et il y faisait encore plus froid.

J'allai me promener au hasard derrière le lycée. À la limite entre les terrains de sport et les autres bâtiments, il y avait une serre.

Je poussai la porte et constatai qu'elle n'était pas fermée. Comme il avait l'air de faire un peu moins froid à l'intérieur, je m'assis sur un banc en ciment, en face de ce qui ressemblait à une expérience cruelle sur les tournesols : sept plantes étaient plus ou moins mortes, mais une autre éclatait de santé. Je me demandai ce qu'on lui donnait comme engrais, à moins que ce ne soit une survivante-née.

J'étais encore plongée dans la contemplation de ce huitième tournesol lorsqu'une voix grave que je connaissais s'éleva.

– Tu trembles de froid.

C'était James. Je décidai de ne pas me retourner tout de suite pour le regarder. Je ne voulais pas révéler à quel point j'étais contente de le revoir, d'autant plus qu'il n'était pas venu me voir à l'hôpital ni chez moi.

– Peut-être un peu, répondis-je d'un air détaché. Au fait, est-ce qu'il fait froid ici ? J'ai du mal à me rendre compte.

– Pas pour moi, dit James en sortant de derrière un oranger, une cigarette non allumée aux lèvres. (Il mit la cigarette dans sa poche revolver.) Mais ça ne signifie pas qu'il ne fait pas froid pour toi.

Il enleva sa veste, qui était en velours côtelé marron avec un col en peau de mouton, et me la tendit.

– Tiens.

Je l'enfilai. Elle sentait la cigarette et la peinture.

– Tu fumes ?

– De temps en temps. Principalement pour éviter de faire pire.

Pour aller chercher un peu plus de chaleur, je glissai mes mains dans les poches de la veste. Je sentis des clés, un flacon de pilules, un briquet, un stylo, quelques feuilles de papier.

– J'aurais peut-être dû vider mes poches avant de prêter ma veste à une fille, dit-il. Qu'est-ce qu'il y a là-dedans ?

Je lui fis mon rapport.

- Rien de trop compromettant, alors.

*Ça dépend pour quoi sont les pilules*, pensai-je.

- Ça dépend de ce qu'ouvrent les clés, dis-je.

Cela le fit rire.

- La maison de ma mère. Ma voiture, qui est, en ce moment, au garage.

Dans le lointain, j'entendis la sonnerie.

- Tu grelottes encore, dit James.

Il desserra sa cravate et retira sa chemise. Il portait un tee-shirt en dessous.

- Mets-la sous la veste. Ça te réchauffera un peu.

- Ça ne va pas t'attirer de problèmes ?

Les règles vestimentaires étaient assez strictes à Tom-Purdue.

Il me dit qu'il avait une chemise de rechange dans son casier. Ses bras étaient sveltes et musclés, mais pas comme ceux d'un type qui fait de la muscu. Je remarquai une cicatrice horizontale de cinq centimètres en travers de son poignet droit. Je n'en étais pas sûre, mais cela ressemblait au genre de marque que laisse une tentative de suicide. Il me vit la regarder. Il ne la cacha pas, mais ne chercha pas non plus à l'expliquer.

La deuxième sonnerie retentit.

- Tu vas être en retard, me dit-il.

Je regardai ma main. J'avais français en salle 1... – le numéro s'était brouillé pendant mes ablutions du matin. Je tendis ma paume pour que James puisse lire.

- Tu ne saurais pas où c'est, par hasard ?

Il prit ma main et la tint comme un livre. Après l'avoir lue, il ferma la sienne autour de mes doigts et me proposa de m'accompagner.

J'aimais la sensation de sa main sur la mienne. C'était peut-être mon imagination, mais j'avais l'impression de sentir encore d'imperceptibles griffures dans sa paume, là où je l'avais agrippé si fort trois semaines plus tôt.

Il lâcha ma main presque aussitôt après l'avoir prise. Lorsqu'il parla, sa voix était devenue dure et sérieuse.

– Viens. On va être en retard.

J'eus du mal à rester à sa hauteur tandis qu'il me guidait dans les couloirs, mais une fois à la porte de la salle de français, il s'attarda. Je pensai qu'il allait peut-être me dire quelque chose. Mais tout ce qu'il voulait, c'était sa veste.

– Ma veste, réclama-t-il d'un ton plutôt irrité pour quelqu'un qui avait été si prompt à la retirer au départ.

Je l'enlevai et j'allais lui rendre sa chemise aussi, mais il me répéta qu'il en avait une autre.

– Tu devrais vraiment t'habiller plus chaudement, me dit-il avant de partir comme une fusée sans même un regard par-dessus son épaule.

Je restai plantée là, de nouveau gelée, et ennuyée de ne pas avoir pris le temps de le remercier pour son aide à l'hôpital.

J'avais oublié pratiquement tout mon français, ce qui, en fait, rendit mon cours involontairement fascinant.

– *Bonjour, Nadine*, me dit Mrs Greenberg dans un français teinté d'un fort accent new-yorkais.

S'il y avait une chose qui n'avait jamais été remise en question, c'était mon nom.

– Excusez-moi, dis-je, mais je m'appelle...

– *En français ? Je m'appelle...*

– *Je m'appelle* Naomi. Euh... *Non Nadine. Nadine : non.*

– *Ici, nous employons les noms français, Nadine.*

– *Oui*, dis-je.

Très bien, si elle tenait à m'appeler *Nadine*, grand bien lui fasse. Ça me faisait l'effet d'un nom de... *comment dit-on ?* de prostituée française, mais bref. *In English*, je demandai au garçon assis derrière moi quelle mouche avait piqué la prof. Visiblement, nous avions tous été baptisés de noms français, ce qui me parut d'une idiotie phénoménale. Si un jour j'allais à Paris, les gens n'allaient pas se mettre tout à coup à m'appeler Nadine.

Ensuite j'avais EPS, dont j'étais bien sûr dispensée, à la place de quoi on m'avait envoyée en permanence jusqu'à ce que je puisse reprendre. J'en profitai pour dormir.

Le dernier cours était l'atelier photo niveau confirmé. Le professeur s'appelait Mr Weir. Il ne me semblait pas très vieux (il devait avoir moins de trente ans, quoique je n'aie jamais été très forte pour deviner l'âge des gens), mais il était complètement chauve. Je n'aurais pas su dire s'il s'agissait d'une calvitie volontaire ou subie. Il portait un tee-shirt sous un blazer à rayures tennis. Lorsque j'entrai dans la pièce, il se présenta :

– Je suis ton prof préféré, Mr Weir. Classe, les lunettes.

Je l'aimai immédiatement.

– Va t'asseoir là-bas, me dit-il gentiment en me désignant une table au fond.

L'atelier était réservé aux élèves qui avaient déjà fait deux ans de photo, ce qui était mon cas (bien que je ne m'en souvienne pas, évidemment). L'objectif principal du cours était de réaliser un projet personnel de A à Z. Celui-ci consistait, grosso modo, en une série de photos racontant une histoire, de préférence personnelle, et nous étions notés à quatre-vingts pour cent là-dessus et à vingt pour cent sur tout le reste, qui se réduisait, pour ce que j'en comprenais, principalement à la participation en classe. Je me dis que c'était du gâteau, le truc le plus facile de mon emploi du temps, et que je pouvais mettre ça de côté le temps de me rattraper dans les matières académiques.

Alors que je sortais de la classe, Mr Weir me demanda si nous pouvions nous parler.

– Je ne sais pas si je fais bien de te le dire, mais tu es venue me voir pendant l'été, avant ton accident. Tu voulais arrêter l'atelier.

– Pourquoi ?

– Tu m'as dit que tu devais te consacrer à l'édition de l'album, mais je ne sais pas bien. C'était peut-être une excuse, pour ne pas me vexer. Bien sûr, tu peux encore arrêter si tu veux, mais tu es toujours la bienvenue si tu préfères rester.

Je lui demandai s'il savait quelle option j'avais prévu de choisir à la place de l'atelier photo, mais il l'ignorait. Enfin une matière qui me plaisait (et qui apparemment ne prenait pas trop de temps), et je n'en avais pas voulu. C'était à n'y rien comprendre.

Au moins, la journée était terminée. À chaque heure j'avais dû être une personne légèrement différente, ce qui était épuisant. Je me demandai si l'école m'avait toujours fait cet effet, et s'il en allait de même pour tout le monde.

Je décidai d'aller aux toilettes. Pas parce que j'en avais besoin : je voulais juste être seule.

J'étais assise dans une cabine lorsque j'entendis Brianna entrer.

Elle parlait avec quelqu'un.

Elle parlait de moi avec quelqu'un.

– Oh là là, je sais, c'était trop gênant au déjeuner, l'entendis-je dire. Je veux dire, elle semble la même, mais elle n'est pas complètement là. Avant, elle était tellement... (Elle soupira.) Mais maintenant... commença-t-elle sans finir sa phrase. C'est tragique. Trop, trop tragique. Et tu sais qui je plains carrément ? Ce pauvre Ace.

C'était une idiote, mais je n'avais pas forcément envie de me retrouver nez à nez avec elle pour autant. Que pourrais-je dire ? Et en plus, elle avait sans doute raison. Je restai dans ma cabine jusqu'à ce qu'elle soit partie.

Franchement, je trouvais tout cela plutôt déprimant.

J'étais encore assise là lorsque mon portable sonna. Je ne me rappelais même pas qu'il était allumé. Je regardai le numéro affiché. C'était Will.

– Ne me dis pas que tu es au lycée.

– Malheureusement si, répondis-je.

– Alors là, je suis furax. Ma mère m'a appelé, mais je ne voulais pas la croire. Pourquoi tu ne m'as pas prévenu que tu venais aujourd'hui ? Tu peux être sûre que je serais allé en cours.

– Ta mère m'a dit que tu étais malade.

– Rien de très grave.

Il m'expliqua qu'il avait eu un ulcère quand il était plus jeune, et qu'à présent il avait « ce problème à l'estomac » qui resurgissait de temps en temps, auquel cas il restait chez lui.

– Mais je serais venu pour toi, Chef. En tout cas, je suis là maintenant.

– Si tu ne te sens pas bien, tu ne devrais pas être chez toi ?

– Je suis toujours là pour l'album. Toi aussi, d'ailleurs. Où es-tu ? Je viens te chercher tout de suite.

– Mais bien sûr, Will. Je suis dans les toilettes des filles. Entre donc.

– Heu... tu ne dis pas ça sérieusement ?

– Non. Pas sérieusement.

Will éclata de rire.

– Je vois. On se retrouve au bureau du *Phénix*, alors ? C'est la salle à côté de celle de Weir. Au fait, il faudrait que tu appelles ton père pour qu'il sache que tu es avec moi.

– Eh, Will ?

– Quoi ?

– Pourquoi est-ce que je voulais arrêter l'atelier photo ?

– Photo. Photo. OK, tu disais que c'était parce que le projet personnel risquait de te prendre trop de temps, je crois. Et aussi, tu n'étais pas d'accord pour que ta note soit fondée sur une histoire personnelle. Je crois que tu trouvais que ça laissait trop de place au hasard. Et puis... c'est tout, il me semble.

Je sentais bien qu'il ne me disait pas tout. Mon père prétend que lorsqu'on veut savoir si quelqu'un nous cache quelque chose, il faut écouter les silences. Je demandai à Will s'il y avait autre chose.

– Bon. Ce n'est qu'une théorie. Mais les deux premières années de photo sont plus techniques : on y apprend quels appareils utiliser, les éclairages, le tirage, Photoshop. Mais ensuite c'est plus créatif, plus proche de ce que fait ta mère, si tu vois où je veux en venir. Alors c'était peut-être ça, le problème ?

Je ne dis rien, mais ça m'avait l'air plausible.

– On se retrouve en haut, lui proposai-je.

Lorsque j'entrai dans la pièce, toute l'équipe m'acclama, tout le monde chanta « Elle est des nô-ôtres », me serra la main et me tapa sur l'épaule, comme si j'étais une sorte d'héroïne. Quelqu'un brandit un appareil qui se révéla être LE FAMEUX appareil photo, et déclara qu'on devrait me photographier avec mon irréductible ennemi. On dénicha un autre appareil et je fis semblant de boxer avec LE FAMEUX appareil photo, ce qui fit rigoler tout le monde. Je me sentais un peu dépassée et peut-être même touchée, car il était clair que ces gens m'aimaient vraiment beaucoup, contrairement à ceux avec qui j'avais dû manger à la cantine.

Tout cela était bien beau, jusqu'à ce que je commence à comprendre ce que signifiait réellement le travail sur l'album. Cela consistait à prendre des tas de photos de groupe, à vendre des espaces publicitaires et à se rendre à des conférences sur – devinez quoi ! – les albums-souvenirs de lycée. Tout cela nécessitait une interminable succession de réunions et de débats. Comment était-il possible qu'il faille tellement de temps, d'argent et d'efforts pour relier une flopée de photos entre deux morceaux de carton ?

La réunion se prolongea jusqu'à environ 7 heures du soir. Il y avait des photos à valider, du texte à préparer et des plannings à établir. En sortant, je demandai à Will combien de fois par semaine l'équipe se réunissait. Il s'esclaffa.

– Tu plaisantes ou quoi ? On se voit tous les jours. Parfois le week-end, aussi.

Je fis un calcul rapide. Cela revenait à vingt heures (minimum) par semaine consacrées à l'album.

Sept cent vingt heures par année scolaire, sans compter les week-ends et les conférences.

Vous pouvez le prendre comme vous voulez : c'était *énormément* de temps.

J'espérai retrouver la mémoire pour pouvoir me rappeler ce que j'aimais dans l'album. Je n'avais pas envie de décevoir tous ces gens adorables.

Dans la voiture, en rentrant, Will se mit à parler de l'album sans pouvoir s'arrêter. C'était obsessionnel chez lui ; je suppose qu'à raison de sept cent vingt heures par an, c'était inévitable. Dans l'ensemble, je ne fis pas trop attention. Je hochais la tête de temps à autre, et il n'attendait apparemment pas d'autre réaction de ma part.

J'avais envie de lui demander pourquoi j'aimais, enfin plutôt pourquoi il aimait tellement l'album, mais je craignais de lui faire de la peine.

– Tu es bien silencieuse, me dit-il.

Je lui répondis que j'étais fatiguée, ce qui était vrai.

– J'ai trop parlé, poursuivit-il. C'est sans doute parce que je suis tellement content que tu sois revenue ! Ce n'est pas du tout pareil sans toi, Chef.

Nous étions à mi-chemin de chez moi, arrêtés à un feu rouge, lorsque je vis James Larkin qui marchait le long du trottoir. Il commençait à crachiner, et malgré la gêne étrange qui avait circulé entre nous dans la serre, je me dis que nous devrions lui proposer de le raccompagner. Je demandai à Will s'il voulait bien s'arrêter.

– Il m'a l'air d'avoir envie de rester tout seul, ce gars-là, me rétorqua-t-il.

Je lui rappelai que James m'avait beaucoup aidée à l'hôpital et que je n'avais jamais vraiment eu l'occasion de le remercier.

– Et en plus, ajoutai-je, il a eu la gentillesse de rapporter l'appareil photo au bureau de l'album.

Je savais que cet argument finirait d'avoir raison de Will. Il soupira comme si cela l'ennuyait vraiment et grommela une réflexion comme quoi cela « coûtait très cher de démarrer et stopper la voiture sans arrêt ». Je lui dis alors qu'il n'avait qu'à me déposer, que je rentrerais à pied.

– C'est ça, je vais laisser mon amie accidentée sous la pluie, dit-il. Je n'ai pas toute la journée pour faire le chauffeur pour toi et tes potes.

Je descendis de voiture et hélai James.

– Tu veux qu'on t'emmène quelque part ?

Il se retourna très lentement, et pendant une seconde après qu'il m'eut vue je fus persuadée qu'il allait continuer à marcher. Finalement, il se rapprocha de la voiture de Will d'un pas nonchalant. Il n'avait pas l'air ravi du tout de me revoir. Je commençais à me demander si je n'avais pas rêvé le garçon que j'avais rencontré à l'hôpital.

– Toujours gelée ? s'enquit-il poliment.

– Un peu, répondis-je. Ta chemise est dans mon casier.

James haussa les épaules.

J'étais sur le point de lui dire que j'avais bien espéré qu'on se recroiserait lorsque Will se décida à sortir de la voiture. Il se faufila entre James et moi et tendit la main.

– Larkin, content de te voir, merci encore d'avoir rapporté l'appareil photo. Naomi est l'autre rédacteur en chef de l'album, même si tu n'as pas posé la question.

– Je ne savais pas ça, dit James. (Sa bouche menaça de sourire pendant une seconde.) Bon, c'était... un plaisir de vous voir.

– En fait, intervins-je, j'espérais un peu retomber sur toi. Je n'ai pas eu l'occasion de te remercier pour toute ton aide à l'hôpital...

James me coupa :

– Ah bon. Pas de quoi.

Il enfonça les mains dans les poches de sa veste et tourna les talons pour s'en aller.

– Attends ! m'écriai-je. On ne peut pas te ramener, au moins ?

Will me pinça le bras.

– Il ne veut pas qu'on le ramène, ronchonna-t-il.

Mais Will n'avait pas à s'en faire, car James secoua simplement la tête.

– Il ne pleut pas très fort.

Nous remontâmes en voiture, et Will se remit à jacasser sur l'album.

– Pour une fois, ce serait vraiment génial d'avoir des artistes corrects dans l'équipe.

– Il est artiste ?

– Qui ?

– James.

– Je crois qu'il bricole un peu dans la vidéo, je ne sais pas trop. Ce que je voulais dire, c'est que tous les bons rejoignent le journal du lycée, ou la revue littéraire, ou même le club de théâtre, mais aucun ne veut jamais travailler sur l'album. Et c'est complètement idiot, quand on y pense. Parce que la revue et le journal, une semaine après parution, tout le monde les a déjà oubliés. Alors qu'ils auront tous encore leur album-souvenir pour leurs vieux jours, tu vois ? Eh, Chef !

– Quoi ?

Nous étions de nouveau arrêtés au même feu rouge, et je regardais James traverser la route.

– Laisse tomber, dit Will.

– C'est quoi, son histoire ?

– Comment veux-tu que je le sache ?

– Tu n'es pas censé tout savoir ? Il a été un peu malpoli, tu ne trouves pas ?

Will haussa les épaules.

– Non, il n'avait pas envie qu'on le ramène, c'est tout.

À ce moment-là, il se produisit deux choses. Le feu passa au vert, et il se mit à pleuvoir à verse.

– Je suppose qu'on devrait lui proposer de le prendre. De nouveau.

Will parlait avec aussi peu d'enthousiasme qu'il est humainement possible de le faire. Il rejoignit James avec la voiture.

– James ! criai-je par la portière côté conducteur en me penchant par-dessus Will.

– La pluie ne me dérange pas, me cria-t-il.

Il avait déjà les cheveux trempés.

– James, dis-je, allez, monte !

Nos regards se croisèrent pendant une seconde. Je haussai les sourcils. Il secoua la tête imperceptiblement.

– Tout va bien, répéta-t-il.

– Mais il pleut des cordes, protestai-je.

– Écoute, Larkin, elle ne va pas te lâcher et je gaspille de l'essence, là. Monte, aboya Will.

James lui obéit.

– Merci, dit-il.

– Où va-t-on, monsieur ? lui demanda Will.

– Ben juste chez moi, dit James.

Il donna quelques indications, et Will lui signala qu'il savait où c'était. Dans le rétroviseur, je regardai James enlever sa veste, qui s'était mouillée. Je voyais de nouveau le cordon de cuir avec l'anneau.

Will avait, lui aussi, remarqué la bague.

– Qu'est-ce que c'est, cet anneau ? demanda-t-il.

– Oh, c'est à mon frère, dit James en glissant la bague sous son tee-shirt.

– Pourquoi il ne le met pas, alors ? voulut savoir Will.

– Eh bien sans doute... (Il s'interrompit pour se frotter les cheveux contre son tee-shirt.) ... parce qu'il est mort.

– Oh, dit Will, je suis vraiment désolé, vieux.

James haussa les épaules et expliqua vaguement que c'était arrivé longtemps auparavant. Comme je voyais clairement qu'il n'avait pas envie d'en parler, je changeai de sujet.

– Je me disais : tu n'es jamais revenu me voir à l'hôpital.

– Ah ouais... Je voulais le faire. Mais je n'adore pas vraiment les hôpitaux.

– Je t'ai attendu, dis-je en me retournant pour le regarder par le trou entre le siège avant et l'appui-tête. Et tu aurais pu venir me voir chez moi, aussi.

Mes lunettes noires glissèrent un peu le long de mon nez, et James tendit la main à travers le trou pour les remonter. Il effleura légèrement du doigt l'espace au-dessus de mes sourcils avant de remettre la main sur ses genoux.

– Ça te fait encore mal ? me demanda-t-il.

– Pas trop.

– Tu te rappelles ce qui s'est passé ?

– Non, elle ne sait plus rien depuis la sixième, répondit Will à ma place, ce qui était agaçant.

Il se tenait plutôt mal.

Je me retournai.

– Ce n'est pas complètement vrai. Je me souviens des maths et des sciences.

– Le plus important dans la vie ! railla Will.

– J'ai juste oublié tout le reste, continuai-je. Pour l'essentiel, je suis une page blanche.

James se mit à rire.

– T'as de la chance.

– Je ne vois pas ce qu'il y a de chanceux là-dedans, marmonna Will.

– Il n'y a pas des choses que tu préférerais oublier ? lui demanda James.

– Non. Aucune. À la place de Naomi, je serais fou de rage.

– Alors ? s'enquit James. Tu es folle de rage ?

J'y réfléchis une seconde avant de secouer la tête.

– Pas vraiment. De toute manière je n'y peux rien, pas vrai ?

James opina.

– C'est très mature, comme attitude. Moi, je me mets encore souvent en rogne contre des choses auxquelles je ne peux rien.

*Lesquelles ?* me demandai-je, mais sans rien dire.

– Et puis en plus, je vais peut-être retrouver la mémoire.

La maison de James se trouvait au bout d'une voie privée. Elle était en pierre grise, et en fait ce n'était pas vraiment une maison. Je crois que ça s'appelle plutôt un manoir. Elle aurait eu l'air encore plus grande si elle ne s'était pas trouvée au milieu d'un terrain gigantesque. Cela me rappelait certaines propriétés que j'avais vues en France, où mes parents avaient « tribulé » l'été de mes sept ans. Je ne savais même pas qu'il existait des maisons pareilles dans le nord de Tarrytown.

James n'avait pas de voisins, et bien que le soir soit déjà tombé, je n'apercevais aucune lumière allumée. L'endroit semblait désert. Je me demandai combien de personnes habitaient là.

Malgré les regards plaintifs de Will, je descendis de voiture et raccompagnai James jusqu'à sa porte. Le heurtoir était une énorme tête de lion en fer. Son nez et ses yeux étaient très abîmés. On aurait dit moi.

– J'aurais sûrement paniqué si tu n'avais pas été là. Je n'avais pas eu l'occasion de te le dire.

– Content d'avoir pu t'aider.

– J'ai voulu t'appeler, mais je n'avais pas ton numéro ni rien. Bon, eh bien... merci, voilà.

Je tendis la main pour serrer la sienne.

– Quelle solennité, dit-il.

Il enveloppa ma paume de son autre main et la serra doucement.

Nous restâmes comme figés dans ce serrement de main, jusqu'à ce que Will klaxonne.

– Je crois que ton ami veut s'en aller, dit James. (Il laissa retomber ma main.) Moi aussi, il faut que j'y aille. Remercie-le de m'avoir ramené, conclut-il froidement.

Je décidai de ne pas me formaliser des soudains changements de température de James. Il y avait des gens comme ça. Il s'était montré gentil avec moi quand j'avais eu besoin de quelqu'un, et il aurait été déraisonnable d'attendre quelque chose de plus. Je l'avais remercié, maintenant, et cela suffisait. De toute manière, j'avais déjà un copain.

– Drôle de numéro, celui-là, dit Will en sortant de la propriété de James.

Je lui demandai de préciser sa pensée.

– Eh bien, je ne sais pas si c'est vrai, note bien, mais il paraît que s'il est venu ici c'est parce qu'il était devenu complètement fou à cause d'une fille, à son ancien lycée.

Je voulus savoir ce qu'il entendait précisément par « fou ».

– Genre il la suivait, il la menaçait. Ce genre de folie. Il paraît que la fille a dû demander aux flics qu'ils lui interdisent de s'approcher d'elle, enfin je crois.

James ne semblait pas correspondre à ce portrait. Déjà, il était excessivement respectueux. Et en plus, il avait cette voix qui inspirait confiance.

– Comment tu sais si c'est vrai ?

D'après ce que j'avais vu, tout le monde au lycée aimait médire de tout le monde.

– Tu veux que je te dise comment on l'appelait à son ancien lycée ?

Je levai les yeux au ciel.

– *Crazy James.*

– Et alors, qu'est-ce que ça prouve ?

– M'enfin, ça prouve qu'il est... (Il tourna l'index devant sa tempe, formant le signe universel de la folie.) ... fou. *Loco.*

– C'est la chose la plus idiote que j'aie jamais entendue. Ce n'est même pas un vrai surnom. C'est son nom plus un adjectif.

Will faisait vraiment l'enfant.

Il haussa les épaules, comme pour dire : *Tu ne viendras pas te plaindre.*

– C'est toi qui as inventé toute cette histoire de surnom, je parie.

– Non, pas du tout ! (Will soupira.) Peut-être. Mais enfin ce qui compte, c'est que ça aurait pu être son surnom. C'était pour illustrer mon propos. Tout le reste était absolument, complètement vrai, Chef.

Nous arrivâmes chez moi et Will me donna une tape sur l'épaule.

– Ne t'inquiète pas si tout le boulot sur l'album a l'air accablant au début. J'irai au charbon pour toi jusqu'à ce que tu te sentes tip top, d'accord ?

Will aimait beaucoup les expressions de vieille dame comme *tip top*, ce qui m'aurait sans doute amusée si je n'avais pas été aussi contrariée par son attitude.

– Merci. Dis-moi un truc, Will, pourquoi est-ce qu'on aime autant faire l'album, en fait ?

Un bon million de couleurs se succédèrent sur son visage. Il ébaucha un soupir, qui se transforma en rire. Son front se crispa pendant une seconde, puis ses yeux bleus semblèrent s'embrumer, presque comme s'il allait pleurer. Il ne pleura pas, quand même.

– C'est une question difficile ?

– Non. C'est sans doute ridicule, mais... j'espérais juste que tu t'en souviendrais toute seule. Je sais que certains trouvent ça naze, mais tous les deux, on croit vraiment à ce qu'on fait. Je dirais que toi encore plus que moi. Pour nous, ce n'est pas juste un livre avec un tas de photos. C'est une icône, un symbole. Cela donne aux élèves les plus jeunes un idéal auquel aspirer, et aux plus vieux qui ont eu leur diplôme une chose à laquelle se raccrocher quand le monde est cruel. On croit vraiment, tous les deux, que l'album peut donner au lycée son identité et changer le regard des gens sur l'école. Un bon album peut rendre le lycée meilleur. Et les élèves. Et la planète. Et l'univers. C'est nous qui écrivons l'histoire de l'année. Quand on y pense, c'est une responsabilité énorme.

– Beau discours, dis-je, sincère.

– J'en ai prononcé de meilleurs. Avant, on parlait toujours de tout ce qu'on ferait quand on serait enfin aux manettes.

Inclure réellement tout le monde dans l'album, le rendre à la fois démocratique et personnel. S'assurer qu'il n'y ait pas que des photos des élèves les plus populaires, des sportifs et des potes des membres de la rédaction. Tu es les trois, au fait.

– Ah bon ?

Je savais que c'était vrai pour le sport, mais je ne m'étais pas sentie populaire du tout pendant mon unique journée à Tom-Purdue.

– Triste mais vrai. Notre seul souci, c'était de savoir lequel d'entre nous serait rédacteur en chef, parce qu'il n'y en avait qu'un. Mais le temps qu'arrivent les entretiens de sélection l'année dernière, on avait combiné de se présenter ensemble pour être corédacteurs en chef, même si c'était absolument sans précédent et considérablement polémique, d'autant plus qu'on n'est qu'en première et tout. C'est ainsi que nous sommes devenus les premiers corédacteurs en chef de toute l'histoire du *Phénix*. Et maintenant, on est aux manettes. Plutôt cool, hein ?

Je hochai la tête, mais pour être honnête, j'avais trouvé tout le discours de Will démoralisant. Je voyais et j'entendais bien sa conviction, mais en contraste, je ne ressentais rien de tout cela. Ça avait peut-être été le cas dans le passé, mais plus maintenant.

Will s'était garé devant chez moi, il descendit de voiture et me raccompagna jusqu'à la porte. Comme sa mère, il me serra étonnamment fort dans ses bras, puis me donna deux tapes dans le dos pour m'indiquer que l'accolade était terminée.

– OK, Chef.

Il me fit un salut comique avec les mains avant de retourner à sa voiture.

J'allais ouvrir la porte d'entrée lorsque je réalisai que je ne savais absolument pas ce que j'avais fait de mes clés. Je sonnai, et environ cinq secondes plus tard papa m'ouvrit.

– J'ai perdu mes clés, commençai-je en même temps qu'il disait « Tu as oublié tes clés ce matin ».

Papa me demanda comment s'était passée ma première journée au lycée, mais je n'étais pas d'humeur à bavarder. Je prétextai un mal de tête et allai m'allonger dans ma chambre.

Papa me laissa sans doute dormir, car je ne fus réveillée que par la sonnerie de mon téléphone, vers 21 h 30.

– J'ai réfléchi à ta question. Et j'ai trouvé une autre raison pour laquelle j'aime autant l'album, me dit Will.

– D'accord.

– Tu sais qu'on est entrés tous les deux à la rédaction en troisième, hein ? Mais ce que je ne t'ai pas dit, c'est que l'année d'avant avait été assez dure pour nous deux. Tu avais cette histoire avec ta mère. De mon côté, j'ai eu... des ennuis de famille aussi. Eh bien je pense que l'album m'a plus ou moins sauvé. Il m'a donné quelque chose à faire au lieu de simplement, euh... gamberger, je crois. Et pour moi en tout cas, l'album est d'une certaine manière indissociable de toi. Tu es vraiment ma meilleure amie au monde, Chef.

J'entendais toutes sortes de choses dans sa voix. De la tendresse. De l'inquiétude. De l'amour, même. C'était très étrange d'être la meilleure amie de quelqu'un sans vraiment le connaître. Comme je ne trouvais rien à répliquer, j'attendis qu'il reprenne la parole.

– Je ne suis pas très content de moi ce soir. Je crois que j'ai été, pour ne pas dire mieux, un con.

– C'est vrai, mais tu es pardonné, lui répondis-je avant de raccrocher.

Il était tard et j'avais une faim de loup. Je n'avais rien mangé à midi et j'avais sauté le dîner. Je longeai le couloir jusqu'au bureau de papa. Je ne sais pas si je vous l'ai déjà dit, mais mon père est un vrai gastronome. Pendant toutes ses années de tribulations avec maman, il notait aussi des recettes pour les livres. La seule chose que maman savait faire, elle, c'étaient les desserts.

La porte du bureau était fermée. Je faillis frapper, mais j'entendis qu'il était au téléphone avec quelqu'un. Comme je ne voulais pas l'interrompre – il déteste ça –, je restai dans le couloir en attendant qu'il ait terminé. Je n'avais pas l'intention d'écouter, du moins pas au début.

– ... l'air normal, mais je me fais du souci, chérie, disait-il.

Silence, puis quand je l'entendis de nouveau, sa voix était étouffée :

– ... psychothérapie...

Je me demandais avec qui papa parlait de moi. Maman, peut-être ? Mais il ne l'aurait pas appelée « chérie »...

– ... lui annoncer progressivement. Chaque chose en son temps.

M'annoncer *quoi* progressivement ? C'était encore moi le sujet ? J'essayai d'écouter mieux, mais il s'était déplacé vers un coin de la pièce où je ne l'entendais plus du tout. Quand je l'entendis de nouveau, il riait. Décidément, ce n'était pas ma mère.

– Caracas ! disait-il. Si je pouvais, j'aimerais bien...

Papa avait toujours beaucoup voyagé pour son travail ; en plus des livres qu'il écrivait avec maman, il rédigeait des articles pour des revues de voyage et des magazines masculins. J'en conclus qu'il parlait probablement boulot. Je lui en voulais, en fait. C'était très déplaisant de figurer dans ses papotages, d'être simplement une de ses anecdotes à la noix. À vrai dire, je me fichais de savoir à qui il parlait. Je ne voulais être un sujet de conversation pour personne.

Tout en regagnant ma chambre, drapée dans ma dignité, je me jurai d'être moins remarquable. Comme ça, les gens ne parleraient pas de moi tard le soir au téléphone, ni dans les toilettes de l'école, bon sang.

Pour autant que je le pourrais, j'allais être normale.

À la fin de la semaine, j'avais un mot du médecin m'autorisant à porter mes lunettes noires, que je présentai triomphalement à Mrs Tarkington.

– Eh bien, voilà qui n'est pas orthodoxe, c'est le moins qu'on puisse dire, déclara-t-elle, mais elle n'était pas femme à se battre contre un papier à en-tête de l'hôpital.

À part cela, de temps en temps je me perdais ; de temps en temps j'entendais des gens parler de moi ; de temps en temps je leur disais d'aller se faire voir. Je le disais tout bas, bien sûr : j'étais *normale*. Afin de supporter notre cantine polaire, j'achetai deux ou trois pulls. Je laissais Ace me tenir par la main dans les couloirs. Je ne retournai jamais à la serre.

Le samedi soir, je poursuivis ma campagne de normalité en allant avec Ace à une fête donnée par un copain de tennis d'un autre lycée. Ace ne prit pas la peine de me présenter à l'ami – je le connaissais peut-être déjà ? – et je ne compris pas toute seule qui c'était.

En pratique, Ace m'abandonna quasiment dès notre arrivée. Il se laissa entraîner dans un jeu à boire compliqué qui nécessitait des verres, des dés, des pièces de monnaie, des fléchettes, une cible et du tambourinage sur la poitrine façon gorille. Même en observant le jeu pendant un bon quart d'heure, je ne compris absolument rien aux règles ni à la manière dont le gagnant était désigné. Je suppose que c'était comme dans n'importe quel jeu à boire. Le dernier à rester debout.

Je suis injuste. Ace me demanda bien deux-trois fois si je m'amusais. Je lui mentis en répondant que oui. Honnêtement, j'étais soulagée qu'il soit occupé parce qu'à part le tennis, je n'avais pas encore trouvé un seul point commun entre nous. Si nos conversations avaient été une pièce de théâtre, cela aurait ressemblé à une version lycéenne de *En attendant Godot* :

Ace : Tu te rappelles la fois où Paul Idomeneo était vraiment déchiré et où il a sauté du toit dans le trampoline de son père ?
Moi : Non.
Ace : Eh ben c'était quelque chose.
Moi : On dirait bien.
Ace : Ah ouais, celui-là, il se défonçait grave. Et dis-moi, tu te rappelles la fois où...
*(Et ainsi de suite. Ainsi de suite, à l'infini.)*

Je suppose qu'il essayait de m'aider en me disant des petites choses susceptibles de secouer un peu ma mémoire. Malheureusement, Ace n'avait aucune idée de ce qui pouvait m'intéresser, et j'étais trop gênée/polie/normale pour le questionner sur des sujets importants, comme, par exemple : *Qu'est-ce que je te trouve ?* D'après les histoires qu'il me racontait, notre relation se composait essentiellement d'une succession de fêtes où les gens faisaient les imbéciles, entrecoupée d'un match de tennis de temps en temps.

J'aurais sans doute dû rompre avec lui. Mais je n'en fis rien, principalement pour deux raisons : un, je ne voulais pas le larguer au cas où il s'avérerait que je l'aimais vraiment (et je gardais encore un peu l'espoir de retrouver mes sentiments à la fin) ; et deux, j'ai un peu honte de l'avouer même si c'était sans doute la raison la plus importante : être avec Ace me facilitait le lycée. Il me défendait contre les pestes du déjeuner. Même si ma mémoire s'était envolée, je n'étais pas débile. Avec mes superpositions de pulls et mon ignorance de qui était qui, je savais de quoi j'avais l'air et je savais combien j'aurais été vulnérable sans Ace pour me donner une place dans cette société. Être avec lui constituait un élément important de ma campagne de normalité.

Ace m'apporta une bière, qu'il ouvrit pour moi.

– J'ai dû aller la chercher au frigo. Celles qui sont dans la glacière sont toutes chaudes. Tu t'amuses bien ?

Je souris, opinai, et le regardai s'éloigner.

Mais je ne m'amusais pas, et en jetant un œil autour de moi je me demandai si une seule personne s'amusait là-dedans. Car tout le monde avait l'air un peu malheureux sous la surface, même Ace avec son jeu inexplicable.

Je suis à peu près sûre que les médecins m'avaient parlé d'éviter l'alcool, ce qui se révéla être un excellent conseil. L'un des effets secondaires « marrants » de mon accident était que je ne tenais plus du tout l'alcool. Dès la moitié de ma première bière, je commençai à me sentir légèrement ivre. Je décidai de partir à la recherche d'un endroit où m'allonger. Je trouvai le chemin jusqu'à une chambre à l'étage, mais elle était occupée par d'autres invités.

J'avais envie qu'Ace me reconduise chez moi, mais je ne le trouvai nulle part. Cela valait sans doute aussi bien. La dernière fois que je l'avais vu, il était rond comme une bille et pas franchement en état de conduire.

Je me frayai un chemin jusqu'au jardin devant la maison. J'avais vraiment envie de rentrer. Malheureusement, la fête avait lieu à plus de trente kilomètres de chez papa, donc impossible de faire le chemin à pied. Debout là à débattre de tout cela, je me mis à ressentir une impression de déjà-vu. Étais-je déjà venue dans cette maison ? M'étais-je déjà retrouvée dans cette situation ? Étais-je en train de retrouver la mémoire ? Ce n'était rien de tout cela, bien sûr. La seule raison de cette sensation de déjà-vu, c'est que c'était la situation la plus cliché du monde : j'étais la star d'un film d'auto-école sur le thème « celui qui ne boit pas conduit ».

J'appelai Will de mon portable pour voir s'il pouvait venir me chercher, mais il ne répondit pas. Je lui laissai un message incohérent, sans queue ni tête et sans doute gênant. J'étais trop soûle pour m'inquiéter qu'il tombe dans les oreilles de ma prof d'anglais.

À contrecœur, j'appelai papa à la maison, même si je savais qu'il y avait peu de chances pour qu'il soit là. Il était sorti avec Cheryl et Morty Byrnes, des écrivains de voyage auparavant amis avec mes parents, mais qui n'étaient plus que les amis de papa. J'avais observé que c'était étrange parce que Cheryl Byrnes était en fait la copine de maman au départ. Papa m'avait fait la réponse suivante : « En cas d'infidélité, le trompé récupère toujours les amis communs. »

Comme papa ne répondait pas au téléphone, je l'appelai sur son portable. Je m'éclaircis la gorge et m'efforçai d'avoir l'air moins soûle.

– Naomi, répondit papa, inquiet.

– P'pa, commençai-je.

Après quoi mon projet d'avoir l'air moins ivre échoua car je me mis à pleurer.

– Tu as bu combien ?

– Juste une, je te jure. Je croyais que ça passerait.

Je réussis à lui expliquer où j'étais et il me dit qu'il venait me chercher.

Pendant que je l'attendais, Will me rappela.

Il me proposa aussi de me reconduire chez moi, mais je lui dis que c'était trop tard, que j'avais déjà appelé papa.

– Et où était Ace pendant tout ce temps ? me demanda Will d'un ton glacial.

– Le jeu.

– Quel jeu ?

– Je n'ai pas bien compris les règles.

– Chef ?

– Oh, Will. C'est malin, tiens. Maintenant il faut que j'attende mon père.

– Franchement, Naomi. On n'est pas censé boire après un trauma crâ...

Je lui raccrochai au nez. Le téléphone sonna de nouveau, mais je ne décrochai pas. Je n'avais personne à qui parler. Je m'allongeai sur le trottoir et me concentrai pour ne pas vomir. Je posai mon sac sur mon ventre, en guise de drapeau pour que papa puisse me repérer, ou en guise de pierre tombale, s'il ne me voyait pas.

J'ai dû tomber dans les pommes car soudain papa me faisait monter sur le siège arrière de sa voiture.

En attendant qu'il monte à son tour, je remarquai que la voiture sentait les fleurs. Je me demandais d'où venait ce parfum lorsque je pris conscience qu'une rose rouge flottait juste au-dessous de l'appui-tête du siège passager. Je me demandai si j'avais une vision. Après un moment de contemplation embrumée, je compris que la rose était fixée au chignon d'une femme aux cheveux bruns.

– Vous n'êtes pas Cheryl et Morty, dis-je en pointant le doigt vers elle.

La femme secoua la tête.

– Non. Je ne suis pas Cheryl Emorty. Qui est-ce donc, cette Cheryl Emorty ?

Elle avait un genre d'accent espagnol, et un ton amusé.

– On se connaît ? lui demandai-je, mais à ce stade mon père était de retour dans la voiture.

– Naomi, je te présente mon amie, Rosa Rivera.

– Tu devais sortir avec Cheryl et Morty, dis-je en agitant l'index dans sa direction. Pourquoi t'es pas avec Cheryl et Morty ?

– Oui, et toi tu n'es pas censée boire jusqu'à tes vingt et un ans, me répondit papa. Surtout dans ton état.

– Une bière ! À peine. Oh, c'est...

Mais je ne terminai pas ma phrase, parce que je perdis connaissance dans la voiture.

Je ne me rappelle pas quand nous avons déposé Rosa ni comment je suis rentrée dans la maison. En revanche, je me rappelle bien avoir vomi sur le plancher beige de papa.

– Je ne boirai plus jamais, lui dis-je pendant qu'il me tenait la tête pour m'aider à dégobiller dans les toilettes.

– Bien, il me semble que c'est une riche idée. Du moins pour l'instant.

– Qui c'était, cette femme ?

– Comme je te l'ai dit, elle s'appelle Rosa Rivera. Elle est danseuse.

Je ne trouvai rien de tout cela particulièrement éclairant, mais j'étais trop mal pour lui demander plus d'explications.

– Elle sentait la rose, dis-je une dizaine de minutes plus tard quand nous fûmes retournés à la cuisine, où papa me faisait prendre deux aspirines. Je n'ai pas d'amis qui sentent la rose. Je n'ai pas d'amis du tout.

– Ce n'est pas vrai, ma grande.

Le téléphone sonna. Papa répondit. Toujours debout, je posai ma tête douloureuse sur le comptoir de la cuisine. Les carreaux de faïence me rafraîchissaient.

– C'était Ace. Il était très inquiet pour toi. Il prétend que tu as disparu, me rapporta papa.

– Juste. Juste, très juste.

– Je lui ai chauffé les oreilles quand même.

– Papa, faut que j'aille me coucher, là.

Mon portable sonna. C'était Will. Je le passai à papa.

– Dis-lui que ça va, s'te plaît.

– Allô, Will... Oui, Naomi va bien. Mis à part le fait qu'elle est consignée pour toute la semaine prochaine, elle va bien.

– Je suis consignée ?

– Eh bien tu te punis surtout toi-même, mais je me dis qu'il faut bien que j'ajoute un petit quelque chose. Donc, tu ne sors pas de toute la semaine prochaine. Ça me paraît assez parental, tu ne trouves pas ?

J'avais une douleur lancinante dans la tête.

– Tu pourrais commencer par m'envoyer dans ma chambre ?

– Bonne idée, ma fille. Allons-y.

Vers 3 heures du matin, on frappa trois coups rapides à ma fenêtre. C'était Ace. Il me demanda s'il pouvait entrer ; j'allumai la lumière, dont l'éclat me fit cligner des yeux, et sortis de mon lit pour lui ouvrir.

Cette fois, en passant les jambes par-dessus mon étagère il fit tomber mon dictionnaire, qui atterrit avec un gros « boum ».

– Oups, fit-il.

J'espérais que le bruit n'avait pas réveillé papa.

– T'étais passée où ? me demanda-t-il. Je me suis inquiété.

– Et *toi*, t'étais passé où ?

– On était juste derrière, dans la piscine. Il aurait suffi que tu regardes.

– Tu m'as abandonnée.

J'avais mal à la tête et n'étais pas en état de subir un interrogatoire de sa part.

– J'étais complètement seule. Tu as eu l'impression que je m'amusais ?

– Mais, Naomi ! protesta-t-il. Tu me disais que oui.

C'était vrai, en effet. Je m'étais déjà fait la remarque qu'Ace était une personne qui prenait tout au pied de la lettre, donc c'était sans doute inutile d'argumenter avec lui. Je choisis plutôt de lui dire que je ne me sentais pas bien, ce qui était vrai aussi.

– Recouche-toi, me chuchota-t-il. Je ne veux pas te déranger.

Je me glissai donc sous les draps en croyant qu'il allait partir, mais il s'installa sur ma chaise de bureau.

– Est-ce qu'on peut discuter, peut-être ? Juste un petit moment ? me suggéra-t-il.

Je n'étais vraiment pas d'humeur à poursuivre la conversation avec Ace, mais il me fit de la peine, je crois. Je me tournai sur le côté et lui demandai de quoi il voulait parler.

– Tu te rappelles la fois où on était chez mon cousin Jim Tuttle à Scarsdale ?

– Non.

J'étouffai un bâillement et me préparai à entendre encore une de ses fascinantes histoires d'ivrognes.

– C'était au retour d'un tournoi. Tu étais encore en tenue de tennis. Tu avais une queue-de-cheval. J'adore quand tu es coiffée comme ça. Tu as tendu les bras, tu m'as pris le visage entre tes mains et tu m'as embrassé. Ça m'a complètement sidéré. On ne sortait pas encore ensemble. Je ne savais même pas que tu m'aimais bien. Tu étais la première fille intelligente à s'intéresser à moi.

– Fille intelligente ?

– Une qui lit et tout, et pas seulement pour le lycée. J'aimais bien ça chez toi. On n'était pas dans la même classe ni rien, et l'année d'avant tu jouais encore en catégorie junior. Mais je te croisais de temps en temps, et j'avais toujours pensé qu'un cerveau comme toi choisirait un type comme Landsman.

Ace se tut pour me regarder.

– On est juste amis.

– Quand tu m'as embrassé pour la première fois ce jour-là, tu portais encore tes bracelets en éponge. Je te les ai enlevés et je les ai posés sur le canapé de Jim. On les a complètement oubliés. C'est pour ça que je t'en ai racheté une paire. Je, euh... je me suis rendu compte que mon cadeau avait dû te paraître assez nul sans le contexte.

Je hochai la tête. Quelque chose dans son histoire me faisait une boule dans la gorge. C'était moins l'histoire elle-même que sa façon de la raconter, ou peut-être étais-je affaiblie par mon début de gueule de bois. Quoi qu'il en soit, je reçus pendant un bref instant le don de vision aux rayons X, et voici ce que je vis : j'exaspérais Ace autant qu'il m'exaspérait, et la seule chose qui l'empêchait de me larguer, c'était qu'il était, au fond, un type plutôt bien.

Il s'agenouilla à côté de mon lit. L'alcool rendait son haleine aigre-douce. Pendant une seconde, j'eus peur de me remettre à vomir, mais la sensation se calma.

Je lui pris le visage entre mes mains, comme dans son récit, et je l'embrassai.

Ace se mit à me caresser les cheveux (ce qui n'était pas désagréable, mais pas romantique non plus : cela me donnait l'impression d'être un gentil chien-chien) et à murmurer, tellement bas que j'avais du mal à l'entendre :

– Je ne veux pas te mettre la pression. Je ne veux pas être, tu sais, le genre de type qui te presse. Mais tu crois qu'on recouchera ensemble un jour ?

Sans même réfléchir, je me redressai dans le lit et repoussai sa main.

– Non !

– Je ne voulais pas dire forcément ce soir, précisa-t-il.

Moi non plus je ne voulais pas dire ce soir, mais ce n'est pas ce que je répondis. Je lui annonçai que j'avais arrêté la pilule, ce qui était vrai.

Ace eut un sourire endormi et alcoolisé.

– On pourrait le faire le soir du bal de rentrée ?

– Le bal de rentrée ?

– Ben oui. C'est dans trois semaines. On y va toujours, hein ?

Il m'expliqua que c'était ce que nous avions prévu avant l'accident.

Je dis oui. Après tout, pourquoi pas ? Je ne me souvenais d'aucun bal de rentrée.

Ace s'écroula par terre dans ma chambre. Comme je n'arrivais pas à me rendormir, je restai couchée à le regarder. Il me faisait penser à un bébé de 1,93 m : il avait de longs cils duveteux et il bavait. Mais c'était plus que son physique. Endormi sur ma moquette, il avait quelque chose de mal dégrossi et de vulnérable. Je ressentis même une certaine tendresse pour lui. Je me demandai si c'était la même chose que l'amour.

Le matin, quand je me réveillai, il était parti. En fait, je devrais dire l'après-midi. Papa m'avait laissée dormir jusque vers 14 heures avant de frapper à ma porte.

– Je fais des œufs.

Je l'informai que je ne pouvais rien avaler, mais il me soutint que cela me ferait du bien.

– Hier soir, je ne sais pas si tu te rappelles, ma petite poivrote, mais j'étais avec quelqu'un... me dit papa sans crier gare en me versant du jus d'orange.

– La femme avec une fleur dans les cheveux ?

Il opina.

– C'était un rendez-vous amoureux.

– Mouais. Ça, j'avais compris toute seule.

– Bien vu.

Papa se mit à tripoter les œufs. Ce qui avait commencé comme une omelette au chèvre ressemblait plus à des œufs brouillés à présent.

– Si tu les remues trop, ils vont être ratés, lui fis-je remarquer.

– Bon conseil. C'est moi qui dis toujours ça. (Il battit furieusement les œufs à moitié cuits.) Je devrais peut-être tout recommencer ?

– Ça aura toujours le même goût. Cette femme... tu l'as rencontrée chez Cheryl et Morty ?

– Non.

– Tu n'as même pas vu Cheryl et Morty hier soir ?

– Pas vraiment.

Je le regardai en haussant les sourcils.

– Bon Dieu, papa, tu m'as menti ?

Je repensai à lui me disant qu'il allait chercher du café, et à ses étranges conversations téléphoniques secrètes. En d'autres termes, il n'en était pas à son premier rendez-vous avec la femme à la fleur. À l'évidence, il la voyait déjà avant mon accident.

– Tu me caches ça depuis ma sortie de l'hôpital, pas vrai ? Pourquoi tu fais une chose pareille ?

– Les apparences sont contre moi. Je sais de quoi ça a l'air, mais pour ma défense, je voulais t'annoncer la nouvelle progressivement. Tu as déjà eu tellement d'informations à intégrer avec ta mère, le divorce, le fait d'avoir une sœur et tout... Je ne voulais pas charger encore la barque.

– Mais tu m'as menti ! Tu crois que j'en ai quelque chose à faire que tu aies une copine ?

– Ce n'est pas juste ma copine.

– Comment ça ?

Pendant un temps très long, papa ne voulut pas me répondre ni me regarder. Le seul son dans la cuisine était le sifflement des œufs, qui étaient en train de cramer complètement. Depuis le début ils ne me faisaient pas très envie, de toute manière.

– Je vais me marier, ma grande, dit papa.

Il leva les yeux sur moi d'un air coupable.

Papa allait se marier.

– Elle est danseuse, tu te rends compte !

À part la fleur, je n'avais pas vu grand-chose d'elle dans la voiture. Dans ma tête, je visualisai le genre danseuse exotique. Vous voyez, quoi, une strip-teaseuse, sans doute de mon âge, avec des implants mammaires DDD et bronzée aux UV, si bien que j'insistai pour qu'il s'explique plus précisément.

– Quel *genre* de danseuse ?

Quand il dit « tango », je fus très légèrement soulagée.

– Elle a voyagé dans le monde entier. Elle a reçu à peu près tous les prix qu'une danseuse de tango professionnelle peut gagner.

Il parlait du même ton que quand je rapportais un bulletin particulièrement bon à la maison. Fier, sans doute.

– Maintenant, elle enseigne principalement ici et à New York.

Il me raconta qu'ils s'étaient rencontrés un an plus tôt. Il avait dû prendre des cours de danse pour un article qu'il écrivait pour un magazine masculin. Quand tout le monde avait formé les couples, il s'était retrouvé tout seul.

– Elle a eu pitié de ton vieux père, me dit-il.

– Je l'aime bien ?

Papa se racla la gorge.

– Ça n'a pas été facile pour toi. Avec maman. Et tout.

Ça voulait dire que je ne l'aimais pas.

– Mais peut-être que ton accident pourrait être un heureux coup du sort ? me dit papa. Une bonne chose. Un nouveau départ.

Un nouveau départ ? Ce genre de discours ne ressemblait pas du tout à mon père. Il n'y avait rien de bien dans ce qui m'était arrivé. Sauf peut-être d'avoir rencontré James, et même cela s'était révélé être un événement plaisant mais anormal qui m'avait momentanément distraite de la nullité de tout le reste.

– Il n'y a rien de bon là-dedans, m'écriai-je.

Je m'emparai des clés de papa sur le plan de travail et sortis en courant, droit vers sa voiture, qui était garée dans l'allée. Je ne prévoyais pas forcément de me remettre à conduire ; je voulais juste être seule. Je ne pouvais pas rester dans le même espace physique que lui.

Assise au volant, je souhaitais vraiment pouvoir aller quelque part. N'importe où.

Papa sortit environ une minute plus tard. Il avait dû s'occuper des œufs carbonisés d'abord. J'appuyai sur le bouton qui verrouillait toutes les portes pour l'empêcher d'entrer dans la voiture.

– Naomi. (Sa voix était étouffée à travers la vitre.) S'il te plaît, laisse-moi monter.

Je posai ma tête au cerveau endommagé sur le volant. Cela déclencha le klaxon, mais ça m'était égal. Je le laissai beugler. Il hurlait à ma place et disait tous les jurons qui me traversaient l'esprit. C'était tellement satisfaisant que je restai assise comme cela pendant quelques minutes. J'aurais continué encore plus longtemps si le bruit ne m'avait pas fait si mal à la tête.

– Naomi, dit papa lorsque le vacarme cessa.

– J'ai pas envie d'en parler, criai-je.

– Je m'y suis mal pris. C'était une manière idiote de t'annoncer mon mariage. (Sa voix était encore faible et lointaine à travers la vitre.) Et ces conneries que je viens de dire, comme si ton coup sur la tête était une bonne chose. Bien sûr que je ne pense pas ça.

– Va-t'en !

– S'il te plaît, laisse-moi entrer, ma grande. Je me sens complètement idiot, planté là comme ça. Descends un peu la vitre, au moins.

Papa faisait des efforts. Il en faisait toujours.

Tous les ans pour mon anniversaire, mon père m'offrait un livre et un seul. Il réfléchissait toujours beaucoup à son choix. C'était très important pour lui, parce que les livres en général sont très importants pour lui. Quand papa dit qu'il va à l'église, il veut dire en fait qu'il va à la bibliothèque ou à la librairie. Pour mon troisième anniversaire, il m'a offert *Chien bleu* ; pour mon neuvième, *Le Passage* de Louis Sachar ; pour mon douzième – le dernier dont je me souvienne –, *Le Lys de Brooklyn* de Betty Smith. Et il me les dédicaçait. Ses messages étaient longs et détaillés, parfois sentimentaux, et souvent drôles. C'était sa manière de me parler. C'était sa manière de me dire les choses importantes.

Je ne déverrouillai pas la porte, mais j'appuyai sur le bouton qui faisait descendre la vitre.

– Quel livre tu m'as acheté pour mon seizième anniversaire ?

– Qu'est-ce qui te fait penser à ça ?

– J'en sais rien. J'y pense, c'est tout.

– *Possession* d'A.S. Byatt.

Je ne me souvenais pas de l'avoir lu, ce qui bien sûr ne voulait pas dire que je ne l'avais pas lu. Je lui demandai pourquoi il avait choisi celui-là.

– Cela parle de beaucoup de choses, mais c'est avant tout une histoire d'amour. Je m'inquiétais que tu sois en train de devenir un peu, comment dire... cynique, avec tout ce qui s'était passé entre ta mère et moi. Je voulais te rappeler que l'amour existe. C'était probablement idiot, comme idée. Une fille de seize ans qui n'est pas experte en amour, il faut l'amener en labo pour la disséquer. (Il rit.) J'ai bien songé à *Jane Eyre*, mais je sais ce que tu penses des histoires d'orphelines.

– Elle s'appelle comment, déjà ? lui demandai-je finalement.

Un truc en rapport avec les fleurs, ou en avait-elle juste le parfum ?

– Rosa Rivera.

– Je l'appelle Rosa ?

– Non, tu l'appelles Rosa Rivera. Comme tout le monde.

– Pourquoi ?

– J'ai toujours pensé que c'était à cause de l'allitération séduisante entre son prénom et son nom.

Je ne compris pas s'il parlait sérieusement.

– Et toi, tu l'appelles comment ?

– « Ma chérie », la plupart du temps, dit-il avec des accents tendres que je ne lui connaissais pas. Parfois, « mon amour ».

J'observai attentivement mon père. On aurait dit une version extraterrestre de lui-même. Je me demandai depuis combien de temps il était comme ça.

Une fois rentrée dans la maison, j'appelai Will. Il était ma seule source fiable d'informations, même si je commençais à m'interroger sur la fiabilité de tout le monde. Demandez à deux personnes de vous parler d'une chose, n'importe laquelle, vous obtiendrez deux versions. Même les banalités comme des instructions techniques, sans compter les sujets importants ou plus ou moins douteux comme l'origine d'une dispute ou l'allure générale de quelqu'un. Si on ne sait pas les choses soi-même, il n'y a pas de certitude possible.

– Tu savais que mon père allait se remarier ?

– Bien sûr. En juin, me répondit Will. Et bonjour, au fait.

– Pourquoi tu ne m'as rien dit ? demandai-je d'un ton autoritaire.

– Eh bien, ce n'est pas précisément ton sujet favori. Et puis je me disais que ton père t'en parlerait.

– Pourquoi je ne l'aime pas ?

– En gros, tu la trouves bidon et tu lui reproches d'essayer d'être ta mère, me dit Will. Quelque chose dans ce goût-là. Et tu disais qu'elle avait une drôle d'odeur, comme les vieilles dames. Une fois elle a acheté un chapeau à ton père, un feutre gris, pour son anniversaire. Tu trouvais que ça lui donnait l'air, euh... efféminé, et par la suite tu l'as donné à une bonne œuvre sans le lui dire. À ce jour, je ne crois pas qu'il sache où il est passé.

– J'ai donné le chapeau de mon père ?

Quelle drôle d'idée j'avais eue.

– Eh bien, tu n'aimais vraiment pas beaucoup ce chapeau, répondit Will. Il est vrai qu'un melon lui irait sans doute mieux.

– Et toi, tu l'aimes bien ?

– Je ne l'ai rencontrée qu'une fois, et elle m'a eu l'air correcte. Mais enfin ce n'est pas ma future belle-mère.

– Mais mon père... (C'était dur de parler de lui de cette manière.) Il l'aime, pour de vrai, hein ?

– Oui, Chef, je crois bien que oui.

Le mercredi, papa proposa que nous allions dîner chez Rosa Rivera à Pleasantville. Puisque notre rencontre (nos retrouvailles ?) était apparemment inévitable, j'acceptai. De toute manière, j'étais punie.

Lorsqu'elle vint nous ouvrir, la première chose que je remarquai était qu'elle paraissait décidément plus vieille que papa. Ses cheveux noirs étaient serrés en chignon et elle était en tenue de travail, c'est-à-dire en collant noir, justaucorps noir, châle noir noué à la taille et talons hauts. Pratiquement tout ce qu'elle portait était noir, à l'exception de son rouge à lèvres et de la rose derrière son oreille, l'un et l'autre d'un spectaculaire rouge écarlate. La danse lui avait vraiment donné un excellent maintien. Je me tins plus droite rien qu'à la regarder.

Elle me salua avant même de saluer papa.

– Naomi, dit-elle en se jetant à mon cou pour m'embrasser sur les deux joues. Comment vas-tu, ma jolie ?

Elle n'avait pas beaucoup d'accent, mais tous ses *j* sonnaient comme des *y* : *Comment vas-tu, ma yolie ?*

Je réfléchis à sa question.

– J'ai froid, dis-je finalement.

– Entre, je vais essayer de te réchauffer.

Chez elle, c'était tout le contraire de chez papa. Sa maison débordait de couleurs, presque comme si elle avait reçu la mission d'utiliser au moins une fois chaque crayon de la boîte de Crayola : murs turquoise, canapé en velours fuchsia, lustre doré à pendeloques bleu nuit, sol de marbre en damier noir et blanc, et des roses rouges partout.

– Tu vas habiter ici ? demandai-je à papa.

– Ce n'est pas encore tout à fait décidé, mais je pense qu'elle va sans doute emménager avec nous.

Je me demandai à quoi ressemblerait la maison beige de papa une fois qu'ils seraient mariés.

Pendant que Rosa était occupée à me préparer une tasse de thé à la cuisine, j'examinai les nombreuses photos encadrées disposées dans la pièce. Il y en avait une de mon père et elle. Quelques-unes montraient Rosa Rivera dans des concours de danse. Elle avait aussi environ trois clichés d'elle-même enceinte, probablement des enfants qui figuraient sur la plupart des autres photos : deux filles à des âges variés se livrant aux activités enfantines habituelles.

– Ce sont ses jumelles, Frida et Georgia, dit papa. Elles sont toutes les deux en fac.

– Mais elle a quel âge, Rosa Rivera ? lui demandai-je à voix basse.

– Quarante-six ans, répondit l'intéressée en entrant dans la pièce avec une théière sur un plateau. Ton père a six ans de moins que moi, c'est un petit jeune ! (*Yeune.*) Mon premier mari avait trente ans de plus que moi, alors je crois que ça compense, oui ? *Ye crois.*

Elle posa le plateau sur un énorme pouf vert acidulé et vint me rejoindre devant la cheminée, où elle passa un bras autour de mes épaules. Elle était comme ça : toujours à vous embrasser et à vous toucher. Mon instinct me dictait de me reculer, mais allez savoir pourquoi, je n'en fis rien.

De sa main libre, elle désigna l'une des photos de concours de danse.

– C'était mon mari. Il a aussi été mon partenaire de danse pendant quinze ans.

– Qu'est-ce qu'il est devenu ?

– Il est mort, dit-elle en soufflant un baiser vers la photo.

– Vous aimez beaucoup les photos de vous enceinte, remarquai-je.

– C'est vrai. Tout le monde n'aime pas cela, mais moi j'ai adoré être enceinte. Ça ne m'aurait pas déplu de l'être plus souvent, mais avec mon job, c'était difficile. *Mon dyob.*

Je pensai à ma mère et au fait qu'elle n'avait jamais été enceinte de moi.

– Tu frissonnes, me dit Rosa Rivera en prenant mes mains dans les siennes. Elles sont glacées ! ajouta-t-elle, plus pour papa que pour moi.

– Elle est comme ça depuis qu'elle est revenue de l'hôpital, lui répondit-il.

Rosa Rivera sortit de la pièce et revint avec une écharpe en soie à rayures arc-en-ciel, qui mesurait bien quatre mètres de long. Elle put l'enrouler lâchement cinq fois autour de mon cou. L'écharpe avait son odeur.

– Ça va mieux ? me demanda-t-elle.

– J'ai moins froid, en tout cas.

– Elle te va bien.

Je ne trouvais pas, mais bon.

– Tu la garderas en partant.

– Je ne peux pas, dis-je.

Elle avait l'air coûteuse. Et de toute manière, je n'en voulais pas, de sa fichue écharpe.

Rosa Rivera haussa ses épaules hyper-droites.

– Je donne tout ce que j'ai. Je crois, Naomi, que nos possessions nous possèdent, tu sais ?

Je ne savais pas trop.

Papa alla préparer la salade à la cuisine en me laissant seule avec Rosa Rivera.

Je la regardai en me demandant ce que je n'aimais pas chez elle, avant. Je décidai de le lui demander.

– Mon père dit qu'on ne s'entend pas.

Rosa Rivera me gratifia d'un sourire de conspirateur.

– C'est possible. Mais je suis optimiste, et j'ai toujours été sûre que tu changerais d'avis.

Elle se trompait. Je n'avais pas encore changé d'avis, et je n'aimais pas qu'elle me dise que je le ferais. Je ne voulais pas d'optimisme ; je voulais de l'honnêteté. Je déroulai l'écharpe de mon cou.

– Naomi, dit Rosa, je sais que tout cela doit te faire très peur.
Elle posa la main sur mon bras, mais je la repoussai.
– Et qu'est-ce que vous pouvez bien en savoir ? lui demandai-je.
Je n'attendis pas sa réponse. Je la laissai plantée debout dans son salon en Technicolor, les mains encore tendues vers moi.

Dans la voiture, en rentrant, papa resta étonnamment silencieux et je me doutai que Rosa lui avait parlé de ma sortie d'avant le dîner.

Il ne prononça pas un mot jusqu'à ce que nous soyons arrivés dans notre rue.

– Pourquoi n'as-tu pas accepté cette écharpe de Rosa Rivera ?
Je prétendis que ce n'était pas mon style.
– Je trouvais qu'elle t'allait bien, ma grande.
– Franchement, papa, c'est déjà assez dur de savoir qui je suis sans que les autres me dictent mes goûts.
– Sans doute. Mais de toute manière, ce n'est pas de ça que je te parlais. Je crois que je parlais de politesse, si tu vois ce que je veux dire.

Tout cela fut exprimé sans colère.

Il tourna dans notre allée.

– Parce que parfois, quand quelqu'un veut te faire un cadeau, le mieux est de l'accepter. C'est juste une toute petite chose que j'ai apprise et que je pensais t'avoir transmise.

Je me rappelai comment papa, quand il était encore marié avec maman, rapportait toujours à la boutique les cadeaux qu'elle lui offrait. Même si c'était une bagatelle, par exemple un pull. Je me disais toujours : *Garde-le donc, ce fichu pull, papa. Visiblement, elle avait envie qu'il soit à toi.* Mais mon père était issu d'un milieu modeste, et il lui arrivait d'avoir des attitudes bizarres par rapport aux cadeaux. Apparemment, maman connaissait son histoire, mais même toute petite, je voyais bien que tous ces retours lui faisaient de la peine.

Je me demandai si Rosa avait ressenti la même chose quand j'avais enlevé l'écharpe de mon cou.

Le pire c'était qu'au fond, que savais-je de mes goûts ? C'était une jolie écharpe et il faisait froid, et pour être honnête, peut-être n'avais-je eu recours à ce prétexte que pour la blesser.

– Rosa voulait que je l'excuse auprès de toi, déclara papa avant que nous descendions de voiture.

– L'excuser de quoi ?

– De ce qu'elle a dit sur ton amnésie. Quand elle a dit qu'elle savait ce que tu ressentais.

Je hochai la tête.

– Mais Sonny, son mari qui est mort, tu sais ? Il avait la maladie d'Alzheimer. Tu vois ce que c'est ?

J'opinai derechef.

– Alors Rosa Rivera a une certaine expérience de la perte de mémoire. Je crois que c'est tout ce qu'elle essayait de te faire comprendre. Elle s'est sans doute mal exprimée. Ce n'est pas toujours facile de parler à... Ce n'est pas toujours facile de parler. Elle ne m'a pas demandé de te révéler tout ça. Je me dis juste que c'est mieux que tu le saches.

Pendant une seconde, je me sentis toute bête. Puis d'un seul coup j'explosai.

– Je ne vois pas le rapport avec moi ! Et en plus, tu m'as menti. Et en plus, visiblement je n'aimais pas Rosa Rivera avant, alors pourquoi veux-tu que je l'aime mieux maintenant ?

– Eh bien, Naomi, tu ne savais pas tout à l'époque, donc j'espérais que maintenant tu préférerais être au courant.

– Je préfère ne rien savoir, merci.

J'essayai de dire cela le plus sèchement possible.

Papa coupa le contact mais ne fit pas mine de descendre de voiture.

– Je me suis cogné la tête. Ça ne fait pas de moi une personne différente. Et ça ne signifie pas non plus que je vais aimer ta foutue fiancée.

Papa secoua la tête et il eut l'air plus triste que je ne l'avais jamais vu.

– Tu es exactement comme moi, ma grande, et ça m'inquiète sacrément, en ce moment. Parce que dans l'état actuel des choses, ce n'est pas forcément terrible d'être comme nous. Tu vas avoir besoin de t'ouvrir aux autres.

Je ne dis rien.

Papa sortit de la voiture.

– N'oublie pas de fermer à clé en rentrant.

Ce soir-là, dans ma chambre, j'ouvris mon album de seconde pour la première fois depuis que j'avais repris les cours. Au départ, j'avais l'intention de le feuilleter à la recherche d'une idée pour mon projet photographique, dont je devais soumettre le sujet le lendemain. Mais au lieu de cela, je me surpris à chercher ma photo de classe.

Elle était là, avec ses cheveux gris clair et ses lèvres gris foncé retroussées dans un sourire impénétrable. J'aurais aimé qu'elle ait la parole pour me raconter tout ce qu'elle avait jamais ressenti, pensé et vu.

– Quel genre de fille étais-tu ? lui demandai-je. Étais-tu heureuse ? Ou souriais-tu sur commande ?

Je m'observai dans la glace et m'efforçai d'arranger mes traits comme la fille dans l'album. Je n'y arrivais pas encore tout à fait.

Je tirai quelques mèches de cheveux devant mon visage, comme les portait la fille dans l'album. Ça n'allait pas, sans que je puisse d'abord dire précisément pourquoi. Je m'étudiai encore avant de décider que les mèches du devant avaient poussé trop long.

Je pris une paire de ciseaux dans le tiroir de mon bureau et en coupai un peu de chaque côté. L'agréable crissement des lames sur mes cheveux était satisfaisant.

Je jetai un regard dans la glace pour inspecter mon travail. Comme je n'avais pas coupé droit, j'en enlevai encore un peu de chaque côté.

Puis, encore un petit peu.

Tout en donnant des coups de ciseaux, je compris que c'était sans doute peine perdue d'essayer de ressembler exactement à la fille de l'album. Ce serait plus facile d'être plutôt quelqu'un d'entièrement différent.

Je coupai des mèches derrière et devant, jusqu'à ce qu'il ne reste plus qu'une petite tignasse irrégulière. À chaque mèche qui tombait, j'avais la sensation de me débarrasser des attentes de quelqu'un : au revoir maman, papa, Will, Ace, les autres à la cantine, mes profs, tout le monde. Je me sentais prise de vertige et toute légère, comme si j'allais me mettre à flotter dans l'air. C'était la fin de la normalité.

La fille de l'album n'aurait jamais eu les cheveux courts.

Je reposai les ciseaux sur mon bureau, ramassai de mon mieux les mèches éparpillées, puis je m'endormis rapidement, paisiblement, sans même me déshabiller ni éteindre la lumière.

Lorsque mon réveil sonna le lendemain matin, je sautai de mon lit sans même me regarder dans la glace. J'avais complètement oublié ma coiffure, jusqu'à ce que je sois sous la douche. De petits cheveux me glissèrent entre les doigts comme du sable avant d'être entraînés dans le tuyau.

En me voyant dans le miroir de la salle de bains, je me sentis comme transportée de joie. C'est bizarre à dire même maintenant, mais je reconnaissais enfin la personne dans la glace comme étant la personne dans ma tête.

– Tes cheveux ! me dit papa lorsque j'entrai dans la cuisine pour le petit déjeuner. Qu'est-ce qui s'est passé ?

Je lui répondis qu'il ne s'était rien passé. Que j'avais simplement décidé de les raccourcir. Je ne lui demandai pas non plus ce qu'il en pensait.

– Si j'avais su que tu voulais les faire couper, je t'aurais emmenée chez le coiffeur.

Quand je m'assis à table, il se leva pour mieux apprécier le résultat vu d'au-dessus.

– C'est pas mal. En fait, c'est chouette. Ça fait punk rock, me dit-il finalement en m'ébouriffant doucement la tignasse. Je te reconnais à peine, fillette.

Ce n'était pas le but, bien sûr. Peut-être juste un avantage surprenant. Si les gens ne me reconnaissaient pas, ils ne se formaliseraient pas non plus que je ne les reconnaisse pas.

Je suis

## 5

Les avis étaient partagés.

Ace me croisa dans le couloir sans me voir. Il fallut que je l'appelle, et en me voyant il eut l'air perdu et trahi, comme Bambi quand sa mère casse sa pipe dans le dessin animé.

– Je les aimais longs, dit-il enfin, avant de m'embrasser. Il va falloir que je m'y habitue.

Lorsque nous eûmes terminé de nous embrasser, je remarquai que Will nous observait depuis l'autre côté du couloir.

Je lui fis signe.

– Bon Dieu, j'ai cru que Zuckerman te trompait, Chef, s'écria-t-il.

– Ça lui ferait trop plaisir, grommela Ace tout bas.

Will s'approcha de moi et m'ébouriffa les cheveux.

– On dirait que tu sors de prison.

– Comment tu sais ? C'est exactement l'effet recherché, dis-je.

Will me regarda et hocha la tête.

– J'aime bien, déclara-t-il après réflexion.

La première sonnerie retentit et tout le monde se dispersa vers les casiers et les salles de cours.

– Je veux juste que tu saches que c'est complètement génial, tes cheveux, me dit Alice Leeds, la fille qui m'avait aidée à ouvrir mon casier, pendant que je farfouillais à la recherche de mon livre d'algèbre.

– Merci.

Comme son casier était à deux emplacements du mien sur la gauche, je la voyais plusieurs fois par jour. Après la troisième heure, elle me reparla de ma coupe.

– C'est bizarre, c'est plus fort que moi, je n'arrête pas de penser à tes cheveux. Ça m'intrigue. C'est comme si tu n'avais plus besoin de te cacher derrière personne.

– Hum, si tu veux.

Au déjeuner, elle vint m'aborder à ma table à la cantine et me tendit un prospectus.

– Je sais que tu es très prise par l'album, mais je mets en scène une pièce. Viens passer l'audition, si ça te dit.

Je regardai le papier, qui annonçait les auditions pour *Rosencrantz et Guildenstern sont morts*.

– Oh, c'est pas trop mon truc, me défilai-je.

– Tu as déjà joué dans une pièce ?

– Pas depuis le CE1. J'ai tenu le double rôle du Maïs et du Rocher de Plymouth dans le spectacle de Thanksgiving de l'école. J'étais assez formidable.

– Eh bien alors, si tu n'as jamais vraiment joué, comment peux-tu être sûre que ce n'est pas ton truc ?

Alice avait fini par attirer l'attention des autres personnes assises à la table d'Ace.

– C'est vrai, ça, Nomi, comment tu peux savoir ? me demanda l'horrible Brianna.

Depuis le premier jour, elle ne m'avait plus adressé la parole du tout, à moins d'avoir une méchanceté à dire. Elle se lâchait complètement quand Ace n'était pas là, ce qui était justement le cas parce qu'il rattrapait un contrôle d'espagnol.

– Tu as raison. J'en sais rien. On se verra là-bas, Alice.

Je n'avais pas vraiment l'intention d'y aller. Je n'avais dit cela que parce que Brianna était trop bête.

Alice me sourit et hocha la tête.

– J'aime bien tes gants, lui cria Brianna pendant qu'elle s'éloignait. (Alice portait des mitaines en dentelle noire.) Méfie-toi. Il paraît qu'elle est complètement gouine, me chuchota-t-elle ensuite.

– Pourquoi tu dis ça ?

– Tes cheveux, dit-elle, me répondit-elle de son air le plus tête à claques. Ça peut donner des idées fausses.

– Ce sont tes remarques qui peuvent donner des idées fausses, lui répliquai-je, encore plus mielleuse.

Je pris mon plateau et m'en allai. J'avais décidé de dire à Ace que je ne mangerais plus jamais avec ces gens.

Curieusement, cette journée se révéla être la meilleure que j'aie passée au lycée jusque-là. Ne pas être reconnue me mettait en joie. Je passai tous mes cours dans une sorte de brouillard heureux, et lorsque la sonnerie annonçant la dernière heure retentit, j'avais complètement oublié mon projet personnel pour l'atelier photo. Mr Weir m'avait déjà permis de repousser deux fois la remise de mon sujet, mais, je ne savais pas pourquoi, je n'arrivais pas à trouver une idée. J'allais sans doute devoir arrêter l'atelier quand même, en fin de compte.

– Alors, sur quoi vas-tu travailler, Naomi ? me demanda Mr Weir.

– Eh bien, c'est encore en cours d'élaboration.

Je parcourus désespérément la salle des yeux. Presque toutes les surfaces étaient recouvertes de travaux d'élèves et de professionnels. Dans un coin en haut de la pièce, il y avait une photo d'échographie.

– Peut-être quelque chose en rapport avec la grossesse ? proposai-je.

– Très bien, mais en quoi est-ce personnel ?

– Eh bien... tentai-je d'improviser. J'ai été adoptée... et ma sœur n'est pas... Je tiens quelque chose, là ?

Mr Weir y réfléchit une seconde, puis hocha la tête.

– Peut-être. Mais il faudrait que j'en sache un peu plus.

Je n'avais pas l'intention de me rendre à l'audition, mais je tombai sur Alice Leeds devant les casiers.

– Tu veux qu'on y aille ensemble ? me demanda-t-elle.

Et j'aurais sans doute dit non à cela aussi si cette idiote de Brianna n'avait pas été en train de nous observer à travers le couloir.

– Bien sûr, dis-je assez fort pour qu'elle m'entende. Allons-y.

Alice m'étudia par-dessus ses lunettes.

– En fait, il ne faut pas que tu te présentes pour les rôles de Rosencrantz ni de Guildenstern. Pas avec l'album. Pour ces deux rôles, il faut répéter tous les jours.

– Hum, d'accord.

– Je pense que tu pourrais faire un bon Hamlet... J'aime bien l'idée d'une fille dans ce rôle, pas toi ?

– Oh si, dis-je. Pourquoi pas ?

Tout en la regardant écrire quelque chose sur un bloc-notes, je me demandai à quel moment je pourrais m'éclipser sans qu'elle s'en aperçoive.

Entre-temps, nous étions arrivées dans le théâtre et Alice se concentra sur l'organisation des auditions. J'aurais sans doute pu m'en aller, mais quelque chose me retint. Avec ses sièges mités en velours rouge et sa scène en bois usé, le théâtre m'évoquait un pays étranger. C'était comme si je découvrais soudain que Prague ou Berlin se trouvait en plein milieu de mon lycée. La salle débordait d'énergie nerveuse et d'excitation, et je crois que j'avais envie de voir ce que cela allait donner.

Avant les auditions, Alice prononça un petit discours, quelques mots sur la pièce et sur la « vision » qu'elle en avait. J'aimais bien sa manière passionnée d'envisager les choses, et elle parvint à me faire oublier que j'avais prévu de partir.

Comme j'étais en tête de la liste d'Alice, je fus la première à passer. Sans doute parce que je me fichais d'être prise ou non, ce fut plutôt indolore. J'obtins même quelques rires. Je n'aurais pas su dire s'ils étaient provoqués par mon incompétence ou par mon talent de comédienne.

Je fonçai au bureau de l'album. J'avais alors vingt-cinq minutes de retard et l'activité était à son comble. Sans même parler à Will ni à personne, je posai mon sac et me mis immédiatement au travail, à passer en revue les portraits de groupe des clubs de langues.

– J'aime bien celle-ci, dit Will en désignant une photo des membres du club d'espagnol tous affublés de sombreros. C'est bien mieux qu'une bande d'élèves plantés là les bras ballants.

J'approuvai. J'avais déjà choisi celle-là moi-même.

– On devrait peut-être faire une photo à thème pour tous les groupes de langues ? Genre le club de français en bérets ?

– *Oui madame*. Avec des baguettes de pain.

– Et un litron de rouge. Très subtil, très culturel.

– Et si on déguisait tout le club de langue des signes en Helen Keller[1] ? plaisantai-je.

– Et le club de latin en cimetière. Parce que c'est une langue morte, tu vois ?

Je roulai les yeux d'un air consterné.

– Bon d'accord c'est un peu gadget. Mais j'aime bien l'idée d'Helen Keller. Tu devrais t'y coller, Chef. Au fait, comment est-ce qu'on se déguise en Helen Keller ?

– Un bandeau sur les yeux ? Des cache-oreilles ?

Je haussai les épaules et retournai à ma sélection de photos.

– Qu'est-ce qui t'a retardée ? me demanda Will.

Je faillis lui raconter l'histoire, en la faisant passer comme une vaste plaisanterie, mais je m'abstins à la dernière seconde. Même s'il avait toujours été gentil avec moi, je voulais que ce soit mon secret, une chose que Will ignorât sur moi. De toute manière je ne pensais pas être sélectionnée, mais je n'étais pas prête non plus à en rire.

– Mr Weir m'a retenue après son cours, mentis-je.

– Toujours pas trouvé de sujet ?

Je secouai la tête.

---

1. Femme de lettres et conférencière américaine, sourde, muette et aveugle, qui parvint à obtenir un diplôme universitaire. Sa détermination a suscité l'admiration. Sa vie fascinante est racontée dans le livre *L'Histoire d'Helen Keller* (Lorena A. Hickok, Pocket Jeunesse). (N. d. T.)

Le dimanche soir, vers 9 heures, une fille m'appela sur mon portable. Je connaissais sa voix, mais sans pouvoir la situer.

– Alors, ma belle ? me dit-elle. Tu te joins à nous, oui ou non ?

– Oui, je suppose ?

À mon avis, quand on vous donne ce choix, c'est toujours mieux d'accepter. Mais en fait, je ne savais absolument pas de quoi parlait cette fille.

– Ma belle, tu sais qui c'est, au moins ?

– Non, avouai-je.

Mais cela m'arrivait tout le temps. J'apprenais à prendre les choses comme elles venaient.

– C'est Alice Leeds, la metteuse en scène de *Rosencrantz et Guildenstern sont morts*, et j'ai besoin de savoir si tu seras ma jolie Hamlet fille, dit-elle.

– Mais Alice, je n'y connais rien en théâtre.

Alice s'en moquait.

– Les habitués des cours de théâtre sont bourrés de mauvaises habitudes dont je dois les débarrasser, de toute manière. Toi, tu es toute fraîche, et c'est ce qui me plaît chez toi. Alors viens jouer dans la pièce, ma jolie, ce sera divin, je te jure.

Même en sachant que Will allait sans doute me tuer, je m'entendis dire oui.

Les répétitions commençaient le lundi suivant, ce qui me laissait bien des occasions de me confesser à Will. Je n'en fis rien. À la place, je lui racontai que papa m'envoyait maintenant voir un psy tous les lundis et mercredis après les cours (je perdais déjà mon temps à cela un mardi soir sur deux), et que ces jours-là il ne devait pas m'attendre avant 17 heures.

Lors de la première répétition, tous les acteurs déclinèrent leur nom et le rôle qu'ils allaient jouer. Ensuite, Alice présenta l'équipe technique, qui comprenait son assistante, une costumière (Yvette Schumacher, l'Estragon du cours d'anglais), l'éclairagiste et le décorateur, plus quelques autres. La toute dernière personne que présenta Alice fut James Larkin, qui réalisait une installation vidéo pour accompagner la pièce et qui ne me remarqua absolument pas. Je n'étais pas sûre de comprendre exactement ce que voulait dire « réaliser une installation vidéo », mais je n'avais aucune intention de le lui demander non plus. James avait été parfaitement clair : ce qui s'était passé entre nous à l'hôpital n'était qu'un effet de sa bonté, rien de plus.

Nous lûmes toute la pièce. J'avais plus de répliques que prévu.

Après quoi, Yvette prit mes mesures pour mon costume. Pendant qu'elle travaillait, je regardais Alice et James en grande conversation à l'autre bout du théâtre.

– Ce nouveau, il est canon, dit Yvette. Tout à fait le genre d'Alice. Je devrais me méfier.

– Te méfier d'Alice ? demandai-je.

– Mais non, patate ! De James, me dit-elle. Alice est mon... (Elle baissa la voix.) ... mon amoureuse, mais elle aime aussi les garçons. Je ne sais pas pourquoi je chuchote. Ce n'est un secret pour personne.

Évidemment, pour moi, tout était secret.

– Ça fait combien de temps que vous êtes ensemble, Alice et toi ?

– Depuis le début de l'été dernier. C'était déjà ma meilleure amie depuis le CE2, mais on a eu une période très torturée. Il nous a fallu une éternité pour nous avouer quoi que ce soit l'une à l'autre.

La répétition se termina peu avant 18 heures. Au moment où je sortais, Alice me rappela :

— Naomi, ma belle, viens que je te présente James !

— On s'est déjà rencontrés, dit ce dernier. (Il m'observa attentivement.) Elle était coiffée autrement.

En entendant parler de mes cheveux, je me sentis gênée et levai la main pour jouer avec.

— Ne l'écoute pas. C'est absolument génial, me dit Alice. Je n'aurais jamais pensé à toi pour le rôle si tu n'avais pas fait ça. On dirait exactement cette actrice dans le film français, là, je ne sais plus comment elle s'appelle.

— Jean Seberg, dit James. *À bout de souffle*. En anglais, *Breathless*. Réalisé par Jean-Luc Godard. 1960. Le film qui a lancé la Nouvelle Vague. Mon deuxième Godard préféré. Ce serait sans doute mon Godard préféré si ce n'était pas déjà celui de tout le monde, alors mon préféré, c'est *Deux ou trois choses que je sais d'elle*.

— James est un mordu de cinéma, m'informa Alice comme si ce n'était pas parfaitement évident.

— Et Jean n'était pas française, elle était américaine. Sans compter que tu as les cheveux plus foncés qu'elle. Soit dit en passant, je n'ai pas dit que c'était différent d'une manière négative, ajouta James. (Il inclina nonchalamment la tête et me regarda en plissant les yeux.) Je préfère comme ça.

— Bon, maintenant qu'on est débarrassés des présentations, poursuivit Alice en claquant des mains, vous allez travailler ensemble.

Elle expliqua que dans son intention, l'histoire d'Hamlet devait constituer une part importante des projections vidéo.

– Il faut vous y mettre dès que possible, tous les deux, conclut-elle.

James me demanda si j'avais besoin qu'il me ramène chez moi. Il proposa que nous comparions nos emplois du temps en route. Sa voiture n'était plus au garage.

Alors que j'avais prévu de monter à l'étage pour travailler au *Phénix*, je me surpris à accepter.

Pendant le court trajet jusque chez moi, nous décidâmes que le samedi après-midi était le meilleur moment pour nous deux (il travaillait le samedi et le dimanche soir), et avant que j'aie eu le temps de dire ouf, il se garait dans l'allée devant la maison.

– Dis donc, m'étonnai-je, comment savais-tu que j'habitais ici ?

– En voilà une bonne question.

J'attendis qu'il continue, mais comme il n'en faisait rien, je lui demandai *pourquoi* c'était une bonne question.

– En fait, j'ai cherché ton adresse dans l'annuaire. Je pensais peut-être passer chez toi voir comment tu allais.

– Mais tu ne l'as pas fait ?

– Faut croire que non.

J'envisageai de lui dire que c'était dommage, mais le visage d'Ace surgit dans ma tête. Pour le meilleur et pour le pire, Ace était toujours mon amoureux, et j'estimai que ce n'était pas bien de flirter avec un autre, surtout un qui soufflait le chaud et le froid comme James.

Je me ravisai donc, lui dis « à samedi » et descendis de sa voiture.

Plus tard ce soir-là, j'étais au téléphone avec Ace.

– Mais le bal de rentrée, alors ? me demanda-t-il.

Le bal avait lieu ce même samedi, et nous avions prévu d'y aller avec Brianna et Alex, son copain. Alex avait été l'un des meilleurs potes de tennis d'Ace avant de partir pour la fac de New York.

Je l'assurai que cela ne posait pas de problème.

– J'aurai terminé ce que j'ai à faire pour la pièce vers 5 heures.

Je décidai de passer James sous silence.

– Mais ça te laissera assez de temps ? s'inquiéta Ace.

– Qu'est-ce que tu y connais ? rétorquai-je.

– J'ai une sœur, tu sais, Naomi. Toutes ces affaires de filles, ça demande pas mal de préparation.

– Il faut combien de temps pour enfiler une robe ? lui demandai-je.

– Aucune idée. Mais ton maquillage ? Tes ongles ?

– Tu as peur que je sois moche, Ace ? le taquinai-je.

– En tout cas il ne te faudra pas trop de temps pour tes cheveux.

– Ha !

James vint me chercher le samedi midi. En sortant de la maison, je trouvai Yvette assise à l'avant du break de sa mère, avec une valise pleine de costumes d'époque posée sur la banquette arrière. Je ne savais pas qu'elle venait.

Une fois que je fus montée en voiture, Yvette se retourna pour me regarder.

– James et Alice se sont dit que ce serait cool si tu jouais à la fois Ophélie et Hamlet dans les projections, alors j'ai pris des costumes pour les deux. Et une perruque pour le rôle d'Ophélie.

On est allés dans un parc situé quelques agglomérations plus loin, à Rye. Et James me filma debout sur un rocher en costume d'Hamlet, puis allongée en Ophélie noyée dans la rivière, et la journée continua ainsi jusqu'à ce qu'un gardien vienne nous virer du parc parce que nous n'avions pas les autorisations requises pour un tournage vidéo. James discuta avec lui, dit que comme nous étions lycéens nous n'avions pas besoin de permis, et il nous accorda un petit quart d'heure supplémentaire. Cela me suffisait largement ; j'étais complètement gelée, comme je l'avais été toute la journée. Même si je ne m'étais pas plainte, James se rappelait que j'étais sensible au froid et s'assurait qu'Yvette me couvrait avec un manteau dès que nous n'étions plus en train de tourner. James était très professionnel à cet égard. J'avais vu ma mère au travail, et il me faisait un peu penser à elle.

De retour dans la voiture, Yvette annonça qu'il fallait qu'elle aille se préparer pour le bal. Elle y allait avec Alice et une bande de filles du club de théâtre. James décida de la déposer d'abord, et moi ensuite. En chemin, Yvette le taquina sur le fait qu'il ne venait pas au bal.

– À peu près tous ceux qui sont dans la pièce lui ont demandé d'être leur cavalier, tu sais. Les filles *et* les garçons, me précisa-t-elle.

James éclata de rire. Il dit que *tout le monde* ne lui avait pas demandé, et que de toute manière il devait aller bosser.

Lorsque nous arrivâmes chez Yvette, James et moi l'aidâmes à porter tous ses costumes à l'intérieur. Elle embrassa James sur la joue. Ma réaction involontaire et embarrassante fut de me demander si je pourrais me débrouiller pour faire de même quand nous serions chez moi.

Yvette me fit une bise, à moi aussi.

– On se verra peut-être ce soir, ma jolie, me dit-elle.

En me ramenant chez moi, James me demanda si j'allais au bal ce soir-là. Je lui dis que oui, « avec Ace ».

– Ah oui, le sportif. C'est un bon nom pour un joueur de tennis, Ace.

– Sauf si on accumule les doubles fautes, plaisantai-je.

James ne rit pas, mais il faut avouer que ce n'était sans doute pas une super-blague.

Environ une minute plus tard, il reprit la parole.

– Tu as été bien aujourd'hui. Très impliquée et détendue. Tu m'as facilité les choses. Tu es très douée pour rester immobile.

Je ris.

– Que puis-je te dire ? C'est un don.

Je lui expliquai que ma mère était photographe, si bien que j'avais passé une grande partie de ma vie à poser pour une chose ou une autre.

– Était ?

– Enfin, elle l'est encore. Mais on ne se parle pas vraiment en ce moment.

Il ne me poussa pas à en dire plus sur ma mère, ce que j'appréciai.

– Je n'y connais absolument rien en comédie, ça explique sans doute pourquoi j'étais détendue, déclarai-je.

– Peut-être que tu devrais simplement accepter le compliment.

Mais je n'avais jamais été très douée pour cela. Du moins pas dans mon souvenir.

– Tu as un job ? lui demandai-je.

Il m'expliqua qu'il travaillait dans un centre universitaire de proximité, comme responsable de l'audiovisuel, ce qui revenait globalement à projeter des films et des vidéos dans les cours pour adultes.

– Ça paie plutôt bien, et mon père pense qu'il faut que je travaille. Ça me permet de voir plein de choses que je n'aurais pas l'occasion de visionner autrement.

– Quoi, par exemple ?

– Oh, pendant l'été il y a eu une série de cours sur le cinéma suédois, donc j'ai vu à peu près tous les Bergman. Tu sais qui était Ingmar Bergman ?

Je secouai la tête.

– C'était un réalisateur de génie. Ses films parlent surtout de sexe et de mémoire. Ils t'intéresseraient sûrement, après... enfin, tout ce qui t'est arrivé. Et en ce moment, il y a un cours sur les films de Woody Allen, donc j'en ai regardé beaucoup aussi. Je l'aime bien, mais pas autant que Bergman.

– J'adore Woody. Mes parents louaient toujours tous ses films quand j'étais petite. J'aime particulièrement *Hannah et ses sœurs* et *La Rose pourpre du Caire*.

J'étais contente qu'il existât des choses que je me rappelais avoir aimées.

– Tu pourrais venir en voir un ou deux un de ces jours ? me proposa-t-il. Je te ferais entrer sans problème. Tu peux amener ton sportif.

J'aurais parié qu'il me taquinait avec ces derniers mots, mais il avait le visage tellement impassible que je n'en étais pas sûre.

Il était en train de se garer devant chez moi. Je lui dis que je serais bien étonnée si Ace appréciait Woody.

– Sans doute pas, dit-il. Amuse-toi bien à ton bal, Naomi.

Je mis la robe en velours noir qui était dans mon placard parce que je n'avais pas eu le temps d'acheter autre chose. (La vérité, c'était peut-être que je n'avais pas *pris* le temps d'acheter autre chose.) Au moins, moi, je ne me souvenais pas de l'avoir déjà portée.

– Encore mieux que l'année dernière, dit papa lorsque je descendis l'escalier.

Quand il vint me chercher, Ace ne fit aucune remarque sur le fait que j'avais déjà porté cette robe. Il m'embrassa simplement sur la joue.

– Tu es très belle.

C'est lui qui nous conduisit tous au bal. J'étais assise à l'avant avec lui, et Brianna était sur la banquette arrière avec Alex qui, bien qu'étant le grand copain d'Ace, se révéla être un crétin fini. J'avais même de la peine pour Brianna, alors c'est dire. Il était ivre avant même que nous soyons partis pour le bal, et il n'arrêtait pas d'essayer de l'embrasser et de la peloter. J'entendais sans cesse Brianna répéter : « Non, Alex. Non. Attends un peu, d'accord ? » et d'autres choses du même genre. Ace monta le son de la radio, pour leur laisser un peu d'intimité je pense, mais peut-être en avait-il juste assez d'entendre les protestations de Brianna.

Je finis par me retourner et par lui lancer :

– Écoute, Alex, retiens-toi un quart d'heure, OK ? Elle veut être bien sur la photo, compris ?

– Naomi, tout va bien, me dit Brianna, glaciale.

J'essayai de tourner l'affaire à la plaisanterie.

– Elle a bien dû passer les dix dernières années à se préparer.

Je crus entendre Alex grommeler quelque chose sur ces « gamines de lycéennes », mais je n'étais pas sûre.

Le reste du trajet se fit dans un silence de mort. Je voyais bien que Brianna, Ace et ce boulet d'Alex étaient remontés contre moi. Je me fichais de Brianna et d'Alex, mais j'étais un peu embêtée pour Ace. Je commençais à regretter de ne pas l'avoir fermée. Après tout, une fille comme Brianna savait se défendre toute seule.

Au cours du bal, le Roi et la Reine de la Rentrée furent proclamés, et je vis l'un des débutants de l'équipe de l'album prendre des photos. Je savais qu'elles ne seraient pas réussies. Primo, l'angle était trop bas, ce qui allait donner un double menton à tout le monde, et deuzio, il ne variait pas du tout les points de vue. J'allai le voir et lui conseillai de se mettre debout sur la table. Ce qu'il fit. Puis il me remercia et me dit qu'il obtenait de meilleures images. Il m'en montra quelques-unes sur l'écran de son appareil numérique. Je retirai mes chaussures à talons, montai à mon tour sur la table et pris quelques clichés moi-même. C'est ce qui m'amusa le plus de toute la soirée. Je me mis à élaborer l'hypothèse que si je m'étais autant impliquée dans l'album, c'était sans doute pour la bonne raison que j'aimais prendre des photos. C'était peut-être aussi simple que cela. Je me demandais si *tout* était aussi simple : si je ne devais jamais retrouver la mémoire, le plus facile était encore de me fier à ce que j'aimais et ce que je n'aimais pas.

Quand je me retournai pour descendre de la table, Will était debout au-dessous de moi.

– Je peux t'aider ? me proposa-t-il en me tendant la main.

Je la pris. C'est difficile de descendre d'une table quand on est en robe du soir.

– Je ne savais pas que tu venais.

– Ce n'était pas prévu. Je méprise ce genre de choses. Patten est tombé malade, donc c'est moi qui tiens le stand des porte-clés avec mini-photo-souvenir.

Ce stand était l'une des nombreuses sources de financement de l'album.

– Ta robe... commença Will.

– Je sais, je sais. C'est la même que l'année dernière.

– Si tu me laissais terminer, j'allais dire qu'elle t'allait mieux avec les cheveux courts. Tu t'en tires bien, Chef.

– Merci.

Je remis mes hauts talons, je ne le dominais plus que de leur hauteur.

– J'aime bien ton costard, lui dis-je.

– J'ai dû improviser.

Il portait un costume en velours vert émeraude et une chemise à motifs cachemire. Il était la seule personne habillée dans ce genre-là.

– Tu as de bonnes photos de l'élection de la Cour ? me demanda-t-il.

Je levai les yeux au ciel.

– Comme d'habitude, le frisson de la victoire, l'angoisse de la défaite...

– Ah, folle jeunesse ! Douce-amère, et si fugace... ironisa-t-il.

– Exactement.

– Je t'observais, cela dit, reprit-il en me regardant droit dans les yeux. Tu avais l'air très, très... heureuse, là-haut.

C'était le cas, mais je n'aimais pas beaucoup la manière dont Will me regardait. Non, *regarder* n'est pas le mot exact. La manière dont il me *voyait*. Je n'étais pas à l'aise avec l'idée que

Will pût en voir autant. Il me donnait l'impression d'être transparente alors que j'étais encore opaque à mes propres yeux.

Il me dit qu'il avait essayé de m'appeler dans l'après-midi mais que mon téléphone était éteint. J'allais inventer un nouveau mensonge lorsque Ace apparut soudain à côté de moi.

– Will, dit-il.

Will hocha le menton.

– Zuckerman.

– Alors, on harcèle ma copine ? fit Ace en passant un bras autour de moi.

Je savais que, objectivement, il était tout à fait normal qu'Ace m'appelle « sa copine », et pourtant le bras m'offensa. Cela me semblait déplacé.

– Des histoires d'album, c'est tout, précisai-je.

– C'est ça. Toujours des histoires d'album, lança Ace d'un ton mauvais qui m'étonna.

– Eh oui, comment immortaliser nos glorieuses années sinon, Zuckerman ? demanda Will.

J'avais l'impression de ne pas bien comprendre ce qui se passait entre Ace et Will. Curieusement, cela me donna envie d'être avec James.

– Donc, Will, ça ne t'ennuie pas trop que j'emmène ma copine danser ?

– Elle n'aime pas danser, grinça Will entre ses dents.

Puis il prit congé. Je ne le revis plus de la soirée.

Après le bal, Brianna et Alex décidèrent de se faire ramener par quelqu'un d'autre, si bien qu'Ace et moi nous retrouvâmes seuls dans la voiture. Je pensais qu'il allait juste me reconduire chez moi, mais en fait il m'emmena chez lui.

Il me dit que ses parents étaient à Boston pour le week-end et que nous avions toute la maison pour nous.

Il me proposa de boire quelque chose et je déclinai son offre. J'évitais l'alcool depuis la fête de son copain, ce qu'il aurait pu deviner tout seul.

Il m'emmena jusqu'à sa chambre, qui était propre et nette comme le reste de la maison, et comme Ace lui-même, d'ailleurs. Il y avait du papier peint écossais, et des raquettes de tennis anciennes en bois étaient accrochées au mur. Je regardai sa bibliothèque : à part les ouvrages imposés par le lycée, les seuls livres qu'il possédait étaient des mémoires d'athlètes et une collection de classiques reliés en cuir. Une photo de nous deux était collée au mur à côté de son lit. Nous étions tous les deux en tenue de tennis. L'image était floue, mais je voyais que je portais une queue-de-cheval, comme Ace les aimait.

Je m'assis sur son lit : un vieux matelas à ressorts qui faisait un bruit asthmatique. Ace s'assit à côté de moi – « scrouic » – et m'embrassa sur la bouche. Il avait toujours ce goût de Gatorade alors que je savais, preuve à l'appui, qu'il n'en avait pas bu au cours des cinq dernières heures au moins.

– Tu te rappelles ce qui s'est passé ici il y a un an ? me demanda-t-il.

J'étais amnésique, banane !

– Non.

Alors il me le raconta. Au précédent bal d'automne, Ace et moi étions « montés au filet », c'est-à-dire que nous l'avions fait pour la première fois. Nous avions « joué plusieurs sets » depuis, mais avions décidé d'un commun accord de faire une pause pendant la « saison d'été » pour des raisons qu'Ace choisit de ne pas détailler. Son idée était que nous fêtions notre anniversaire par un « match retour ». Je ne sais pas si la nervosité pouvait expliquer les pitoyables métaphores sportives/sexuelles d'Ace, mais cela commençait à placer toute cette désastreuse histoire de bracelets éponge dans une perspective lamentable.

Je lui dis que je n'avais toujours pas repris la pilule.

– Ça ne fait rien, répondit-il. J'ai tout ce qu'il faut.

Il dégaina un paquet de préservatifs pris dans la table de chevet tel un entraîneur sportif distribuant les balles à son équipe. Ses mains avaient été si rapides – c'est à peine si je l'avais vu ouvrir ou fermer le tiroir – que j'eus l'intuition qu'il se comportait exactement comme sur le court.

Tout cela me laissait curieusement indifférente. Je me disais quelque chose comme : *Bon, j'ai déjà fait ça. Autant recommencer pour être débarrassée.*

Ace commença à défaire ma robe, mais il n'arrivait pas à descendre la fermeture Éclair.

– C'est coincé, dit-il.

– Ne la casse pas, hein ? protestai-je. Il faut que je puisse la remonter après.

À ce moment, son basset cacochyme entra dans la pièce pour nous dire bonjour.

– Va-t'en, Jonesy ! dit Ace. Va-t'en !

Jonesy ne voulait pas s'en aller. Il se dressa contre la jambe droite d'Ace et se mit à se frotter. Ace n'arrêtait pas de secouer la jambe, mais le chien ne se laissait pas décourager.

– Va-t'en, va-t'en !

Ace se leva et poussa Jonesy dehors, mais je continuai à entendre les plaintes du basset derrière la porte.

Je me mis à rire. Je trouvais particulièrement comique l'idée qu'Ace voulait interdire à son chien précisément ce qu'il était si impatient de me faire.

– Bon, reprenons, me dit-il.

C'était complètement absurde.

Comme je ne me rappelais pas la « vraie » première fois que j'avais perdu ma virginité, ceci aurait dû devenir ma première fois *de facto*. Je voulais avoir mieux à raconter que *Je l'ai fait avec un garçon que je n'aimais pas trop et qui avait l'haleine mystérieusement parfumée au Gatorade ; dans sa chambre décorée d'articles de sport ; au moins, il a eu la gentillesse de fournir les préservatifs et de faire sortir son vieux chien libidineux.* Vu comme ça, je ne pouvais que me demander comment j'avais déjà pu laisser les choses aller si loin.

– Ace, je ne vais pas coucher avec toi, dis-je.

Je tendis le bras par-dessus mon épaule et remontai ma fermeture Éclair sans problème.

– C'est à cause des aboiements ? Je peux le faire sortir dans le jardin. Attends juste une seconde. Je vais l'obliger à arrêter. Vilain Jonesy ! Vilain chien !

Je lui dis que ce n'était pas le chien.

– Mais alors quoi ?

Il fit quelques pas jusqu'à la fenêtre de sa chambre. Il me tournait le dos et je ne pouvais pas voir son visage.

– Je... Je ne sais pas trop. La vérité, c'est que je ne te connais même pas. Je ne sais même pas ce qu'on a en commun.

– Beaucoup de choses, dit Ace.

– Raconte, alors. J'aimerais vraiment savoir.

– Le tennis. Le lycée. (Il soupira. Il ne voulait pas se retourner vers moi.) Je t'aime, Naomi.

– Mais pourquoi ?

Il haussa violemment les épaules.

– Bon Dieu, j'en sais rien. Pourquoi est-ce qu'on aime quelqu'un ? Parce que tu es hyper-sexy ?

– C'est une question ou une affirmation ?

– Une question. Non, une affirmation. Je ne sais pas. Tu m'embrouilles.

Il se retourna cette fois et me regarda d'un air désemparé, désespéré.

– Parce que tu es bonne élève mais que tu tiens aussi la boisson. Parce qu'on parlait de plein de choses. Je ne sais pas. Je t'aimais.

– Tu m'aimais ou tu m'aimes ?

– Quoi, comment ça ?

– *Aimais* au passé, ou *aimes* au présent ?

– Je t'aime ! Je voulais dire : je t'aime. Ce n'est pas ce que j'ai dit ?

Il s'effondra sur son lit pour se retrouver les yeux fixés au plafond. Les ressorts du matelas grincèrent sous son poids, ce qui refit aboyer Jonesy. J'ouvris la porte et le chien entra en courant. Heureusement, il n'était plus d'humeur lubrique non plus. Il voulait des câlins et de la compagnie. Il sauta sur le lit et se coucha à côté de son maître.

– Mais pour être honnête, tu es vraiment bizarre ces temps-ci, dit Ace d'une voix égale.

*C'est peut-être parce que je ne me souviens de rien ?* pensai-je avec amertume.

– Comme crier sur Alex dans la voiture, qu'est-ce qui t'a pris ? Et tu joues dans une pièce de théâtre, maintenant ? Et tes cheveux !

C'était la première fois qu'il en reparlait depuis le jour où je les avais coupés.

– Qu'est-ce qu'ils ont, mes cheveux ?

La réponse m'était égale, mais j'étais un peu curieuse.

– J'aimais quand ils étaient longs.

C'était la deuxième fois ce soir qu'il employait le verbe *aimer*, mais la seule où je le crus.

– Je n'ai pas l'habitude de cette coupe. Franchement, je ne sais même pas quoi en penser.

– Dis ce que tu as à dire, Ace.

– Je *déteste* cette coiffure naze, lâcha-t-il d'une voix enrouée par la vérité, l'amertume, l'émotion.

Tout ce qu'il avait dit d'autre pendant tout le temps que nous avions passé ensemble n'avait fait qu'exprimer la confusion ou la frustration, mais cette fois c'était différent. On ne pouvait pas s'y tromper. C'était de la passion ! C'était ce qui manquait dans tous les autres éléments de ma relation avec Ace. C'était ce que j'entendais quand Alice parlait de la pièce, ou quand Will parlait de l'album, ou quand papa parlait de Rosa Rivera. C'était ce que j'avais entendu lorsque James m'avait dit qu'il avait eu envie de m'embrasser à l'hôpital.

Pour la petite histoire, j'ignorais que les garçons pouvaient s'intéresser autant à nos cheveux. C'était peut-être trop demander, mais je voulais quelqu'un qui se passionne autant pour le reste de ma personne. Pauvre Ace. Il était tombé amoureux d'une coiffure.

Je savais ce que j'avais à faire.

– Je crois qu'on devrait faire une pause. Une pause l'un sans l'autre, je veux dire. Le temps que mes cheveux repoussent !

Ma tentative de blague ne fit pas rire Ace.

– Tu es en train de me dire que tu veux qu'on se sépare ? me demanda-t-il.

Avais-je bien détecté un soupçon de soulagement dans sa voix ?

– Oui.

– Mais ce n'est pas ce que je veux ! protesta-t-il, de manière un peu trop catégorique. Je veux que tu retrouves la mémoire et que tout redevienne comme avant.

– Eh bien, c'est peut-être ce qui se passera. Mais le plus probable, c'est que non. Et de toute manière, tu seras en fac l'année prochaine, alors tôt ou tard, ça devait arriver, le raisonnai-je.

– C'est Will ? demanda Ace.

Cette question me contraria. Elle ne faisait que confirmer à quel point Ace ne me connaissait pas. S'il avait dû y avoir quelqu'un d'autre, ça aurait été James, et ce n'était même pas James. Ce n'était personne. Ou, plus précisément, personne d'autre qu'Ace.

– Will est mon ami ; je ne peux même pas en dire autant de toi.

Ace ferma les yeux.

– Ce n'est pas comme ça que j'avais imaginé cette soirée.

Je lui demandai s'il pouvait me ramener chez moi. Quand nous arrivâmes devant ma maison, il me raccompagna jusqu'à la porte. Je l'embrassai sur la joue.

– Je sais que c'est idiot, sans doute, mais j'ai l'impression que je ne te reverrai plus jamais, me confia-t-il.

– Ne sois pas ridicule, Ace. On se verra au lycée, répliquai-je.

Mais bien sûr, je comprenais tout à fait ce qu'il avait voulu dire.

– Ma remarque sur tes cheveux... commença-t-il.

– Pas de problème. Tu ne faisais qu'être honnête.

Dès le mardi suivant, tout le monde au lycée était apparemment au courant de notre rupture. L'histoire qui me revint aux oreilles était qu'Ace m'avait larguée parce que j'étais « coincée » au lit depuis l'accident et que je n'étais « pas complètement là », deux affirmations qui s'appuyaient sur la vérité tout en ne traduisant pas la nature profonde de ce qui s'était passé. Je ne savais pas si c'était Ace qui répandait ces rumeurs ou si ce n'étaient que des hypothèses émises par mes petits camarades. Des gens comme Brianna, qui m'avait encore plus dans le nez depuis que j'avais essayé de prendre son parti dans la voiture. À présent qu'Ace n'était plus obligé de défendre mon honneur, elle pouvait vraiment s'en donner à cœur joie.

J'aurais compris si c'était venu d'Ace : peut-être voulait-il sauver la face, ou peut-être était-ce vraiment sa vision des choses ? Quoi qu'il en soit, je ne fis aucun effort pour rétablir la vérité. Les gens pouvaient bien penser ce qu'ils voulaient. Qu'ils aillent se faire voir.

# 6

Je n'avais toujours pas mis Will au courant pour la pièce de théâtre. Peut-être était-ce parce que j'avais l'impression de le trahir ; peut-être était-ce par pure lâcheté. J'étais en retard à la moitié des séances de l'album, et je lui faisais croire que j'étais soit avec des profs, soit chez le psy. Si mon retard chronique le contrariait, Will était trop bon camarade pour le montrer.

Il n'aurait sans doute jamais rien su si Bailey Plotkin ne s'était pas pointé pour photographier les répétitions. Bailey était le photographe des activités artistiques du *Phénix*, le poste que j'avais occupé pendant mon année de seconde, s'il fallait en croire l'ours de cette année-là. Si je m'étais un tant soit peu intéressée au fonctionnement de l'album, j'aurais pu deviner qu'un membre de la rédaction finirait par venir.

Bailey était quelqu'un de relax dans l'ensemble, et il n'eut pas l'air particulièrement surpris de me voir.

– Je ne savais pas que tu jouais dans la pièce, Naomi. Cool !

Voilà à peu près tout ce qu'il en dit. Mais tout de même, je savais qu'il fallait que j'en parle à Will, et de préférence avant qu'il voie les photos.

Je me rendis au bureau de l'album dès la fin de la répétition, et Will leva à peine la tête lorsque j'entrai dans la pièce. Il me demanda si j'avais eu le temps de regarder les maquettes de couverture. Comme la réponse était non, j'allai le faire. La préférée de Will était toute blanche, avec juste les mots *Le Phénix* en noir et en relief, tout en capitales, au fer à droite, à mi-hauteur de la page. C'était extrêmement simple et tout à fait différent de ce que l'on voit habituellement sur les albums de lycée. Il m'avait vaguement laissé entendre que c'était une allusion à un disque ou à un livre, mais je n'avais pas fait attention. Je ne savais pas trop quoi en penser.

Au cours des deux heures qui suivirent, jusqu'à la fin de la séance de travail, Will ne me dit pas un mot sur la pièce. Il resta sérieux de bout en bout : des questions très polies, pas la moindre vanne. Cela ne lui ressemblait pas, et ne fit que renforcer ma conviction qu'il était déjà au courant mais qu'il attendait que j'aborde le sujet.

À la fin de la réunion, je lui demandai de me ramener chez moi. « Pour qu'on puisse parler », ajoutai-je. Il garda le silence tout en marchant jusqu'au parking. On était fin octobre et j'étais gelée, mais ce n'était pas à cause du temps. L'automne était particulièrement doux cette année, et en plus je portais un sweat à capuche et une parka. Je crois que ce frisson glacé venait plutôt d'une impression de déjà-vu. J'avais la sensation d'avoir déjà emprunté ce chemin. Bien sûr, c'était le cas. Will m'avait ramenée bien souvent depuis que j'avais repris les cours, mais il y avait quelque chose de spécifiquement familier que je n'arrivais pas à identifier.

– Tu as froid ? me demanda-t-il à mi-chemin du parking. J'aurais dû te proposer mes gants.

Je secouai la tête. Will était toujours très attentionné avec moi... Même maintenant, alors qu'il savait sûrement que je lui mentais depuis des semaines. Cela me donnait l'impression d'être la plus petite personne du monde.

Lorsque nous arrivâmes à la voiture, il resta debout là une seconde sans débloquer les portes.

– Alors ? dis-je.

– Alors, c'est toi qui voulais parler, Chef.

– Eh bien, hum, dans la voiture ça m'irait très bien.

– Je préférerais entendre ça ici.

Je me lançai.

– Je joue dans la pièce. Je ne sais pas pourquoi je ne t'en ai pas parlé plus tôt. Cette histoire de thérapie supplémentaire était un mensonge.

Je jetai un œil par-dessus le toit de sa voiture pour guetter sa réaction. Comme il n'en avait pas vraiment, je continuai de parler pour meubler.

– C'est arrivé presque par accident, mais il ne reste plus que deux semaines, et ensuite je serai de retour à plein temps.

Will hocha la tête pendant une seconde avant de répondre.

– T'as intérêt à être gentille avec moi pour te rattraper, Chef.

Il desserra sa cravate d'uniforme puis se mit à rire, si bien que je lui demandai ce qu'il y avait de drôle.

– Ce qu'il y a, c'est que j'avais peur que tu laisses tout tomber.

– Pourquoi ?

– Depuis deux ou trois semaines, on s'est à peine parlé. Au moins, maintenant je sais qu'il y avait une raison.

Je supposai qu'il voulait parler de la pièce.

– Et tu ne t'impliquais plus vraiment, depuis un moment. C'était normal que je me pose des questions. Je veux que tu saches que j'aurais sans doute compris si tu avais laissé tomber, avec tout ce qui t'est arrivé, mais je suis soulagé que tu ne le fasses pas.

Will déverrouilla les portes et nous montâmes en voiture.

– Le théâtre... C'est sympa ? me demanda-t-il.

– Ben ouais, avouai-je.

– Je suis content pour toi.

Will hocha la tête et démarra.

En arrivant chez moi, il voulut entrer. Il dit que cela faisait un moment qu'il n'avait pas vu mon père.

Je lui demandai pourquoi il pouvait bien avoir envie de le voir.

– Bah, j'aime vraiment bien ses livres. On est potes, Grant et moi.

Je lui dis que papa était sans doute en train d'écrire.

– Allez, Chef, me dit-il. Ça fait une éternité que je ne suis pas venu chez toi.

Nous entrâmes, mais papa n'était même pas là. Au lieu de s'en aller, Will s'assit à la table de la cuisine.

– Il paraît que vous avez cassé, toi et Zuckerman.

– Ouais.

Je n'avais pas vraiment envie d'en parler avec Will, mais il ne voulait pas comprendre.

– Pourquoi ? insista-t-il.

– Parce qu'il détestait ma coupe de cheveux.

– J'ai toujours trouvé que c'était un connard.

– Un connard ?

Will rougit l'espace d'une seconde.

– Peut-être pas un connard, mais pas assez bien pour toi.

– Il n'est pas si mal.

– Il y a quelqu'un d'autre ?

Will retira ses lunettes et les essuya sur son pantalon.

– Ah non, assurai-je. Et je n'en ai pas l'intention.

Il me dit qu'il ne me croyait pas.

– Eh bien crois ce que tu veux. Mais j'ai assez de soucis comme ça sans mec.

Puis je lui expliquai qu'il fallait que je me concentre sur le travail scolaire, ce qui était vrai.

Je l'avais enfin raccompagné à la porte lorsqu'il fit volte-face.

– Tu sais, cette manière que j'ai de t'appeler Chef? me dit-il.

J'acquiesçai.

– Tu ne t'es jamais demandé comment tu m'appelais?

– Euh... « Will »?

– Non, comment tu m'appelais avant.

En effet, je ne m'étais jamais posé la question.

– « Coach ». Comme un diminutif de « co-chef ». Tu pourrais m'appeler de nouveau comme ça, si ça te dit, Chef. Si jamais ça te vient à l'esprit.

– Coach, répétai-je.

Si l'on faisait abstraction de son gabarit plutôt gringalet, ce surnom lui allait bien. Un bon surnom en dit long sur son propriétaire, et c'était le cas de celui-ci. Dans tout ce qu'il faisait, Will était farouchement loyal, doué pour vous motiver, intelligent, passionné et réfléchi. Il était tout ce qu'un coach doit être.

– Ça te va très bien, dis-je. Je regrette de ne pas t'avoir posé la question plus tôt.

– Il y a toutes sortes de choses que je pourrais t'apprendre, me dit-il, si jamais tu voulais savoir.

Les représentations eurent lieu pendant le deuxième week-end de novembre. Chaque membre de la distribution reçut quatre billets. J'en donnai un à Will et deux à papa, qui en passa un à Rosa Rivera. J'envisageai de donner mon dernier à maman, mais mon rôle n'était pas assez important pour qu'elle s'embête à faire la route depuis New York. Et puis de toute façon, je n'avais pas de billets pour Nigel et leur gamine.

Le spectacle ne se jouait que deux soirs, dans un sens ce n'était pas si différent de l'album : beaucoup d'effort pour un résultat assez mince. Mais, enfin, je pense que c'était une bonne pièce. Ça doit bien compter pour quelque chose. Will, sa mère, papa et Rosa Rivera vinrent le second soir, et tout le monde me dit que c'était réussi et que j'étais très bien. Je n'apparaissais que dans deux scènes. Pour commémorer l'événement, Will me grava une nouvelle compile sur CD, *Chansons pour faire semblant d'être en thérapie alors qu'on joue la comédie* (« Hilarant », commentai-je), qu'il me donna après la fin du spectacle ; je n'avais pas encore fini d'écouter la précédente. Papa déclara qu'il aimait bien les installations vidéo réalisées par James. Il fallait reconnaître que la séquence faisait un effet bœuf une fois projetée : on n'aurait jamais cru que nous l'avions filmée dans un parc à Rye. James avait retravaillé les images pour qu'elles ressemblent à un vieux film muet. Tout en noir et blanc, fané et vacillant.

La fête de la troupe se tenait chez Alice. Ou plutôt derrière chez Alice, autour de la piscine. Comme on était en novembre, ladite piscine était couverte d'une bâche verte en vinyle.

Yvette me serra dans ses bras et me félicita. En retour, je la complimentai pour ses costumes épatants.

– Tu as vu James ? me demanda-t-elle.

– Pourquoi ?

– Je n'ai pas eu l'occasion de lui dire combien ses images étaient belles. C'est ce qu'il y avait de mieux dans la pièce ! Ne le dis pas à Alice, ajouta-t-elle à voix basse.

Je lui jurai de me taire.

Je n'avais pas recroisé James depuis la journée au parc. Il n'avait pas besoin d'assister aux répétitions, et les rares fois où il était venu, il était absorbé par des questions techniques. En fait, j'avais été trop occupée pour y prêter attention. Et d'ailleurs, j'avais cessé de m'attendre à ce qu'il se passe quelque chose entre nous.

Alice vint me voir juste après.

– Où est ton cocktail, ma jolie ?

C'étaient des gens du spectacle : il n'y avait pas de bière, mais abondance de boissons plus fortes.

– Je m'abstiens.

– Tu as un problème avec l'alcool ? me demanda-t-elle.

– Oui. Je ne tolère absolument pas et ça peut être très gênant.

Personne n'a vraiment envie d'entendre parler de problèmes médicaux pendant une fête.

Alice s'esclaffa.

– Ça doit être marrant de te faire boire, ma belle.

Je me contentai de secouer la tête.

Elle m'embrassa sur les deux joues et me dit qu'elle était très fière de moi. À ce moment-là, le type qui avait joué Guildenstern l'appela.

– Lequel est le plus mignon, à ton avis ? Rosencrantz ou Guildenstern ? me demanda-t-elle. Je n'arrive pas à décider lequel je préfère.

– Et Yvette, alors ?

– Yvette, Yvette, douce Yvette. (Alice soupira avec emphase. Nous nous tournâmes toutes les deux pour observer l'intéressée, qui riait avec une autre fille de la troupe.) On est au lycée, ce qui veut dire que je n'ai à me marier avec personne.

Je n'avais que la permission de minuit, et j'allais me faire ramener chez moi par Yvette la condamnée – qui, comme la plupart des gens quand ils sont condamnés, semblait ne se douter de rien – lorsqu'on me tapa sur l'épaule.

– Salut, Hamlet, me dit James.

– Tu es en retard, rétorquai-je.

Il haussa les épaules.

– Je ne pensais pas venir.

Il prit une cigarette dans sa veste et l'alluma.

– Tu ne m'en proposes pas une ?

– Si, mais je ne pensais pas que tu fumais.

– Quand même, c'est gentil de proposer. La politesse, tu connais ?

– En vérité... (James inhala profondément, et ses yeux gris s'allumèrent dans le halo de sa cigarette.) En vérité je ne veux pas être celui qui détruira tes jolis poumons roses.

Voilà qui ressemblait terriblement à du flirt. J'étais déjà passée par là avec James, et ça n'avait jamais mené nulle part.

Il fallait que je rentre. Il proposa de me reconduire, mais je lui dis qu'Yvette allait le faire.

– Si jamais je ne te revois pas, ajoutai-je, je voulais que tu saches que j'avais trouvé l'installation magnifique.

James coupa court à mon compliment.

– Ouais, ça rendait plutôt pas mal. Je ne fais cette pièce que pour avoir un petit plus sur mes candidatures pour la fac, au cas où mon premier choix ne marcherait pas.

– Eh bien, peu importe pourquoi. C'était magnifique quand même.

Je me retournai pour partir.

Il termina sa cigarette en une seule bouffée.

– Attends une seconde. Et moi, alors, je n'ai pas le droit de te faire des compliments ?

Je secouai la tête et lui dis que c'était trop tard.

– Je me dirais que c'est pour me rendre le mien.

– C'est bien ce que je craignais.

– Ça m'a fait plaisir de te voir, James.

Je l'orientai dans la direction des boissons et des invités qui avaient le droit de rester plus tard que moi.

– Je ne bois pas, dit-il. Enfin je buvais, avant. Mais plus maintenant. Et de toute manière, c'est toi que je venais voir. Tu te rappelles ce cours dont je t'ai parlé ?

Je me rappelais.

– On passe *Hannah et ses sœurs* mardi soir. Tu disais que c'était un de tes préférés, non ? Tu peux amener le sportif avec toi. Tu as un bout de papier ?

Je lui tendis ma main, paume ouverte, et il prit un marqueur indélébile noir dans sa poche pour y noter toutes les infos sur la projection.

Je n'avais aucune intention d'y aller. La pièce m'avait mise encore plus en retard dans mes devoirs, et j'avais l'album, et James ne semblait pas être une bonne idée comme amoureux ni même comme ami, surtout que je ne recherchais ni l'un ni l'autre. De fait, j'essayai d'effacer ses notes de ma main ce soir-là avant d'aller me coucher, mais ces marqueurs tiennent vraiment bien, même sur la peau. Le mardi arriva, et comme je pouvais toujours lire les instructions, très pâles, je me dis : *Oh et puis, après tout, pourquoi pas.*

Papa me déposa et me demanda de l'appeler quand le film serait terminé. C'était pénible de ne pas pouvoir aller où je voulais toute seule, mais je n'avais pas vraiment le temps de prendre des cours de conduite avant l'été.

J'avais l'impression que tout le troisième âge de Tarrytown était là. Comme j'avais déjà vu le film, je n'avais pas besoin de trop me concentrer dessus, ce qui était une chance, parce que les personnes âgées faisaient un boucan d'enfer en déballant leurs friandises et en se chuchotant mutuellement : « Qu'est-ce qu'elle vient de dire ? » Je me surpris à repenser à la dernière fois que je l'avais vu avec maman. Son passage préféré était celui où un type demande à une femme (pas Hannah, une de ses sœurs) de lire une certaine page d'un livre parce qu'elle contient un vers de poésie qui lui fait penser à elle. Le vers disait à peu près : « Personne, pas même la pluie, n'avait les mains si douces », ou quelque chose comme ça, et cela faisait toujours pleurer maman. Je me demandai si Nigel avait fait ce genre de choses pour maman, et si c'était pour cela qu'elle avait quitté papa pour lui.

Le film se termina, et je décidai d'attendre que James soit sorti de la salle de projection, juste histoire d'être polie.

Lorsqu'il arriva enfin, il me demanda si j'avais apprécié de revoir le film.

Il faut croire que je pensais encore à maman, parce que je me retrouvai en train de lui raconter toute l'histoire de papa, maman et Nigel. Je lui dis que je regrettais un peu que maman n'ait pas vu la pièce, parce qu'elle aimait vraiment bien ce genre de choses. Que j'avais plus ou moins envie de la voir, mais que je ne savais pas comment m'y prendre sans que ça fasse toute une affaire. Le mot horrible dont je l'avais traitée la dernière fois que je l'avais vue...

James me coupa la parole.

– Tout ça n'a aucune importance. Si tu veux la voir, tu dois y aller. Décide-toi et fais-le. N'attends pas.

Il se mit à me parler de son frère, puis il s'interrompit lui aussi.

– Oh, je ne vais pas te soûler avec mes histoires tristes. Je ne supporte même plus de les raconter. On se fout du passé, hein ?

On se fout du passé. Comme j'étais heureuse d'entendre quelqu'un dire ça ! Je me sentais plus légère, comme quand j'avais commencé à me couper les cheveux.

Ses yeux gris s'embrumèrent un instant, puis il éclata de rire.

– Dis-moi, Naomi, il y a quelque chose de vraiment sérieux que je voulais te demander, déclara-t-il d'une voix soudain redevenue pleine de gravité.

– Quoi ?

Il eut un grand sourire.

– Qu'est-ce que tu as fait de la chemise que je t'ai prêtée ?

Elle était sur un cintre dans ma penderie, à la maison.

– Je l'ai lavée. Viens la récupérer maintenant, si tu veux.

À notre arrivée, papa était enfermé dans son bureau pour travailler.

– Tu veux faire la connaissance de mon père ? chuchotai-je.

– Je l'ai déjà rencontré, me rappela James. À l'hôpital.

– Ah oui, c'est vrai. Mais je suis sûre qu'il aimerait te remercier.

– La prochaine fois, dit James timidement. Je ne passe pas toujours très bien auprès des parents des autres.

Je le guidai jusqu'à ma chambre et localisai sa chemise au fond de ma penderie. Comme je la lui tendais, ma main effleura son avant-bras, mais James ne sembla pas le remarquer.

– Merci, dit-il.

Nous étions tous les deux debout devant ma penderie, où l'on peut entrer entièrement. James était en train de regarder autour de lui lorsqu'il désigna une pile de fiches de lecture toutes faites sur l'étagère du haut.

– Qu'est-ce que c'est que ça ?

– Je sais. C'est parfaitement scandaleux. Pour ma défense, je ne me souviens pas de les avoir achetées.

James posa sa chemise et prit le premier livret de la pile.

– *Abattoir 5 ou La Croisière des enfants*. Bon sang de bois, qui peut acheter des fiches de lecture pour *La Croisière des enfants* ?

– Apparemment, le genre de fille que j'étais.

– Le genre redoutable, dit James.

Il ramassa sa chemise et commença à sortir de ma penderie.

James soufflait le chaud et le froid depuis quelques mois que je le connaissais, c'est pourquoi je ne sais pas exactement ce qui m'a pris de faire ce que j'ai fait ensuite. On dit que les gens qui ont une lésion au cerveau souffrent parfois d'étranges poussées d'émotions, du genre de celle-ci je suppose.

– Tu te rappelles ce que tu m'as demandé à l'hôpital ?

Il ne répondit pas.

– Juste avant que mon père arrive, tu sais ?

Toujours pas de réponse.

– Sur le fait de m'embrasser si je te donnais la permission ?

– Oui oui, dit-il d'une voix sourde. Je me rappelle.

– Eh bien tu l'aurais eue. (Je respirai un grand coup.) Je ne suis plus avec Ace.

Il prit ma main dans la sienne.

– Naomi, tu ne crois pas que je le savais ?

Et puis je l'embrassai, ou il m'embrassa.

(Qui sait comment cela commence, ces choses-là ?)

Et puis je l'embrassai encore, ou il m'embrassa.

(Et quand on ne sait pas qui a commencé, on a du mal à savoir ce qui se passe ensuite.)

Et moi et lui, et lui et moi.

(Je me rappellerai toujours qu'il sentait la cigarette et quelque chose d'extrêmement sucré, que je n'arrivais pas bien à identifier.)

*Etluietmoietluietmoietluietmoi.*

(Et ainsi de suite.)


Cela aurait pu durer ainsi très longtemps, sauf que papa frappa à ma porte.

– Ma grande ?

Je m'écartai de James et criai à papa d'entrer.

– Je ne savais pas que tu avais de la compagnie, dit-il.

– Pas vraiment. James est juste passé récupérer quelque chose, et je ne voulais pas te déranger si tu travaillais. Vous vous êtes rencontrés à l'hôpital, tu te souviens ?

Je continuai de jacasser. Même si nous n'avions pas été surpris à faire l'amour ni rien, je savais que j'avais « baisers » écrit sur toute la figure. Et aussi, je ne pouvais pas m'empêcher de sourire.

Papa hocha distraitement la tête.

– Ah, mais oui. Bien sûr. (Il tendit la main à James.) Merci de votre aide, jeune homme.

James opina.

– Ça m'a fait plaisir. Bon, j'ai ma chemise. (Il la tint en l'air, sans doute pour la montrer à papa.) Bien bien, je vais y aller. À bientôt au lycée, Naomi.

– Je te raccompagne.

En se dirigeant vers la porte, James me chuchota :

– Ça va te créer des ennuis ?

– Mon père est cool. (Je m'en fichais un peu, de toute manière.) Quand je transgresse une de ses règles, je peux toujours mettre ça sur le dos de l'amnésie.

– Je crois que c'est aussi ce que tu as fait avec tes fiches de lecture, me fit remarquer James.

– Mais...

– Ne nie pas, Naomi. C'est vraiment une bonne excuse pour tout. Un braquage de banque ? « Mais, monsieur l'agent, j'avais *oublié* qu'il ne faut pas braquer les banques. » J'aimerais bien pouvoir m'en servir aussi.

– Et tu t'en servirais pour quoi ?

Il haussa les sourcils.

– Des trucs. Surtout des trucs que j'ai faits dans le passé, mais on ne sait jamais ce qui peut arriver.

À la porte, il m'embrassa de nouveau.

Lorsque je rentrai dans ma chambre, papa m'y attendait. Évidemment, il voulait savoir si je sortais avec James, mais je n'étais pas encore sûre de la réponse.

– Pas à proprement parler.

– Il est très beau garçon, et il a l'air plus vieux que toi, si je ne m'abuse. Deux éléments qui ne jouent pas vraiment en sa faveur auprès de moi, ton cher vieux papa. Enfin, je suppose que tu sais ce que tu fais.

J'acquiesçai en silence.

– Mais quoi qu'il en soit, c'est du mariage que j'étais venu te parler.

Il me dit qu'ils avaient prévu la noce dans un hôtel, sur l'île de Martha's Vineyard, le deuxième week-end de juin. Il n'y aurait que lui et moi ; Rosa Rivera et ses deux filles, sa sœur et son frère ; la mère de papa, ma grand-mère Rollie ; ainsi que les « pièces rapportées ». Il ajouta que Rosa Rivera souhaitait que je sois demoiselle d'honneur avec ses deux filles, ce que je trouvai particulièrement ridicule.

– Mais papa, je la connais à peine, cette femme !

– C'est aussi pour moi que tu le ferais.

– Et en plus, il restera qui pour assister au mariage si quasiment tout le monde est demoiselle d'honneur ?

Papa dit que ce n'était pas la question.

– Il n'y a encore pas si longtemps, tu me mentais pour me cacher que tu avais une fiancée, et maintenant tu veux que je vienne à ton mariage. Ça me paraît rapide et injuste, et...

– Et ? me pressa papa. Et quoi ?

Je repensai à James disant « on se fout du passé », à quel point j'avais senti qu'il avait raison. J'avançais avec James, papa avançait avec Rosa Rivera, et on se foutait de ce qui s'était passé avant. Je n'allais plus m'occuper que de *maintenant*, j'allais dire *je suis*, j'allais penser *au présent*.

– Dis à Rosa Rivera que je serai heureuse d'être sa demoiselle d'honneur.

L'air stupéfait de papa était déjà un plaisir en soi.

– Je croyais que tu allais me donner du fil à retordre sur ce coup-là, mais il faut croire que non. Comprends-moi bien : je suis ravi, mais pourquoi ce revirement soudain ?

Comme je me sentais insouciante et heureuse, je l'embrassai sur la joue.

– Oh, papa, quelle importance, le *pourquoi* ? Prends les choses comme elles viennent, c'est tout.

Mon téléphone sonna. Comme c'était Will, je dis à papa que je devais répondre. Il hocha simplement la tête. Je voyais bien qu'il était encore abasourdi par ma volte-face. Je me jurai d'en faire plus souvent.

– Tu as quelque chose de changé, remarqua Will, sceptique. Ta voix est toute remplie de... je ne sais quoi.

Je lui ris au nez. C'était bon d'être imprévisible, indéchiffrable.

– C'est l'autre, là, James, dit-il doucement.

Comme ça, de but en blanc. Je n'avais pas évoqué James devant Will depuis le jour où nous l'avions pris en stop.

– Plus ou moins, concédai-je. Qu'est-ce qui te fait penser ça ?

– Je ne suis pas aveugle, Chef. J'ai vu ta pièce. J'ai lu le programme. Si tu es amoureuse, je suis content pour toi. Tu n'as pas besoin de le cacher. Il a l'air nettement plus intéressant que Zuckerman, en tout cas.

– Je ne suis pas amoureuse, rectifiai-je finalement. Je l'aime bien.

– Il y a des bruits qui courent sur lui...

Je ne le laissai pas terminer.

– Rien de tout ça ne m'intéresse. C'est du passé.

C'était ma nouvelle philosophie. Il le fallait.

– Il paraît que c'est un ancien toxico et qu'il s'est fait virer de son ancien lycée et envoyer en...

– Tu m'as entendue ? Je viens de te dire que ça ne m'intéressait pas.

– Je ne dis pas ça pour faire des ragots. Je veille sur mon amie, c'est tout. Personnellement, je trouve qu'il vaut mieux en savoir trop que pas assez. Je ne prétends pas qu'il faille écouter toutes les âneries qui circulent à Tom-Purdue, mais ça vaudrait peut-être le coup d'en parler avec James...

– Bon Dieu, Will, tu pourrais arrêter de parler comme un vieux monsieur ? Tu es pire que mon père, sifflai-je. Je ne suis même pas encore sortie avec lui.

– Désolé, dit-il froidement.

– Pourquoi tu m'appelais, au fait ? fis-je tout aussi sèchement.

– J'ai oublié, dit-il après un silence. À plus tard au lycée.

Il raccrocha.

J'étais en train de réfléchir à la manière dont Will me tirait en arrière alors que ce dont j'avais besoin, c'était d'être dans l'instant présent, lorsque mon téléphone sonna de nouveau. Je ne reconnus pas le numéro, mais je décrochai quand même.

C'était James.

– Tu as eu des ennuis ?

– Pas vraiment.

– Tant mieux, parce que je me disais que je pourrais t'emmener quelque part samedi soir.

Ce samedi, c'était le jour de mes dix-sept ans. J'avais prévu de sortir dîner avec papa, mais je pouvais toujours annuler. Je dînais tout le temps avec papa.

– Ça doit pouvoir se faire.

Papa me donna mon cadeau juste avant l'heure où James devait venir me chercher.

Cette année, le livre qu'il m'offrit était vierge. La couverture était en daim taupe, avec un cordon de cuir enroulé autour pour le fermer. Les pages étaient dorées sur tranche. Il me l'avait dédicacé : « Écris ta vie. Avec amour, papa. » Pour des raisons variées, ce cadeau m'offensa, et j'envisageai un bref instant de le jeter à la poubelle avant de décider de l'enterrer sous mon lit dans la poussière, parmi les chaussettes esseulées et autres objets égarés.

Papa me demanda ce que je pensais de son choix.

– J'aurais préféré un roman, dis-je.

– Ça ne te plaît pas ?

– Je trouve que c'est plutôt de mauvais goût d'offrir un livre blanc à une amnésique.

Bien sûr, ça, c'est ce que j'avais envie de dire.

– C'est chouette, mais ça m'étonnerait que j'aie beaucoup de temps pour écrire dedans.

Voilà ce que je dis en réalité. C'était déjà assez proche de la vérité.

Papa sourit.

– Tu auras le temps. Et l'envie.

Cela semblait improbable. Écrire m'avait toujours fait l'effet d'une activité rétrograde, et très clairement, ce n'était pas la direction que je voulais prendre. Du temps où mes parents étaient encore les fameux Porter qui tribulaient, l'été était pour moi le temps de la vie ; le reste de l'année était le temps rétrograde, le temps de l'écriture.

On sonna à la porte, c'était James. Il portait sa veste en velours côtelé bien qu'elle soit trop légère pour la saison. Il était tellement beau que j'eus presque envie de me pâmer. Le verbe *se pâmer* ne m'était jamais venu à l'esprit avant de le voir ce soir, et encore moins l'idée de faire une chose pareille.

Il sentait le savon avec un soupçon de tabac. Il tenait à la main un CD emballé, qu'il me tendit.

– Comment as-tu su que c'était mon anniversaire ? lui demandai-je.

– Je ne savais pas. J'ai trouvé ça par terre devant la porte. Bon anniversaire quand même. Qu'est-ce que c'est ?

Je déchirai le papier cadeau.

– Juste une compile de mon ami.

Sur l'étiquette du CD, on pouvait lire : « *Chansons pour une jeune amnésique, Vol. II : la BO du film*, Joyeux 17$^e$ anniversaire. Comme toujours Ton Fidèle Serviteur, William B. Landsman. » Il n'y avait même pas de liste des titres ; il avait dû perdre tout son temps à agencer les morceaux. Je balançai ce truc sur le banc de l'entrée.

– On pourrait l'écouter dans ma voiture, proposa James.

– D'accord, dis-je en haussant les épaules.

Will avait dans l'ensemble bon goût en musique, et de toute manière les chansons ne m'évoqueraient rien de particulier.

James glissa le CD dans le lecteur de la voiture, mais aucun son n'en sortit.

– Ce lecteur est vieux, il a parfois du mal avec les CD gravés maison.

Il éjecta le disque et me le rendit. Je faillis le jeter par la fenêtre ; j'étais encore furieuse contre Will depuis l'autre jour. Mais je le rangeai simplement dans mon sac.

James ne m'avait pas dit où nous allions et, conformément à ma nouvelle philosophie, je ne le lui avais pas demandé.

– Tu n'es pas curieuse de savoir où on va ? me demanda-t-il de sa voix grave.

– Non, je te fais confiance.

Nous étions arrêtés à un feu rouge. Il pivota pour me regarder fixement.

– Comment peux-tu savoir si je mérite ta confiance ?

– Comment savoir si tu ne la mérites pas ?

James changea brusquement de voie sur la route.

– On va en Californie, là, tout de suite.

Je ne cillai pas.

– Si je te conduisais à l'aéroport et si je te disais de monter dans un avion pour la Californie, tu me suivrais.

– Pourquoi pas ?

– Malheureusement, je t'emmène seulement dîner, Naomi. Peut-être voir un film. Si j'avais su que c'était ton anniversaire, j'aurais prévu quelque chose de plus excitant.

Mais rien que d'être avec James, c'était déjà excitant. J'aimais que son passé soit un mystère aussi épais que le mien. J'aimais qu'il soit capable de tout à n'importe quel moment. J'aimais qu'il n'attende pas que je me comporte de telle ou telle manière. J'aimais qu'il me croie quand je me disais prête à m'envoler pour la Californie.

– Il faudra peut-être que je t'emmène en Californie un de ces jours, tu sais ?

– Qu'est-ce qu'il y a en Californie ?

– Des vagues de folie. Je fais du surf en amateur, et l'Atlantique, c'est pas idéal. Mon père surfe aussi. Il vit à Los Angeles.

– C'est de là que tu viens ?

– Le truc, c'est qu'il n'y a pas vraiment un endroit d'où je vienne, tu vois ce que je veux dire ?

Je voyais.

– Mais, ouais, j'ai habité là-bas pendant un moment. Jusqu'à ce que je vienne vivre ici avec ma mère et mon grand-père, et...

j'aimerais y retourner après le lycée. Faire des études de cinéma à l'USC, l'université de Californie du Sud, si je suis pris.

Pendant que nous étions en route pour le restaurant, il s'était mis à neiger.

Le temps que nous ayons vu un film, la ville était devenue un tout autre endroit, un négatif d'elle-même. Je me sentais presque comme un nouveau-né moi-même, comme si c'était le premier hiver de ma vie.

– Je me demande s'il y a assez de neige sur les pentes du lycée pour qu'on aille faire de la luge, dit James.

Nous laissâmes sa voiture au cinéma et allâmes jusqu'à Tom-Purdue à pied, ce qui faisait environ huit cents mètres. Le froid était glacial, mais ça m'était égal. Je parie que c'était encore bien pire à Kratovo.

Nous pataugeâmes à travers le campus jusqu'à l'entrée de Tom-Purdue. Nous nous arrêtâmes en bas des marches, qui étaient entièrement couvertes de neige.

– C'est ici qu'on s'est rencontrés, lui fis-je remarquer.

– C'est fou ce que les filles sont prêtes à faire pour rencontrer un garçon, dit-il, très pince-sans-rire. Il nous faut des luges.

Je lui dis que je ne savais pas où on pouvait en trouver.

– Non, je pensais à des plateaux de cantine, ou à des couvercles de poubelle, quelque chose comme ça. Dommage que le lycée soit fermé.

Par chance, j'avais les clés du local du *Phénix*. J'entrai en courant et trouvai deux couvercles en plastique juste dans le premier couloir.

– Allons-y, dis-je.

Je ne pris pas la peine de signaler à James que j'étais censée éviter le sport à cause de ma tête. Je m'en fichais un peu.

Lors de mes premières glissades, je n'arrivais pas vraiment à contrôler la « luge » et je fus projetée dans des positions étranges.

James était meilleur que moi. Il me montra comment placer mon corps et mon dos de manière à rester bien au milieu, penchée en avant. Mes essais suivants furent plus concluants.

– On n'a pas besoin du Pacifique ! me cria-t-il.

Nous dévalâmes les pentes jusqu'à onze heures et demie du soir. C'était comme si je le rencontrais pour la première fois, encore et encore.

Nous continuâmes jusqu'à ce que je sois incapable de remonter les marches une fois de plus. J'avais les joues rouges, les lèvres gercées, et chaque parcelle de moi était trempée ou collante de neige. J'avais tellement froid que je ne sentais plus du tout le froid. Je m'allongeai dans la neige au pied de l'escalier. J'avais l'impression que je me transformais en statue de glace, et que quand l'air se réchaufferait j'allais fondre et m'évanouir dans le néant.

James continua à faire des glissades même après que j'eus arrêté. Il remonta et redescendit encore cinq ou six fois avant de venir se poster à mes pieds. Pendant un temps infini, il ne fit que me regarder.

– Allongée là, tu ressembles à un ange, dit-il doucement.

Je ne parlai pas.

– Le truc, c'est que je ne crois pas aux anges.

Il me tendit la main, et nous rentrâmes chez moi à pied dans l'air vif des premières heures du dimanche.

Il m'embrassa lorsque nous arrivâmes à la porte, et malgré l'heure tardive, je l'invitai à entrer. Papa était sorti avec Rosa

Rivera, et il était sans doute bloqué par la neige je ne sais où. James grelottait presque autant que moi à ce moment.

Je lui apportai des vêtements trouvés dans l'armoire de papa et il les enfila.

– Je demanderai à mon père de te reconduire à ta voiture quand il rentrera.

James acquiesça et s'assit à la table de la cuisine.

– Dix-sept ans, dit-il. Tu es encore un bébé.
– Pourquoi ? Tu as quel âge, toi ?
– Je vais avoir dix-neuf ans en février.
– Ce n'est pas si vieux.
– Par moments je trouve ça très vieux, dit-il. J'ai redoublé une classe.

Il haussa les épaules. Je lui souris.

– Je suis au courant des rumeurs sur toi, tu sais ?
– Ah oui ? Lesquelles, par exemple ?

Je fis la liste des plus intéressantes : 1) il se droguait, 2) une fille l'avait rendu fou à son ancien lycée, et 3) il avait tenté de se suicider et s'était retrouvé à l'hôpital.

James passa la main dans ses cheveux, qui étaient encore mouillés à cause de la neige.

– Tout est vrai. Techniquement, les drogues étaient sur ordonnance. Et techniquement, j'ai peut-être bien essayé de me tuer *deux fois*, mais dans l'ensemble, tout est vrai. Ça change quelque chose ? (Sa voix se modifia.) Réfléchis. Réfléchis bien avant de répondre. Ça peut changer quelque chose, ce n'est pas interdit.

Je lui dis que cela ne changeait rien.

– Je te l'aurais bien dit, mais ce n'est pas une chose dont j'aime parler quand je rencontre quelqu'un, ni jamais d'ailleurs, et puis aussi... (Il avait les yeux tournés vers la fenêtre, mais je voyais qu'en réalité c'est moi qu'il regardait.) Je voulais que tu m'apprécies.

– Pourquoi ?

– Tu avais l'air du genre de personne par qui ça doit être agréable d'être apprécié. Il y a un moment que je n'ai pas pensé ça de quelqu'un.

J'avais pensé la même chose de lui.

Je passai un bras autour de lui. Aucun de nous deux ne bougea ni ne parla pendant un très long moment.

– Je peux partir maintenant, dit-il, et ensuite on pourrait reprendre à partir de là. Amis, peut-être ?

Je pris son visage entre mes mains et lui dis que rien de tout cela n'avait d'importance pour moi, du tout.

Et là, il me raconta. Pour quelqu'un qui disait « on se fout du passé », James en avait un sacrément chargé.

Tout avait commencé l'année où son frère était mort d'un cancer du poumon. James avait quinze ans. Sasha en avait dix-huit, l'âge qu'avait James à présent.

La veille de l'enterrement de Sasha, James avait avalé tout un flacon de médicaments de son frère. Tout le monde avait cru à une tentative de suicide, mais ce n'en était pas une. Il voulait juste quelque chose qui puisse l'aider à dormir cette nuit-là. James disait que bizarrement, avoir dans le corps les pilules de son frère lui donnait l'impression d'être plus proche de lui.

C'est la mère de James qui l'avait trouvé, et il avait subi un lavage d'estomac. On l'avait envoyé voir son premier docteur, qui lui avait donné ses premiers antidépresseurs. Il était censé faire une psychothérapie, mais il n'y était jamais allé. Les médicaments lui flinguaient la tête, le rendaient comme engourdi, ce qui lui allait très bien, dit-il.

Tout était allé bien pendant un moment, du moins dans la mesure où ça n'allait pas trop mal. Les seize ans de James étaient arrivés, et il avait rencontré Sera. D'après James, ils se disaient qu'ils s'aimaient, mais avec le recul, il me confia que ce n'était pas de l'amour. Une amourette, au mieux. Mais peut-être me disait-il cela pour ne pas me faire de peine.

À un moment, il s'était rendu compte que les médicaments ne faisaient plus effet. Il avait commencé à se sentir nerveux en permanence. Les autres de son âge le regardaient bizarrement ; il était persuadé qu'on parlait de lui derrière son dos, aussi. James avait insulté un de ses profs. Sera avait rompu avec lui.

Il avait cessé de prendre les pilules pour tenter de renouer avec Sera, mais elle s'était mise à sortir avec un autre type.

Une nuit, il était entré chez elle par la fenêtre. Elle n'était pas là. James me dit qu'il se sentait si seul qu'il avait eu envie de rester là, au milieu de ses affaires. Il avait vu un cutter sur son bureau, et soudain, s'ouvrir les veines lui avait semblé une fameuse idée.

Après, tout s'était brouillé.

À l'hôpital, on lui avait dit que c'était la mère de Sera qui l'avait trouvé. Cela le désolait encore. La mère de Sera était une très gentille femme, me dit-il. Sera aussi, d'ailleurs. James voyait bien, à présent, que rien de tout cela n'était sa faute.

James avait été envoyé sur la côte Est, où habitait sa mère. Il était resté six mois dans une institution, ce dont il n'aimait pas parler. À sa sortie, ses parents lui avaient dit qu'il pouvait retourner à son ancien lycée en Californie, mais il ne voyait pas l'intérêt. Il avait alors dix-huit ans, il avait perdu une année scolaire, et tous ceux qui se souvenaient de lui au lycée le prenaient pour un fou.

C'est alors qu'il m'avait rencontrée. Ce jour-là, il n'était venu que pour déposer son dossier scolaire. Il n'avait ni l'intention ni le désir de voir qui que ce fût. S'il ne s'était pas arrêté pour en griller une, il ne m'aurait pas rencontrée du tout. Il tapota la poche où il rangeait ses cigarettes.

– J'ai toujours su qu'elles me perdraient, dit-il avec un sourire.

Mon téléphone sonna. C'était papa ; il m'informa qu'il restait passer la nuit chez Rosa Rivera à cause de la neige.

– Mon père ne peut pas rentrer ce soir, dis-je à James.

– Je devrais sans doute partir à pied, alors. Je ne veux pas que ma mère s'inquiète.

– Appelle-la. Préviens-la que tu restes dormir chez des amis.

– Je ne mens pas, dit-il en secouant la tête.

– Tu es en train de dire qu'on n'est pas amis ?

– Je suis en train de dire qu'on n'est pas de simples amis.

– N'empêche que tu ne peux pas sortir par ce temps.

– Ma mère est anxieuse, répéta-t-il.

C'était comme l'autre jour, dans la voiture de Will, quand James avait refusé de se faire raccompagner alors qu'il pleuvait des cordes. Il avait dans le caractère quelque chose de têtu, de dur, de masochiste même, et il insista pour partir tout de suite. Tout ce que je pus faire fut de rester à la fenêtre le regarder disparaître, dans cette nuit d'un blanc de chaux.

# 7

J'aurais pu échouer dans toutes sortes de matières sans intérêt, eh bien je me plantais en photo.

Le dernier jour de cours avant Thanksgiving, Mr Weir me retint après la classe. Je savais de quoi il voulait me parler. Je n'avais toujours pas rendu de sujet pour mon projet, et plus de la moitié du semestre était déjà écoulée. La structure de ses cours était en général très souple : Mr Weir nous montrait des diapos d'œuvres de photographes célèbres comme Doisneau ou Mapplethorpe, et nous les commentions. Le reste du temps, nous critiquions nos travaux entre nous, bien que pour ma part je n'aie rien apporté à critiquer de tout le semestre. Chaque fois que Mr Weir me questionnait sur mon projet (c'est-à-dire environ une fois par semaine), j'inventais quelque chose. La nature même du cours faisait que c'était facile de s'en tirer en ne fichant rien.

Mr Weir me tendit une feuille.

– Ça m'ennuie de devoir faire ça juste avant les fêtes, Naomi, dit-il. Je suis obligé de donner ceci à tout élève qui risque de recevoir une note inférieure à 5. À faire signer par les parents.

– Mais, Mr Weir, je croyais que notre note était basée sur le gros projet.

– Oui, c'est bien pour ça que je te donne ceci maintenant. Tu as encore le temps de réussir quelque chose.

James m'attendait à la sortie du cours de Weir.

– Tu as besoin que je te ramène ?

Je devais aller bosser sur l'album, bien sûr.

– Tu es obligée ? Tout le monde est déjà parti pour les fêtes.

En fait, il y avait réellement des tonnes de choses à faire sur l'album, sans compter que Will était déjà remonté contre moi. Cela avait commencé juste après mon anniversaire.

– Tu as bien eu ma compile ? m'avait-il demandé.

– Laquelle ?

– Celle pour ton anniversaire.

– Ah oui, mais je n'ai pas encore eu le temps de l'écouter.

– Eh bien c'est grossier, ça, avait-il conclu. J'ai passé beaucoup de temps dessus.

Mais ce que je m'étais dit sur le moment, c'était : *Il n'a pas pu y passer si longtemps que ça. Enfin quoi, ce mec me donne une compile toutes les semaines !*

Bref, Will était assez glacial avec moi depuis, mais je n'avais pas eu le temps de m'en préoccuper.

– Bon alors, disait James. Si je t'emmenais boire un café avant que tu ailles à l'album ? Je te ramène pour 15 h 30, promis juré.

James portait son caban en laine noir, qui lui donnait l'air particulièrement grand et beau. Certaines filles aiment les costards ou les smokings. Moi, je craque pour les mecs en beau manteau. Je savais que je ne pouvais pas refuser. En plus, après ma discussion avec Mr Weir, j'avais vraiment besoin de sortir du lycée.

Nous allâmes en ville avec sa voiture. James commanda un café noir et moi un jus d'orange, puis nous sortîmes avec nos boissons pour aller arpenter l'artère principale à pied. Même s'il faisait gris et humide, c'était agréable d'être dehors plutôt que là où j'étais censée me trouver : claquemurée dans le bureau de l'album, où je me sentais desséchée et fatiguée de partout, les mains toujours couvertes de ces désagréables petites coupures de papier.

– Je n'ai pas envie de retourner à l'album, dis-je.

– Alors n'y va pas, fut la réponse de James.

– Je ne parle pas simplement d'aujourd'hui. Je veux dire plus jamais.

– Alors n'y va pas, répéta-t-il.

– Ce n'est pas si facile. Il y a des gens qui comptent sur moi.

– Franchement, Naomi, ce n'est qu'un simple album de lycée. Juste une flopée de photos sous une couverture reliée. On en fabrique des millions chaque année dans tous les États-Unis. J'ai fait trois lycées différents, et les albums sont toujours plus ou moins pareils. Fais-moi confiance, celui-ci paraîtra avec ou sans toi. Ils trouveront quelqu'un d'autre pour faire ton boulot.

Je ne répondis pas. Je réfléchissais au fait que si je quittais l'album, j'aurais plus de temps pour tout le reste : le travail scolaire, mon cours de photo que je ne pouvais plus arrêter, ma psychothérapie, et James, bien sûr.

– Il est 15 h 30, annonça James au bout d'une dizaine de minutes.

Je lui dis que je voulais continuer de marcher un moment, ce que nous fîmes. Nous ne parlions pas beaucoup ; si James était doué pour une chose, c'était bien pour garder le silence.

Il me déposa au lycée vers 17 heures.

Comme nous étions à la veille d'un week-end prolongé, je savais que la plupart des élèves seraient partis en avance. Sauf, bien sûr, Will.

Dès le départ, notre conversation s'envenima. J'essayai d'être gentille. J'essayai de lui expliquer mes problèmes avec le travail et le cours de photo. J'essayai de lui dire qu'il était capable de tout gérer sans moi, ce qu'il avait d'ailleurs déjà fait. Will ne voulait rien entendre, et en un rien de temps je me retrouvai en train de soutenir certains des arguments de James, qui m'avaient paru si sensés dehors, à la lumière du jour.

– Ce n'est qu'un simple album.
– Tu ne peux pas penser ça, pas toi !
– C'est juste un tas de photos sous une reliure !
– Non, tu as tout faux.
– Tu m'as dit que tu comprendrais si je laissais tomber !
– C'était par *politesse* !

Il ne dit rien pendant quelques secondes.

– C'est à cause de James ?

Je répondis que non, que j'étais mal depuis un moment déjà. Will ne voulait pas me regarder.

– Qu'est-ce qu'il a de si formidable ? Explique-moi.
– Je n'ai pas à me justifier devant toi, Will.
– Je veux vraiment savoir ce qu'il a de tellement foutrement formidable. Parce que vu d'ici, on dirait juste le personnage du ténébreux dans une série télé.
– Le quoi ?
– Tu m'as bien entendu. Avec son air de se morfondre et de ruminer, ses clopes et sa coupe de cheveux trop cool. Qu'est-ce qu'il a qui le travaille autant ?

– Pour info, et bien que ça ne te regarde absolument pas, quelqu'un est mort dans sa famille.

– J'étais là quand il l'a dit, tu te rappelles ? Eh, j'ai une idée, organisons une marche pour James. Des tas de gens ont un mort dans leur famille, Naomi. Je te parie même que tout le monde, sur Terre, a quelqu'un qui est mort dans sa famille. Mais on ne peut pas tous se permettre de passer notre temps à tout foutre en l'air. On ne peut pas tous se payer le luxe d'être si délicieusement déprimés.

– Tu racontes n'importe quoi. Je ne vois pas pourquoi tu t'attaques à James simplement parce que je ne veux plus faire l'album !

– Tu te crois vraiment amoureuse de lui ? (Il rit.) Parce que si oui, je crois que tu as perdu plus que la mémoire en tombant.

– Qu'est-ce que tu es en train de me dire ?

– Je te dis que tu te comportes comme une andouille. La Naomi que je connaissais tient ses engagements.

– Mets-toi bien ça dans la tête. Je ne suis plus elle. Je ne suis plus la Naomi que tu connaissais.

– Tu m'étonnes ! hurla-t-il. La Naomi que je connaissais n'était pas une sale égoïste.

– Je te déteste, lui balançai-je.

– Parfait ! Je te dé... Je te... Parfait !

Je commençai à partir.

– Non, attends...

Je me retournai.

– Si vraiment tu t'en vas, il faut que tu me donnes tes clés du bureau.

– Tout de suite ?

– Je veux pouvoir être sûr que tu ne vas rien voler.

Je les sortis de mon sac à dos et les lui jetai à la figure.

Parfois, ces choses-là s'enchaînent d'elles-mêmes. J'étais entrée juste pour rompre avec l'album, et finalement j'avais rompu avec Will aussi. J'avais peut-être été naïve de croire qu'il pouvait en être autrement.

Lorsque je sortis, James m'attendait dehors.

– Je me suis dit que tu aurais peut-être besoin de quelqu'un pour te ramener.

– Mais pas chez moi. Quelque part où je ne suis jamais allée.

Il me conduisit au cimetière de Sleepy Hollow, ce qui peut paraître un drôle d'endroit où emmener une fille, mais je me laissai faire.

– Il y a une tombe en particulier que je veux que tu voies, me dit-il.

– Tu y es déjà allé ?

James opina.

– Je suis allé dans beaucoup de cimetières. Sera et moi, on est allés sur la tombe de Jim Morrison à Paris, au Père-Lachaise, et on a aussi vu celle d'Oscar Wilde. Celle de Jim Morrison était couverte de traces de rouge à lèvres.

Je lui demandai comment lui était venue l'habitude de visiter des cimetières.

– Eh bien... C'est quand mon frère est mort, je suppose. J'aimais penser à tous les autres qui étaient morts aussi. On se sent moins seul, d'une certaine manière. De savoir qu'ils sont bien plus nombreux que nous, Naomi.

Il m'emmena voir la tombe de Washington Irving, l'auteur de la nouvelle *La Légende de Sleepy Hollow*. Je ne sais pas dans quel genre de roche on avait taillé la pierre tombale, mais à présent elle était blanchie par les ans. Elle était tellement usée que l'inscription était à peine lisible. C'était une pierre tombale toute simple, avec juste son nom et les dates.

– La plupart des gens célèbres ont tendance à faire ce choix, sans épitaphe, remarqua James. C'est ce que je ferais.

– Tu y as pensé ?

– Oh, rien qu'un peu, lâcha-t-il avec un sourire ironique.

On était bien dans le cimetière. C'était silencieux. Vide sans l'être. Un bon endroit pour oublier. Mon téléphone sonna. C'était Will. Je l'éteignis.

– Cette histoire me fait penser à toi, dit James.

Je ne le pris pas forcément comme un compliment. Nous avions lu *Sleepy Hollow* dans le cours de Mrs Landsman vers l'époque d'Halloween. C'était un peu une tradition à Tarrytown, où se déroule le récit. (Pour être précis, le quartier nord de Tarrytown, où habitait James, est le vrai Sleepy Hollow.) C'était l'histoire « du fantôme d'un soldat hessien dont la tête fut emportée par un boulet de canon, lors d'une bataille anonyme de la guerre d'Indépendance » et qui, disait-on, « revenait chevaucher toutes les nuits sur le champ de bataille à la recherche de sa tête ».

– Tu me vois comme une cavalière sans tête ? demandai-je.

– Je te vois comme une personne lancée dans une quête.

– Qu'est-ce que ça veut dire ?

Il était debout derrière moi, et m'entoura de ses bras.

– Je te vois comme quelqu'un qui reconstitue les choses dans des circonstances difficiles. Indépendamment du fait que je suis en train de tomber amoureux de toi, je pense que je ne serai sans doute qu'un bref chapitre dans cette quête. Je veux que tu ne perdes pas cela de vue.

Il n'avait jamais parlé d'« amour » jusqu'alors, et je suppose que j'aurais dû sauter de joie. Le fait que cet « amour » soit mentionné dans une clause annexe enlevait toutefois quelque chose à ce moment. Je lui demandai ce qu'il voulait vraiment dire.

– Je veux que tu saches que je n'attends rien de toi. (Il me prit la main et me fit pivoter pour que nous nous regardions les yeux dans les yeux.) J'ai besoin de pilules pour garder ma stabilité, mais tu me fais ressentir tout le contraire. Ça m'inquiète. Je m'inquiète pour toi. C'est la raison pour laquelle j'ai combattu tout ça. Toi. Nous. Je ne suis même pas sûr de pouvoir compter sur moi-même avec qui que ce soit en ce moment, mais...

» Si ça tourne mal... Je veux dire, si je me mets à mal tourner, je veux que tu me quittes. Je ne t'en empêcherai pas. Promis.

– Et si moi je t'en empêche ? Je n'ai pas le droit de faire ça ? lui demandai-je.

Il secoua la tête.

– Promets-moi quand même que tu ne m'empêcheras pas.

– Je ne peux pas faire ça.

– Il le faut, sinon on ne pourra pas être ensemble. Je le jure solennellement, j'arrêterai tout maintenant. Si je retombe malade, je ne veux pas que tu viennes me voir, ni même que tu penses à moi. Je veux que tu ailles jusqu'à oublier notre rencontre. Oublie-moi.

Je savais que ce serait impossible, mais je croisai les doigts et lui dis que je le ferais.

Je passai Thanksgiving toute seule avec papa. Rosa Rivera était partie à Boston passer la journée avec ses deux filles. James était allé à L.A. voir son père.

Mon père avait préparé bien trop de nourriture trop riche ; nous ne mangeâmes presque rien, puis papa porta le reste à une soupe populaire locale.

Ma mère m'appela sur mon portable dans l'après-midi pendant que papa était sorti. Je n'avais donné aucune suite aux messages qu'elle me laissait trois fois par semaine depuis septembre, mais j'avais le cafard ce jour-là, alors je décrochai.

– Salut.

– Nomi, dit-elle, surprise de m'entendre. Je comptais juste te laisser un message.

– Je peux raccrocher, comme ça tu pourras le faire.

Maman se tut un instant.

– Comment vas-tu ? me demanda-t-elle

– Ça va.

– Tu as eu le manteau que je t'ai envoyé pour ton anniversaire ?

– Je le porte en ce moment.

Il était rouge, avec des boutons en corne et une capuche. J'avais l'impression d'être le Petit Chaperon Rouge quand je l'avais sur le dos, mais il était bien chaud.

– Ton père aime qu'il fasse un froid de canard dans la maison.

– Il fait des progrès. Ce n'est pas sa faute ; c'est moi. J'ai toujours froid.

– Je sais. Papa m'a dit.

– Il faut que je te laisse. J'ai des devoirs à faire.

– D'accord. Je t'aime, Nomi.

– Il faut que je te laisse.

– D'accord. Oh, attends, en fait je t'appelais pour une raison précise...

– Ah oui ?

– Papa m'a dit que tu avais des problèmes avec la photo. Je pourrais t'aider. C'est mon métier, tu sais.

– Ce ne sont pas des problèmes. J'ai juste un projet à rendre. Il... Il faut vraiment que je te laisse.

– Merci d'avoir décroché, dit-elle.

Nous nous dîmes au revoir et je raccrochai. Je ne voulais surtout pas de son aide. Elle essayait toujours de trouver des moyens de s'immiscer de nouveau dans ma vie.

Et pourtant, je me demandais...

Si j'avais pardonné à papa de m'avoir menti sur Rosa Rivera, pourquoi n'arrivais-je pas à en faire ne serait-ce que moitié autant pour maman ?

Au fond, je ne savais même pas pourquoi j'étais brouillée avec elle. Je connaissais les raisons, ça oui, mais la brouille elle-même n'était qu'une histoire qu'on m'avait racontée.

J'étais en train de me dire que j'allais la rappeler lorsque papa rentra.

Il alluma la télévision et se mit à regarder une émission sur les suricates. « Le suricate, disait le narrateur, est l'un des rares mammifères avec l'homme à enseigner son savoir à ses petits. Regardez ce parent adulte montrer à son petit comment on retire le dard venimeux du scorpion avant de le manger. »

– C'est mignon, hein ? me dit papa.

– Et toi, qu'est-ce que tu comptes m'enseigner ? lui demandai-je.

Il y eut une page de pub et il coupa le son de la télé.

– Malheureusement, ton vieux Papou n'est pas très doué. Je m'y connais un peu en voyages et en cuisine. Et un tout petit peu en écriture et en animaux, mais à part ça, tu serais mieux lotie avec un papa suricate, je crois bien.

Nous regardâmes encore trois documentaires animaliers à la suite : un sur les pandas (mignons à voir, mais de vrais crétins), un sur les aigles, et un sur les lynx. Celui que nous regardions en ce moment était intitulé *Les dix animaux les plus puants*, ce qui était à peu près l'émission idéale pour papa puisqu'elle combinait une liste et la nature.

Pendant une autre coupure publicitaire, je lui demandai :

– C'est comme ça que tu passais le plus clair de ton temps avant de rencontrer Rosa Rivera ?

Il coupa de nouveau le son.

– Eh oui, j'ai été dans un sale état pendant un moment, avoua-t-il.

Je réfléchis là-dessus.

– Il est comment, le mari de maman ?

Papa hocha la tête, puis hocha encore la tête.

– Il est dans la restauration de vieux bâtiments. Gentil, je crois. Il présente bien. Il y aurait sans doute des gens mieux placés que moi pour chanter ses louanges.

– Et Chloé ?

– Intelligente, d'après elle, mais toi aussi tu l'étais. Cass et moi, on trouvait que tu étais à peu près la meilleure petite fille du monde, tu sais ? On disait toujours que c'était un sacré coup de bol que tu aies été abandonnée dans cet étui de machine à écrire.

J'opinai.

– Will va passer aujourd'hui ? me demanda papa.

Je secouai la tête. Je ne lui avais pas dit que j'avais arrêté l'album, ni parlé de notre dispute.

– Tu ne passes plus autant de temps avec lui, ces jours-ci, poursuivit-il.

– Je crois qu'on est en train de s'éloigner.

– Ce sont des choses qui arrivent. Mais c'est un bon gars. Il s'occupe de sa mère depuis que son père est mort. Et bosseur. Il a toujours été un véritable ami pour toi.

– Le père de Will est mort ? demandai-je.

Il ne m'en avait jamais parlé.

– Oui, c'est pour ça qu'ils sont venus à Tarrytown. Sa mère voulait un bon lycée où elle puisse enseigner pour que Will ait droit à la scolarité gratuite.

Je hochai la tête.

L'émission reprit et papa remonta le son.

Comme c'était Thanksgiving, j'envisageai de téléphoner à Will pour me réconcilier avec lui, mais je ne pus pas me résoudre à le faire. Notre dispute n'était pas encore cicatrisée, et dans mon esprit il m'avait balancé des choses bien pires que ce que je lui avais dit.

Lorsque James rentra le samedi après-midi, il me dit qu'il avait une idée pour mon projet photo. Chez son père, en Californie, il avait trouvé plein de vieux appareils photo. Il lui avait demandé s'il pouvait les prendre, et ce dernier avait accepté, car de toute manière, qu'est-ce qu'on pouvait bien faire d'un tas de vieux appareils ? C'était encombrant, en fait : on ne voulait pas les jeter parce qu'ils avaient coûté cher à l'achat, et au final ils ne faisaient que prendre de la place.

– Donc, tu dois évoquer une histoire personnelle, c'est bien ça ? me demanda James. Mon idée, c'est qu'on retourne sur les marches de Tom-Purdue avec les vieux appareils photo de mon père et qu'on les jette du haut de l'escalier pour simuler ton propre trajet, il y a deux mois et demi. En théorie, l'appareil prendra la photo soit en route, soit au point d'impact. Ce sera un exercice sur le point de vue. Est-ce que ça pourrait plaire à Weir, à ton avis ?

– Ça m'a l'air parfait.

– Il va nous falloir plus d'appareils photo, alors.

Le dimanche matin, nous partîmes à la recherche d'appareils pas chers à jeter dans l'escalier. Le premier endroit où nous allâmes était le drugstore du coin, où nous achetâmes cinq appareils jetables de fabrications diverses pour environ dix dollars pièce, ainsi que quinze pellicules. James voulut payer, mais je l'en empêchai. C'était mon projet, tout de même.

Nous nous rendîmes ensuite dans un magasin d'électronique d'occasion qui faisait aussi réparateur, où nous trouvâmes quatre appareils photo dans une poubelle en métal rouillé pour cinq dollars pièce. Nous espérions qu'ils fonctionneraient encore, mais nous ne le saurions pas avant d'avoir vu les négatifs.

Le propriétaire du magasin n'arrêtait pas de me regarder bizarrement pendant que je payais. James était sorti fumer une cigarette.

– Le tourne-disque, finit-il par dire. Vous n'êtes jamais venue le chercher.

– Quel tourne-disque ?

– Vous avez payé pour en faire réparer un vers le début du mois d'août, mais vous n'êtes jamais revenue le chercher.

Il courut dans son arrière-boutique et en ressortit avec un électrophone. Le socle était rouge cerise avec des volutes gravées sur le côté. Il était joli, je suppose, même si je n'arrivais pas à imaginer pourquoi j'aurais fait réparer une chose pareille. Je ne possédais pas un seul vinyle.

Mon nom était scotché dessus : NAOMI PORTER.

Clairement, il était à moi. Je me demandai à quoi il était censé servir.

– Prenez-en bien soin, me dit le vendeur.

Lorsque je sortis, James me regarda avec curiosité.

– Un achat d'impulsion ? me demanda-t-il tout en m'aidant à poser l'engin sur la banquette arrière de sa voiture.

Nous passâmes le reste de l'après-midi à jeter des appareils photo du haut des marches de Tom-Purdue. Certains étaient équipés d'un retardateur, que nous pouvions régler avant de les lancer. Avec d'autres, il fallait appuyer sur le bouton et lancer l'appareil très vite pour obtenir un cliché en l'air. Pour d'autres encore, c'était complètement au petit bonheur la chance : nous espérions qu'ils atterriraient sur le bouton et prendraient une photo en touchant le sol. Je n'avais aucune idée des images que nous allions obtenir, mais au moins c'était amusant.

À l'avant-dernier appareil, James se coupa le pouce sur une lentille brisée. Il ne s'en rendit même pas compte jusqu'à ce que je le lui fasse remarquer.

– Comment tu as fait pour ne pas t'en apercevoir ? lui demandai-je.

James rit.

– J'ai l'habitude de saigner pour toi.

Il leva la main. Je l'embrassai, pile au milieu. J'allais passer de sa paume à sa bouche quand je vis Will nous observer depuis la porte du lycée. Lorsqu'il croisa mon regard, il sortit très vite et se mit à descendre les marches d'un pas décidé.

– Salut, Naomi, dit-il. Larkin.

– Coucou, fis-je.

– On bosse le week-end ? lui demanda James.

– Ça ne s'arrête jamais, répliqua Will avec raideur. Tu saignes, Larkin.

– C'est sa faute, répondit James.

– Naomi, me dit doucement Will, tu crois vraiment que c'est raisonnable de monter et descendre ces marches sans casque ?

– Sans *quoi* ? demanda James.

– Tu sais, pour sa tête. Si elle se blessait de nouveau...

Je lui coupai la parole :

– Je vais bien, Will.

Il se contenta de hocher la tête.

– À un de ces quatre. Naomi. James.

Il fit de nouveau un signe du menton en prononçant chacun de nos prénoms, et il disparut.

– Une chance qu'il ne nous ait pas vus faire de la luge. (James me toucha le front.) Tu serais mignonne avec un casque, remarque.

Comme il s'était coupé, j'essayai de le persuader de rentrer chez lui sans moi, mais il refusa de partir. Il insista pour m'aider à ramasser les carcasses d'appareils photo, contre ma volonté.

– Quand j'étais petit, me dit-il, j'avais tendance à laisser les autres ranger tout mon foutoir. J'essaie de ne plus être comme ça.

Je lui fis remarquer que ce n'était pas son foutoir ; c'était le mien.

– Quand même, dit James.

À ce moment-là, le sang coulait quasiment à flots de son pouce. Je me demandai s'il lui fallait des points de suture.

– Ce ne serait pas m'abandonner que d'aller t'acheter un pansement, tu sais.

Je n'eus pas le temps de développer les pellicules avant le mercredi suivant, au labo du lycée.

Il n'y avait pas grand-chose à voir. Quelques photos de ciel. Un peu de ciment. Beaucoup de noir. Toutefois, le but n'était pas forcément que les photos soient jolies, n'est-ce pas ? Parfois, tout est dans la démarche, comme pour les peintures de Jackson Pollock. Tout en faisant mes agrandissements, j'espérais que Mr Weir verrait les choses de cette manière.

Il détesta mon projet.

– C'est intéressant d'un point de vue anecdotique, mais ce n'est pas ce qui était demandé. Ce qui t'était demandé, c'est de raconter une histoire personnelle en images.

Je défendis mon projet.

– C'est bien une histoire personnelle. C'est exactement ce qui m'est arrivé.

– Naomi, comprends-moi bien. Je ne dis pas que ce n'est pas personnel. C'est simplement que le projet compte pour toute ta note, et que j'attends quelque chose de plus profond.

Lorsque la cloche sonna, je pris mes photos avec moi et les bourrai dans mon casier.

– Qu'en a pensé Weir ? me demanda James.

Il se tenait juste derrière moi, à côté de mon casier.

– Il n'a pas compris.

Retour à la page blanche.

Le samedi après-midi, James, Alice, Yvette et moi-même prîmes le train pour New York pour aller voir un spectacle. Nous n'avions pas décidé lequel, et à notre arrivée presque tout était complet. Comme il restait quelques places pour la *Revue Spectaculaire des Rockettes* au Radio City Music Hall, nous y allâmes en dépit du fait qu'Alice trouvait cela « dégradant pour les femmes » et James, « kitsch ».

Même quand on n'a aucune envie de regarder des rangées de showgirls un peu vieilles et trop maquillées lever la patte en cadence, cela a quelque chose d'impressionnant. Quelque chose de spectaculaire, justement. On dirait une expérience de clonage réalisée par un savant fou.

À l'entracte, James sortit s'en griller une et moi j'allai aux toilettes. Alice et Yvette restèrent dans le théâtre à se disputer pour savoir si le spectacle « chosifiait les femmes » (Alice) ou s'il « célébrait leur nature athlétique » (Yvette). Je ne trouvais pas ces deux positions forcément irréconciliables.

Il y avait une longue file d'attente devant les toilettes. Je me demandai si j'en verrais la fin avant la reprise du spectacle. Ce qui n'avait aucune importance. Il n'y avait pas d'intrigue à suivre dans la revue, qui consistait juste en une brochette de femmes bien alignées.

Quelqu'un posa la main sur mon épaule.

– Naomi Porter ?

Je fis volte-face. C'était un Japonais, entre trente et quarante ans à vue de nez. Il portait des lunettes noires de prix, un tee-shirt des Rolling Stones, un sweat à capuche rouge, un pantalon anthracite à fines rayures et des Converse noires. Il tenait par la main une petite fille en robe grise à cœurs roses et en tennis roses, des Converse comme son père.

– Tu ne te souviens sans doute pas de moi, dit-il. Je suis Nigel Fusakawa.

Ce nom me disait quelque chose.

– Le mari de Cass, ajouta-t-il. Tout le monde m'appelle Fuse.

Il me tendit la main et, sans réfléchir, je la serrai.

– Elle devait venir aujourd'hui, mais elle a pris froid.

Je hochai la tête.

– Peux-tu me rendre service ? me demanda-t-il. Je suis ici tout seul. Ça t'ennuierait d'emmener Chloé aux toilettes ?

– Je...

– Ça nous aiderait vraiment beaucoup.

Je regardai la petite fille. Elle était mignonne, plus timide en personne que l'autre fois au téléphone. En outre, rien de ce qui s'était passé n'était sa faute. Je fis à Fuse un signe de tête. Nous étions presque à l'intérieur des sanitaires, et je pris Chloé par la main.

– Comment tu t'appelles ? pépia-t-elle.

– C'est moi, Personne, dis-je.

Elle ouvrit des yeux comme des soucoupes.

– Personne personne ?

– Exactement.

Je la laissai passer en premier.

– Tu as besoin d'aide ?

– Non, j'ai toujours fait ça toute seule, m'informa-t-elle.

Je me demandai combien de temps représentait son « toujours ». Un an ? Six mois ?

– J'aurais pu venir ici toute seule, mais mon papa ne veut pas que je me fasse violer.

– Violer ?

Je faillis exploser de rire. Savait-elle seulement ce que cela voulait dire ?

– Ça arrive tout le temps dans les toilettes publiques, m'informa-t-elle avec sérieux.

Elle avait les yeux bleus de maman et les cheveux noirs de Fuse. Elle était très chou. Elle pensa à se laver les mains sans que j'aie à le lui rappeler.

– Papa dit que tu es ma sœur, lança-t-elle pendant que nous sortions.

Qu'allais-je faire ? Lui raconter que ce n'était pas vrai ?

– Eh ouais, confirmai-je.

– Je ne veux pas que tu sois la sœur de quelqu'un, déclara-t-elle.

– Pourquoi ?

– Parce que je veux être la seule.

– Tu seras quand même la seule, dis-je.

Elle pinça ses minuscules lèvres en bouton de rose. Elle n'avait pas l'air convaincue du tout.

Fuse nous attendait à la porte.

– Merci de m'avoir épargné d'être le seul homme dans les toilettes des femmes.

– Pas de quoi.

– Naomi, j'espère que ce n'est pas trop direct, mais tu ne veux pas venir chez nous après le spectacle ? me demanda Fuse. On habite juste à une vingtaine de rues d'ici, et je sais que Cass serait tellement, tellement, tellement heureuse de te voir. Cela nous ferait plaisir aussi, à Chloé et à moi.

– Je suis... Je ne peux pas... Je suis avec des amis, dis-je.

– Amène-les. Vraiment. S'il te plaît. Cass me tuerait si je n'essayais pas de t'amener chez nous. Tu lui manques beaucoup. Je sais que c'est dur entre vous, crois-moi je le sais, mais c'est bientôt Noël, et quelle chance qu'on soit tombés sur toi par hasard, et ce n'est pas le manteau qu'elle t'a envoyé pour ton anniversaire, ça ?

J'acquiesçai. Ce type en savait long sur moi alors que j'ignorais tout de lui.

– Je l'ai aidée à le choisir. Elle serait enchantée de te voir dedans. Ton ami t'a donné les photos ?

Je ne voyais pas du tout de quoi il parlait.

– Quelles photos ?

– Rien, je... je dois confondre. On se retrouve ici, à côté des toilettes, d'accord ? Les toilettes pour dames du Radio City Music Hall. C'est notre endroit à nous, ajouta-t-il avec un clin d'œil.

Cet homme avait l'air quasiment prêt à tout, et la petite fille me regardait de tous ses yeux. Toute cette situation devenait incroyablement gênante. Une lumière clignotante nous informa que l'entracte était terminé.

– Viens, je t'en prie. Je sais que tu n'avais pas prévu de tomber sur nous ; je sais que tu ne pensais pas passer ta journée comme ça. Mais maintenant on s'est rencontrés, et je pense que c'est une chance. S'il te plaît, Naomi.

Il me suppliait. Je ne voulais pas imposer à la petite fille de voir son père supplier, et je m'entendis répondre oui.

Pendant la seconde moitié du spectacle, les gambettes en l'air avaient perdu leur nouveauté à mes yeux et les sourires identiques figés sur les visages de ces femmes me donnaient mal au crâne. Il me vint à l'esprit que si l'une des Rockettes tombait malade ou se faisait assassiner, personne ne le remarquerait. On ferait simplement venir une remplaçante identique, on lui mettrait du rouge à lèvres, et le spectacle continuerait sans baisse notable de qualité. Quelque part, une pauvre Rockette serait morte et enterrée et il n'y aurait que sa famille pour le savoir ou même s'en soucier. Cette idée me déprima complètement.

Je chuchotai à James que je devais partir, et il transmit à Alice et Yvette.

– Sa tête, expliqua-t-il.

C'était mon excuse indéboulonnable et multi-usage.

– Tu veux qu'on vienne avec toi, ma belle ? me chuchota Alice avec compassion.

– Non, restez regarder la fin, lui répondis-je à voix basse. On prendra un train avant vous.

Je ne racontai pas à James ma rencontre avec Fuse et Chloé.

– Je ne tenais plus là-dedans, tu comprends ? lui dis-je une fois dehors.

– Bien sûr.

– Mais je n'ai pas envie de rentrer tout de suite.

J'étais trop énervée d'être tombée par hasard sur la nouvelle famille de ma mère.

James ne me demanda pas mes raisons, seulement ce que je voulais faire. Comme je n'avais pas d'idée – la plupart des endroits que je connaissais se trouvaient à Brooklyn –, je lui proposai de simplement prendre le métro pendant un moment.

Nous fîmes toute la ligne jusqu'à la station South Ferry, puis tout le chemin dans l'autre sens jusqu'à Van Cortlandt Park, puis retour à Penn Station. Cela nous prit trois heures en tout.

Nous ne parlâmes pas vraiment pendant tout ce temps. Nous regardions les gens entrer et sortir des voitures. Il y avait beaucoup de sacs de shopping, vu la saison, et les gens qui les portaient m'avaient tous l'air fatigués, mais d'un optimisme circonspect. Cela me fit repenser à Fuse m'invitant chez maman. Je me demandai combien de temps Chloé et lui avaient attendu à côté des toilettes du Radio City Music Hall.

– J'ai une sœur... dis-je à James juste au moment où nous allions sortir du métro.

– Tu ne me l'avais jamais dit.

– Eh bien, en réalité elle n'a aucun lien de sang avec moi, alors...

Soudain, cela semblait trop difficile à expliquer. Par où commencer ? Par l'étui de machine à écrire à Kratovo ? Ce serait une très, très longue histoire.

– Elle a presque quatre ans, dis-je. À peu près le nombre d'années que j'ai perdues, tu sais ? C'est comme... Si on pouvait prendre tout ce temps et fabriquer quelqu'un avec, ce serait elle.

– Sauf qu'on ne peut pas. (James secoua la tête.) Mon frère... commença-t-il avant de secouer de nouveau la tête. Je ne veux pas parler de ça.

– S'il te plaît, dis-le.

– Sasha a vécu dix-huit ans sur cette Terre, et de tout ce temps il ne reste absolument rien. Ce temps, pour moi maintenant, c'est un trou. Je... j'aimerais qu'il ne soit jamais né, ou que moi je ne sois jamais né. Je n'arrive pas à en parler.

Il m'embrassa alors, et je suppose que je fus heureuse de changer de sujet.

Le temps que nous soyons dans le train de la ligne Metro North pour rentrer à Tarrytown, il était assez tard. Comme c'était Alice qui nous avait emmenés le matin, nous dûmes appeler la mère de James, Raina, pour qu'elle vienne nous chercher à la gare.

Raina sentait la cigarette et le parfum, et elle avait une manière bien à elle de faire comme si elle n'avait pas vu James depuis des années.

– Tout va bien ? Qu'est-il arrivé à l'amie qui t'a emmené ? Je ne savais pas que tu rentrerais si tard, dit-elle. Je croyais que le spectacle se jouait en matinée.

Malgré son look plutôt jeune, elle était très mère poule avec James.

– Tout va bien, m'man. C'est... Rien, dit-il. M'man, voici mon amie, Naomi. Tu te souviens d'elle ? Elle jouait dans la pièce sur laquelle j'ai travaillé.

Elle m'évalua du regard, puis nous nous serrâmes la main.

– Raina, se présenta-t-elle.

– Enchantée.

Elle hocha le menton.

– J'aime bien ta coiffure.

Elle me déposa chez moi en premier. James me raccompagna jusqu'à la porte.

– Désolé pour ma mère. Elle est très protectrice.

Je dis quelque chose du genre « c'est comme ça, les parents ».

– Non, c'est pas comme ça. Raina est protectrice parce que je lui ai donné de bonnes raisons de l'être. J'ai passé le plus gros de mon adolescence à être un désastre total et absolu. Elle a déjà perdu tellement... Je suppose qu'elle est toujours en train de guetter les signes annonçant que je risque de mal tourner de nouveau.

Sa voix trembla étrangement sur le mot *mal* et cela me donna envie de l'embrasser, ce que je fis.

J'adorais l'embrasser. J'adorais la sensation de sa bouche sur la mienne. Ses lèvres étaient souples, mais toujours un peu gercées. La cigarette (et les bonbons à la menthe qu'il suçait pour couvrir l'odeur) lui donnait un goût doux-amer. Mais je me demandais si tous ces baisers n'étaient pas une mauvaise habitude entre nous. Cette chose que nous faisons avec nos bouches au lieu de parler.

La période entre Thanksgiving et Noël passe toujours en un clin d'œil. Avant que j'aie eu le temps de dire ouf, James partait pour Los Angeles rendre encore visite à son père, et papa et moi étions en route pour Pleasantville afin d'aller passer les vacances avec Rosa Rivera et ses jumelles, Frida et Georgia (*alias* Freddie et George), qu'elle appelait « les filles ».

Bien que ce soient de vraies jumelles, Freddie et George ne se ressemblaient pas du tout. George était dans l'équipe de bodybuilding de sa fac et elle était tout en muscles. Freddie était menue, comme Rosa. Elles n'étaient ni l'une ni l'autre avares de questions, comme je m'en rendis compte, assise entre elles au dîner.

– D'après maman, tu as perdu la mémoire ? commença George.

J'opinai.

– Notre père a eu la maladie d'Alzheimer, maman te l'a dit ? me demanda Freddie.

– J'ai entendu ça, dis-je. Désolée.

– C'était nul, dit George. Ça l'a transformé en connard fini.

– *George !* cria Rosa Rivera à travers la table.

– Quoi ? C'est vrai.

– Mais ce n'est pas ce qu'elle a, reprit Freddie. Maman dit

qu'elle a oublié seulement les quatre dernières années ? Bah, ce sont des années pourries de toute manière. Tu te rappelles, George ? Purée, on avait la coupe « nuque longue » en cinquième. Qu'est-ce que maman avait dans le crâne ? (Elle secoua la tête.) Tu imagines ce que ça fait d'être connues comme les jumelles coiffées façon footballeurs allemands ?

– C'est le genre de chose que je préférerais oublier, intervint George.

J'éclatai de rire.

– Au fait, on s'est déjà rencontrées ? demandai-je.

– Ouais, on t'aimait pas trop.

– En gros, on te voyait comme la petite morveuse de base.

– Une espèce de petite conne.

– *Georgia et Frida Rivera !* cria Rosa Rivera depuis l'autre côté de la table. Ce n'est pas poli.

– Quoi ? C'est vrai ! Ça ne la vexe pas.

En effet. J'appréciais leur honnêteté.

– Mais maintenant tu as l'air sympa.

Pour Noël, Rosa Rivera m'offrit une paire de gants bordés de fourrure, et mon père un récit d'ascension de l'Everest. Ma mère m'envoya de quoi m'aider avec l'atelier photo : des monographies de Cindy Sherman, Rineke Dijkstra et Diane Arbus, et un nouvel appareil photo, que je laissai dans sa boîte. C'était une chance que mon projet avec James ait déjà tourné au désastre, sinon cet appareil tout neuf aurait risqué de faire une petite chute dans l'escalier. James m'apporta deux poissons rouges dans un bocal en forme de cœur avec un château à l'intérieur. On les baptisa Sid et Nancy. Ils moururent tous les deux avant la fin des vacances.

8

J'étais dans la chambre de James, allongée au lit à côté de lui. À Tom-Purdue, il y a une période d'une semaine en janvier, avant les exams, où l'on n'a pas cours pour pouvoir réviser. J'étudiais la physique ; James, lui, m'étudiait.

– Ça ne me plaît pas d'être fou de quelqu'un à ce point, dit-il. Ça ne me plaît pas que mon bonheur dépende tellement de quelqu'un.

Je lui dis de ne pas s'en faire.

James se redressa sur son séant.

– Non, dit-il, je suis sérieux. Aujourd'hui, j'ai failli oublier de prendre mes cachets. (Même s'il n'en aimait pas les effets secondaires, il suivait un traitement quotidien d'antidépresseurs.) Les sentiments que j'ai pour toi... parfois, ça me fait peur.

Je me mis à l'embrasser partout. Pas seulement sur la bouche : à mon avis, on lui accorde trop d'importance. Il existe des millions d'endroits tout aussi intéressants et tout aussi beaux sur lesquels poser ses lèvres. Je l'embrassai derrière les genoux. Je l'embrassai au creux du dos, qui était étroit mais étonnamment musclé. Je l'embrassai sur l'os rond qui dépasse de la cheville ; je ne sais pas comment il s'appelle. Je l'embrassai sur ses sourcils, qui étaient bruns et très fournis, à la limite du monosourcil, même. Je l'embrassai sur le poignet, en plein sur cette cicatrice horizontale de cinq centimètres.

Il retira son poignet.

– Arrête ça, dis-je.

Il s'esclaffa.

– Bon Dieu, qu'est-ce que j'étais bête à cette époque...

– D'avoir essayé de te tuer, tu veux dire ?

Il continua un peu à rire, d'un rire qui avait quelque chose d'un peu plus triste.

– Non. Je voulais juste dire que si on s'ouvre les veines, c'est verticalement qu'il faut le faire, pas horizontalement. Si on coupe horizontalement, on ne saigne pas assez. La plaie commence à cicatriser toute seule.

Ma pire matière, à part la photo, c'était le français. J'étais obligée de travailler comme un forçat pour obtenir des notes passables, et même ainsi je n'avais pas assez de vocabulaire pour soutenir la conversation la plus élémentaire.

Coup de bol, James était une bête en français. L'école privée qu'il avait fréquentée en Californie commençait à l'enseigner pratiquement en même temps que l'anglais. Il m'aidait parfois à progresser en me faisant la conversation *en français* et en employant des mots que je n'avais pas encore appris.

Nous étions dans sa voiture lorsqu'il me demanda, en français donc :

– Trouves-tu que ton accident est la faute de Will Landsman ou de l'escalier ?

Je dus lui faire traduire, car *escalier* dépassait les limites de mon maigre vocabulaire. *Accident*, en revanche, je comprenais.

Une fois qu'il eut traduit, je répondis sans vraiment réfléchir :

– *Ni l'un ni l'autre. L'appareil photo.*

James éclata de rire.

– Eh, mais c'était très bien !

Ce qui était marrant, c'est que je n'aurais pas cru savoir dire « ni l'un ni l'autre » ni « appareil photo ».

Nous étions en route pour le centre universitaire où il travaillait (il donnait un cours sur le cinéma américain ce semestre-là), et je me rappelle avoir regardé les arbres et su qu'en français c'étaient des *arbres*.

Que la route se disait *route*.

Et le ciel, *ciel*.

Et marbre.

Et pile ou face.

Et tasse de café.

Et le nom français de tout ce qui existait sous le soleil.

J'étais sur le point de dire à James que mon français était revenu sans crier gare, lorsque je me rendis compte qu'il n'y avait pas que le français.

Je me souvenais de tout.

Mais vraiment *de tout*.

À commencer par ce jour-là.

Will et moi, nous nous étions disputés pour savoir qui devait retourner au bureau chercher l'appareil photo.

Will avait sorti une pièce de sa poche et, sans même me demander, avait annoncé que j'étais pile et lui face.

Alors j'avais plaisanté.

– Tu es Dieu, maintenant ?

– Naomi, avait-il répliqué, tu es en train de me dire que tu préférerais prendre « face » ?

Ce n'était pas tout à fait ce que je voulais dire – ça m'était égal –, mais mon ami (et corédacteur en chef) pouvait faire preuve d'une autorité frisant la tyrannie, et en tant que corédactrice en chef (et amie), je trouvais qu'il avait des progrès à faire sur ce point.

– Les gens apprécient qu'on leur demande. Par politesse, tu vois ?

Will avait soupiré.

– Pile ou face ?

J'avais dit « face » au moment où il avait lancé la pièce. C'était, à certains égards, un assez bon lancer : assez haut pour que je la perde momentanément de vue, même si c'était peut-être une illusion créée par sa couleur argentée contre le crépuscule. Assez haut pour que je me demande si Will, qui n'était pas réputé pour ses prouesses sportives, parviendrait à la rattraper. Justement, non. La pièce avait atterri avec un « plouf » piteux dans une flaque à plus de deux mètres de nous, sur la bordure qui séparait le parking des profs de celui des élèves. Nous étions allés voir le résultat en courant. À travers l'eau boueuse, j'avais distingué le contour flou d'un aigle.

– Tu aurais mieux fait de garder « pile », Chef, avait-il dit en repêchant George Washington.

– Ouais ouais, c'est ça.

Nous nous étions quittés sur une poignée de main, notre manière habituelle de nous dire au revoir entre collègues.

J'avais traversé à pas lourds le parking des profs et les deux terrains de sport ; notre piètre fanfare (vingt-trois membres) répétait sur l'un, notre piètre équipe de football américain (taille moyenne des joueurs : un mètre soixante-douze) s'entraînait sur l'autre.

J'avais monté à pas lourds la colline qui commençait avec les bâtiments des petites classes (de la cinquième à la troisième) et culminait avec ceux des plus grandes classes (de la seconde à la terminale) dans une impressionnante démonstration de symbolisme topographique.

J'avais gravi à pas lourds les vingt-cinq marches de marbre qui menaient à l'entrée du bâtiment principal : l'édifice en brique, semblable à une banque, qui venait à l'esprit des gens lorsqu'ils pensaient à Tom-Purdue, principalement parce qu'il figurait en couverture de toutes les brochures. À ce moment, il était presque 19 heures et les couloirs étaient vides, comme on peut s'y attendre à presque 19 heures. J'avais ouvert la porte du *Phénix* – il n'y avait personne, puisque les cours n'avaient pas encore repris – et récupéré l'appareil photo, tellement neuf que nous n'avions même pas eu le temps de lui acheter un étui ou même une sangle.

Dans le laps de temps que cela m'avait pris, la nuit était officiellement tombée, et j'avais hâte de rentrer chez moi. J'étais sortie du bâtiment et j'avais pris l'escalier en trottinant.

Les gens disaient que j'avais trébuché – « *Vous ne savez pas ce qui est arrivé à Naomi Porter, elle s'est pris les pieds dans l'escalier et elle s'est explosé la cervelle* » –, mais ce n'est pas ce qui s'était passé.

Réfléchissez un peu. Je n'étais pas une vieille dame de quatre-vingts ans avec une hanche qui grince, et à l'époque cela faisait presque quatre ans que je pratiquais l'escalier de Tom-Purdue : cinquième, quatrième, troisième et seconde. Je savais comment il était sous les pieds lorsqu'il était glissant de pluie. Je savais comment il était sous les pieds en talons hauts et robe de bal. Je savais comment il était sous les pieds en plein hiver, recouvert de sel.

Je connaissais parfaitement bien ces marches, c'est pourquoi il était impossible que je puisse *trébucher*.

Ce qui s'est vraiment passé, c'est que quelqu'un avait laissé un gobelet de café en polystyrène sur les marches. Dans le noir, je ne l'ai pas vu, j'ai donné un coup de pied dedans et son contenu s'est renversé. Je me rappelle avoir glissé un peu sur le liquide, et c'est là que l'appareil m'a échappé. Dans cette fraction de seconde avant de plonger dans l'escalier, je n'ai pensé qu'à l'appareil photo, à tout l'argent qu'il avait coûté au *Phénix* et à ma volonté de le rattraper avant qu'il n'atteigne les marches.

Je n'ai pas trébuché, je ne suis pas tombée : trébucher, tomber, ce sont des accidents.

J'ai plongé : plonger, c'est un acte volontaire. Idiot, certes, mais aussi volontaire.

Plonger, c'est le saut de la foi plus la pesanteur.

Je me suis jetée vers quelque chose.

Peut-être pour fuir quelque chose.

J'avais embrassé Will la veille au soir.

En fait, c'est lui qui m'avait embrassée, mais je ne l'avais pas arrêté.

C'était arrivé rapidement ; nous faisions un reportage sur l'expédition de rentrée du club scientifique au planétarium. J'avais toujours taquiné Will sur sa manière obsessionnelle de couvrir toutes les activités académiques. J'appelais cela sa « Campagne d'intégration des fayots », même si c'était sans doute méchant, et puis voyons les choses en face, nous étions tous les deux des fayots dans notre genre. Quoi qu'il en soit, j'avais décidé de rester pour le spectacle.

Et donc, nous nous étions embrassés. Je crois que nous nous étions tous deux laissé piéger par l'air conditionné, et l'obscurité, et la traîtrise de toutes ces étoiles factices.

Ce baiser avait probablement plus à voir avec mon ambivalence par rapport à Ace qu'avec un quelconque sentiment amoureux pour Will. Par ailleurs, je ne connaissais pas encore James.

Et pendant tous ces mois, Will n'en avait pas dit un mot. Je suppose que ça n'avait pas d'importance, de toute manière. J'étais avec James à présent, et Will et moi n'étions même plus amis.

Assise dans la voiture de James, je retirai mes lunettes noires, même si nous étions au beau milieu d'un éblouissant coucher de soleil blanc, typique du mois de janvier.

Nous étions arrêtés à un feu lorsque James prit la parole :
– Tu es bien silencieuse.

J'eus un hochement de tête inexpressif et tentai de sourire. J'avais l'impression que si je parlais, je risquais la rupture d'anévrisme.

– Tu ne portes pas tes lunettes de soleil, dit-il encore.
– Oh...

Je les remis. Puis j'embrassai James sur la bouche, sans doute trop fort.

Je décidai de ne pas lui révéler, ni à personne d'autre, que j'avais retrouvé la mémoire. En un sens, cela n'avait pas d'importance. Cela ne changeait rien.

C'est ce que je me dis.

Je regardai James. Je le regardai et je fus de nouveau reconnaissante que ç'ait été lui en bas de l'escalier. Ça aurait pu être n'importe qui.

Pour des raisons évidentes, mes examens se passèrent bien mieux que prévu, surtout l'épreuve de français. Je m'en tirai si bien que Mrs Greenberg décida de me noter uniquement sur ce contrôle. C'était une prof sévère mais toujours, toujours juste.

– Tu as dû affronter beaucoup de choses, Naomi, me dit-elle en français, mais tu as travaillé dur et tu t'en es magnifiquement sortie.

Je la compris parfaitement et exprimai ma gratitude en français.

J'allai voir Mr Weir, à sa demande, le dernier jour de la session d'examens.

– Félicitations, me dit-il. Tu as encore dix-huit semaines pour m'en mettre plein la vue.

Cela signifiait qu'au lieu de me mettre un zéro et de m'exclure définitivement de son cours, il m'accordait un semestre supplémentaire pour me rattraper. Soit dit en passant, si j'avais eu toute ma mémoire en septembre, j'aurais décidément laissé tomber. C'était une option de la pire espèce : de celles qui peuvent vous faire baisser la moyenne générale.

Lorsque je rentrai chez moi ce soir-là, papa travaillait dans son bureau.

Je décrochai sans bruit les clés de voiture suspendues à côté de la porte de la cuisine et sortis faire un tour.

C'était bon d'être de nouveau au volant.

Je n'allai nulle part en particulier. Je restai dans mon quartier en tournant toujours vers la droite jusqu'à ce que je sois revenue à mon point de départ.

Vers l'âge de sept ans, je me suis perdue dans un musée. Mes parents se documentaient pour leur troisième ou quatrième titre des *Tribulations des Porter*, celui sur le sud de la France. Je croyais être avec ma mère, mais ce n'était pas le cas. J'avais suivi par erreur une femme avec un appareil photo qui ressemblait au sien. Lorsque la femme s'est retournée, j'ai compris mon erreur et je me suis mise à pleurer.

La femme m'a regardée et, bien qu'elle n'ait pas parlé en anglais (je ne crois pas qu'elle ait été française non plus), j'ai réussi à détecter la question : « ... *maman*... ? »

J'ai hoché la tête comme une pauvre malheureuse et pointé du doigt l'appareil photo.

« *L'appareil photo ?* »

J'ai de nouveau hoché la tête, encore plus misérablement. Par hasard, ma mère est entrée dans la salle à ce moment-là et m'a trouvée.

Pendant des années, *appareil photo* a été le seul mot de français que je connaissais.

J'ignore pourquoi j'ai retrouvé la mémoire ce jour-là dans la voiture de James – il y a peut-être une explication médicale liée aux synapses et aux neurones –, tout comme j'ignore pourquoi je l'avais perdue en premier lieu.

Tout ce que je savais, c'est que ma mère me manquait.

# 9

Je ne voulais mettre personne au courant de la fin de mon amnésie, et l'effort pour garder la trace de ce que j'étais censée me rappeler ou non m'épuisait, au point que je commençais à oublier des détails insignifiants. Comme mon livre d'histoire, par exemple. Le premier jour du nouveau semestre, impossible de mettre la main dessus. Je pensai qu'il était peut-être dans la voiture de James – où nous avions passé bien des heures agréables. Je me rendis chez lui à pied pour voir si je pouvais y jeter un œil.

James était parti au travail, si bien que sa voiture n'était même pas là. Je demandai à Raina si je pouvais aller regarder dans sa chambre, elle me répondit : « Fais comme chez toi. » Raina n'était pas particulièrement chaleureuse, mais James disait que cela n'avait rien de personnel et que je ne devais pas mal le prendre.

Je regardai sous son lit. Si incroyable que cela paraisse, mon livre était là : j'étais tombée dessus du premier coup, le truc qui n'arrive jamais. Alors que je le récupérais, mon regard fut attiré par autre chose.

C'était une enveloppe – non descellée – de l'USC, à laquelle

James avait envoyé sa candidature. Le cachet de la poste indiquait le 13 décembre. Il y avait sept semaines que James la gardait sans l'ouvrir. Cela semblait un peu dingue, pour ainsi dire. Car enfin, je savais à quel point il voulait faire ses études de cinéma là-bas, mais la peur de ne pas être accepté allait-elle jusqu'à l'empêcher d'ouvrir l'enveloppe ?

La meilleure solution aurait été de la laisser à sa place, mais ce n'est pas ce que je fis. Je la ramassai et la mis dans ma poche. Je ne savais pas trop ce que j'allais en faire, mais je ne supportais pas l'idée qu'elle reste là sous son lit.

Il m'appela après le boulot ce soir-là. Raina l'avait informé que j'étais passée et il était désolé qu'on se soit ratés.

Je lui dis qu'en cherchant mon livre j'étais tombée par hasard sur la lettre.

James garda un silence de mort.

– Je peux l'ouvrir si tu veux, proposai-je.

Il ne dit rien.

– Tu as peur de ne pas être pris ?

Il me dit de me mêler de mes oignons, et puis il me raccrocha au nez. C'était notre première dispute. Jusque-là, il n'avait jamais eu un mot plus haut que l'autre avec moi. Je suppose qu'il n'avait pas tort de m'engueuler.

Au lycée, le lendemain, je ne le vis pas avant le déjeuner. Je lui tendis l'enveloppe toujours fermée en m'excusant d'avoir violé son intimité.

James prit la lettre. Sans un mot, il l'ouvrit. Il était admis. Il la posa par terre, comme s'il n'en avait strictement rien à faire. Comme elle menaçait de s'envoler, je mis le talon de ma botte dessus.

– C'est une grande nouvelle, dis-je. C'est ce que tu voulais.

Je le serrai dans mes bras, mais il resta raide comme un poteau.

– Qu'est-ce qu'il y a, Jims ? (C'était le surnom que je lui avais trouvé.) Pourquoi n'es-tu pas plus heureux ?

James s'expliqua, d'une voix étrange, basse.

– Je n'avais pas peur de ne pas être pris. J'avais peur de l'être.

Je cultivai l'illusion qu'il parlait de moi : du fait que nous venions de nous rencontrer et que cela nous obligerait à vivre sur les deux côtes les plus éloignées, ou quelque chose de ce genre.

À la fin du repas, le froid entre nous ne s'était pas entièrement dissipé.

Après les cours, j'étais en train de prendre des livres dans mon casier lorsque Ace Zuckerman vint me voir. Il y avait des mois que je ne lui avais pas parlé, juste un signe de tête par-ci par-là dans les couloirs. Et comme j'étais encore préoccupée par James et par toute cette histoire d'admission en fac, je n'étais pas d'humeur à lui parler là non plus.

Ace était capitaine de l'équipe de tennis pour l'année, et il voulait savoir si je postulerais pour en faire partie.

Je lui dis que je n'avais rien prévu de tel.

Cela le mit en rage. Ce garçon ne s'intéressait pas qu'aux coupes de cheveux, il était aussi incroyablement passionné par le tennis.

– Mais tu as un excellent niveau, ce serait vraiment dommage que tu ne joues pas à cause de moi.

– Toi ? (J'éclatai de rire.) Ne va pas te faire des idées. Je n'ai plus envie de jouer au tennis, c'est tout.

– Tu *adores* le tennis, Naomi. Comment peux-tu avoir oublié ça ?

Ace se tenait tout contre mon visage lorsque, soudain, quelque chose le tira en arrière. C'était James, dont les yeux furieux lançaient des éclairs.

– Fous-lui la paix !

J'essayai de lui expliquer qu'Ace et moi ne faisions que parler tennis, mais c'était trop tard. Les choses de ce genre ont tendance à s'enchaîner toutes seules.

James était sec et mince, mais il ne manquait pas de force. Il écarta Ace de moi et le précipita contre un casier. Il lui donna un coup de poing.

Ace lui rendit son coup, mais surtout pour que James cesse de l'agresser.

– Pauvre crétin, dit Ace. On parlait juste de tennis.

Alors que j'essayais de retenir James, il me donna sans le faire exprès un coup de coude dans l'œil. Je sus, sans même regarder, que j'allais avoir un coquard.

Will Landsman, comme surgi du néant, se retrouva entre Ace et James. Je n'avais même pas vu qu'il était dans le couloir.

– On se calme, tout le monde, cria-t-il. Vous venez de donner un coup de coude à Naomi, bande d'imbéciles !

De ses deux paumes tendues devant lui, il poussa James en arrière.

À ce moment-là, la proviseure adjointe sortit de son bureau pour mettre fin à la bagarre.

James écopa d'une exclusion temporaire de cinq jours, et Ace, parce que ce n'était pas lui qui avait commencé, de trois jours. Will et moi récoltâmes une journée de colle chacun, même si nous n'avions fait qu'assister aux événements. À mon retour chez moi, mon père était furieux. Il avait peur que ma tête ne supporte pas un choc de plus.

– Qui a commencé ? demanda-t-il d'un ton autoritaire.

– Je ne sais pas.

Bien sûr, c'était James, mais je ne voulais pas qu'il le sache. Je répétai ce que j'avais pensé sur le moment.

– Ces choses-là s'enchaînent d'elles-mêmes.

Will et moi fîmes notre colle ensemble le lendemain après-midi. On nous envoya ramasser les ordures sur le terrain de football.

– Ça fait suer. J'essayais de les séparer. Je ne devrais même pas être ici, dit-il.

– Et qui t'a demandé de t'en mêler ? J'avais la situation en main.

– Très joli, ton œil au beurre noir, grommela Will. J'ai un million de choses à faire. Toutes les pages sur les clubs à boucler. Décider qui j'envoie à Philadelphie pour le concours national. Et en plus, comme tu le sais, nous sommes en sous-effectif.

– On a tous des choses à faire, fis-je remarquer.

– Qu'est-ce que tu as à faire ? Tu es débordée à traîner avec ton petit copain délicieusement ombrageux ?

Je ne dis rien. Il cherchait le conflit.

En apprenant que nous étions collés, j'avais d'abord pensé en profiter pour me réconcilier avec lui. J'avais même envisagé de lui donner le tourne-disque. En retrouvant la mémoire, je m'étais rappelé que c'était pour lui. Will avait une gigantesque collection de vinyles hérités de son père, mais il ne les écoutait jamais. Il les gardait accrochés au mur, comme des posters. Il n'avait même jamais eu de tourne-disque. Bref, à l'origine j'avais prévu de le lui offrir comme cadeau de rentrée, de rédacteur en chef à rédacteur en chef.

En le regardant, je vis qu'il s'était passé trop de choses entre nous. Nous avions dépassé le stade des excuses et des électrophones.

Nous n'échangeâmes plus un mot de tout l'après-midi.

L'anniversaire de James tombait le samedi avant la Saint-Valentin. Il ne me l'avait pas dit – il n'était pas très branché anniversaires – mais je l'avais vu sur ses formulaires d'inscription en fac.

Je voulais faire quelque chose de vraiment chouette pour lui parce qu'il m'avait l'air un peu déprimé.

J'obtins de papa l'autorisation de l'emmener au cinéma en plein air de Poughkeepsie, qui se trouve à environ une heure dix en voiture de Tarrytown. Il y avait un festival Alfred Hitchcock, et puisque James était cinéphile...

C'était une journée magnifique ; il faisait très doux pour un mois de février. Nous restâmes regarder deux films, *Sueurs froides* et *Psychose*. (« Essaierais-tu de me dire quelque chose ? » plaisanta James.) Ensuite, dîner chez Friendly's, et tout allait bien jusqu'au moment où, sur le chemin du retour, la voiture de James tomba en panne d'essence.

Franchement, je ne trouvais pas cela bien grave.

– On n'a qu'à appeler ta mère, suggérai-je.

– Je ne peux pas. Je ne peux pas. Elle me croit déjà instable à cause de la bagarre et parce que j'ai réagi bizarrement à la lettre de la fac. Je ne vais pas lui donner une raison supplémentaire de s'inquiéter. Je ne peux pas.

Il paniquait.

– Je vais appeler mon père.

Malheureusement, papa n'était pas à la maison et son portable était éteint. Avant même de composer son numéro, je me rappelai qu'il était parti à un spectacle de tango donné par Rosa Rivera. Puis j'appelai Alice. Elle ne répondit pas non plus.

James finit par se résoudre à appeler sa mère, qui de toute manière n'était pas chez elle.

Mon père rentra vers 1 heure du matin et consentit à venir nous chercher avec de l'essence. Nous n'étions pas loin de Tarrytown. Mais à l'heure qu'il était, j'étais gelée. J'étais encore exagérément sensible au froid, et James s'inquiétait pour moi. Il avait une expression rageuse dans les yeux, comme s'il voulait taper sur quelque chose à coups de poing.

– Bon Dieu, dit-il. Je n'arrive pas à croire que j'aie oublié de faire le plein.

Il me regarda.

– Tu trembles de froid.

– Jims, dis-je en claquant des dents. Je vais très bien.

– On ne peut pas compter sur moi.

– Ce n'est pas vrai. J'ai juste froid. Je ne vais pas mourir. Ce sont des choses qui arrivent.

Je posai la main sur son épaule, mais il la repoussa d'un geste brusque.

Sa réaction était totalement disproportionnée par rapport à la situation. Nous n'étions qu'à trois quarts d'heure de chez nous, bon sang. J'ai honte de le dire, mais j'étais un peu gênée de voir James – il faut vraiment que je le dise – tellement faible.

Papa, lorsqu'il arriva, n'avait pas l'air trop fâché, mais c'est parfois difficile à dire avec lui. En arrivant à la maison, il demanda à s'entretenir avec James dehors.

Je me postai à la fenêtre pour écouter.

Papa lui fit la leçon sur le fait que j'étais encore « délicate » (ce qui m'apparentait à une denrée comestible ou à un bibelot en verre), et que James devait se montrer *plus responsable* avec moi s'il voulait continuer à me voir. Je savais que James était déjà conscient de tout ce que lui disait papa, mais je savais aussi que papa avait besoin de le dire.

– Naomi, ma grande, je me fais du souci, déclara-t-il en rentrant dans la maison. James a l'air de faire un peu n'importe quoi.

– Non, ça va, insistai-je, sans doute un peu trop catégoriquement. Il est stressé par toutes ces histoires de fac.

Papa me regarda au fond des yeux.

– Je veux que tu saches que je te fais confiance.

James avait prévu d'aller visiter l'USC le mardi après sa panne d'essence. Il m'appela la veille au soir.

– Je ne sais pas si je vais pouvoir partir, me dit-il.

Je lui demandai pourquoi.

– Je ne me sens pas bien.

– Jims, ta voiture est tombée en panne. Ce n'est pas grand-chose. Il ne s'est rien passé.

– Elle n'est pas tombée en panne. Elle n'avait plus d'essence parce que moi, j'avais oublié d'en reprendre.

– Ça peut arriver à n'importe...

– Et il n'y a pas que ça. Il y a eu cette bagarre et mon exclusion temporaire. Et... et je me suis fait virer de mon boulot, je ne voulais pas te le dire, j'avais été trop souvent absent.

– Qu'est-ce que ça peut faire, ton boulot ? Tu aurais dû arrêter dans deux mois, de toute façon.

– Ma mère est inquiète, et même toi tu n'es plus comme avant. La manière dont tu m'as regardé dimanche soir. J'ai déjà vu des filles me regarder comme ça. Je n'ai pas aimé voir ça chez toi.

– La manière dont je t'ai regardé, c'était simplement de l'inquiétude parce que tu étais dans tous tes états. Et je n'ai pas changé, insistai-je. Je t'aime. Écoute, si une fois là-bas ça ne va pas, je viendrai. Promis.

– Ton père ne te laissera jamais faire.

– Je ne le lui dirai pas. J'inventerai quelque chose, je te jure. Je lui raconterai que je vais à une conférence sur les albums, ou voir ma mère, n'importe quoi.

– Tu ferais ça pour moi ?

– Bon Dieu, Jims, je me suis jetée du haut d'un escalier juste pour te rencontrer, non ?

C'était une blague entre nous, mais il ne rit pas.

– D'accord, dit-il finalement. D'accord, mais je te prends au mot.

Je n'eus aucune nouvelle de lui pendant environ vingt-quatre heures, mais je me persuadai que c'était une bonne chose. Cela voulait dire qu'il était occupé et qu'il passait un bon moment. Il m'appela le vendredi soir.

– Comment ça va ? lui demandai-je.

– J'ai besoin que tu viennes.

– Qu'est-ce qui ne va pas ?

Il n'était même pas encore allé à la fac. Apparemment, tout ce qu'il avait fait depuis son arrivée en Californie, c'était rester chez son père.

– J'ai juste un peu de mal à me mettre dans le bain, c'est tout.

Mais ce n'était pas tout. Il y avait quelque chose dans sa voix qui me faisait peur.

– Tu es sûr que ça va ? insistai-je.

Il ne répondit pas à ma question.

– Bon alors, dit-il. Je me suis renseigné. Tu as un vol qui décolle de JFK demain matin. Je te paierai le billet. Tout ce que tu as à faire, c'est venir.

Je m'entendis lui dire oui. Je jetai deux-trois tee-shirts, mon ordi portable, quelques CD choisis au hasard (je ne retrouvais plus mon iPod), mes écouteurs et un jean de rechange dans mon sac à dos.

Je frappai à la porte de papa ; il était au téléphone, mais il raccrocha sur-le-champ.

Mis à part le fait que je lui mentais depuis un mois, je ne sais pas bien mentir. Mes histoires sont trop compliquées et je les oublie arrivée à la moitié ; je bafouille ; je transpire ; je souris trop ; je ne regarde pas les gens dans les yeux. Ce jour-là, je fus parfaite.

– Papa, dis-je, j'ai oublié de te dire que je dois me rendre à une conférence sur les albums à San Diego demain. Je rentre mardi.

J'étais bien contente de lui avoir caché que j'avais arrêté l'album.

Papa ne cilla même pas.

– Il te faut de l'argent ? Je t'emmène à l'aéroport ?

Je pris l'argent ; je me fis emmener par Alice et Yvette. Alice venait de rompre avec Yvette pour la deuxième fois depuis la fin de la pièce.

– Tu es sûre de ce que tu fais, ma belle ?

– Il avait l'air d'aller mal, Alice.

– S'il avait l'air d'aller mal, peut-être que tu aurais dû appeler sa mère, suggéra Yvette.

– Elle ne fait qu'envenimer les choses.

En arrivant à l'aéroport, Alice descendit de voiture pour m'embrasser.

– Écoute, ma belle, nous aussi on adore James, mais est-ce qu'aucune d'entre nous le connaît vraiment ?

– Moi, oui !

– D'accord, d'accord, si tu es sûre.

– Appelle-nous en arrivant, Nomi, dit Yvette depuis la voiture.

En attendant de monter dans l'avion, j'étais folle d'angoisse. Mes sujets d'anxiété oscillaient entre une dizaine de problèmes majeurs, dont la plupart entraient aussi dans la catégorie « si l'avion s'écrase » :

1) Je n'avais jamais pris l'avion toute seule.
2) Si l'avion s'écrasait, papa ne saurait jamais que j'étais dedans puisqu'il me croyait partie à San Diego pour une conférence sur les albums de lycée.
3) Si l'avion s'écrasait, la dernière impression que papa aurait de moi serait que j'étais une menteuse.
4) Je n'avais pas emporté assez de vêtements, surtout de slips et de chaussettes.
5) Si l'avion s'écrasait, je serais toujours brouillée avec ma mère.
6) Si l'avion s'écrasait, il y avait une sœur qui ne me connaîtrait jamais.
7) James.
8) Si l'avion s'écrasait, je serais toujours fâchée avec Will.

9) Si l'avion s'écrasait, je n'en mettrais jamais « plein la vue » à Mr Weir. Je serais « en rattrapage » pour l'éternité.
10) Je n'avais rien apporté à lire.

Je m'avisai que je pouvais au moins régler ce dernier point et entrai dans la première librairie de l'aéroport.

Sur une table, vers le milieu de la boutique, il y avait le livre de papa, qui venait de sortir en poche. *Mes tribulations : Récit*. Je retournai le livre et lus la quatrième de couverture. « Le célèbre auteur de la série de best-sellers *Les Tribulations des Porter*, écrits à quatre mains avec son épouse Cassandra Miles-Porter, nous offre ici un récit profondément personnel de la fin de son mariage vue à travers le prisme de l'actualité mondiale... » bla-bla-bla « ... comment sa fille et lui parviennent à trouver une certaine paix de l'esprit alors même que... » bla-bla-bla « ... et d'une certaine manière, nous errons tous dans nos tribulations... » et bla et bla et bla. Ça m'avait l'air redoutable. Je lus la bio de papa en bas. « Grant Porter vit avec sa fille Naomi à Tarrytown, dans l'État de New York. » J'ajoutai quelques précisions de mon cru : « ... sa fille, Naomi, qui est une sale petite cachottière et qui lui ment depuis des semaines. »

Dans un acte de contrition absurde, j'apportai le livre à la caisse, et avec l'argent que l'auteur lui-même venait de me donner, j'en achetai un exemplaire.

J'atterris en Californie vers 10 heures du matin. Alors que c'était lui qui avait organisé mon voyage, James vint me chercher avec deux heures de retard.

Il me serra fort contre lui en me voyant.

– Jims, tu aurais dû être là il y a deux heures.

– Les embouteillages, dit-il en agitant vaguement la main. C'est comme ça, L.A. Ce que je suis heureux que tu sois là !

Et c'est vrai qu'il avait l'air heureux, plus qu'avant de partir. Il avait les yeux brillants.

Nous montâmes en voiture ; depuis notre dernière conversation téléphonique, j'avais préparé ce que je lui dirais. L'idée était de le faire avancer dans des directions positives ; le plus dangereux, à mon avis, c'était l'inertie.

– Alors, je me disais qu'on pouvait peut-être commencer par aller visiter le campus ?

– C'est ce que tu as envie de faire ? me demanda-t-il.

– Eh bien je n'ai jamais vu l'USC, et puis, ce n'est pas un peu pour ça que tu es là ?

– Moui... sans doute. Je pensais qu'on pourrait aller à la plage, peut-être faire du surf. Depuis que je te connais, j'ai envie de t'emmener surfer. On peut garder la visite pour demain, tu ne crois pas ? Je crois que je préférerais.

– OK.

Et nous prîmes donc la direction de la plage, mais pendant le trajet je commençai à me sentir un peu nauséeuse. Le temps d'arriver, j'avais carrément hâte de sortir de la voiture.

– Oh non, c'est pas vrai, dit James juste après s'être garé.

– Qu'est-ce qu'il y a ?

– J'aurais dû passer prendre les affaires de surf chez mon père avant qu'on vienne ici.

– Ça ne fait rien. Allons nous asseoir un moment, d'accord ? J'ai un peu mal au cœur, tu vois ?

James s'assit à côté de moi sur la plage, mais je voyais bien qu'il ne tenait pas en place. Il n'arrêtait pas de dessiner des cercles dans le sable avec son index droit. Il finit par sauter sur ses pieds.

– Je vais aller chez mon père pendant que tu m'attends ici, d'accord ? Je reviens avec le matériel et le déjeuner.

– Tu en as pour combien de temps ?

– Je dirais une heure, à peu près.

J'acceptai. J'avais des heures de voyage dans les pattes, et je n'étais pas d'humeur à remonter dans cette voiture.

La plage était déserte, et il faisait un peu trop froid pour se faire bronzer. L'air était vif et salé. Le sable était différent de celui qu'on trouve sur la côte Est : plus fin, mais aussi plus ferme, curieusement. Je m'endormis.

Je ne me réveillai que parce qu'un couple pique-niquait sur le sable non loin de moi. Je trouvai bizarre qu'ils aient choisi de s'installer si près de moi alors qu'ils avaient toute la plage pour eux, mais peu importe. Lui avait dans les quarante-cinq ans, et elle devait avoir dix ans de moins que lui. Le type avait sorti le grand jeu. Il avait apporté la bouteille de vin, la couverture à carreaux, un lecteur de CD dans lequel un bonhomme chantait un air d'opéra, des roses, et un panier à pique-nique. C'était plutôt attendrissant, en fait. On voyait qu'il avait fait beaucoup d'efforts.

– Pardon, me cria la femme, on vous a réveillée ?

Je secouai la tête.

– Ça ne fait rien. Vous auriez l'heure, par hasard ?

J'avais laissé mon sac à dos dans la voiture de James.

– Dans les 4 heures.

– Merci.

James était parti depuis deux heures et demie.

Peut-être était-il de nouveau bloqué dans les embouteillages ? Il ne pouvait pas m'appeler. Personne ne pouvait. Mon téléphone était dans mon sac à dos, dans sa voiture.

Je décidai de ne pas céder à la panique. J'allais simplement me rallonger sur le sable et attendre. Je regrettais vraiment de ne pas avoir pris mon sac, car au moins, si je l'avais eu, j'aurais eu mes écouteurs.

Deux heures plus tard ou à peu près, il faisait sombre, les pique-niqueurs se préparaient à partir, et James n'était toujours pas là.

– On peut vous proposer quelque chose à manger ? me cria l'homme.

Il devait me prendre pour une SDF.

– Nous avons apporté bien plus que ce que nous pouvions avaler.

Je secouai la tête. Je n'avais pas faim du tout. James m'inquiétait trop pour que j'aie faim.

– Tout va bien. J'attends juste quelqu'un.

L'homme me fit un signe de tête plein de sympathie.

– Il ne faut jamais faire attendre les dames, dit-il.

– Ça c'est bien vrai, renchérit la femme.

Avant de partir, elle me donna tout de même les restes de leur salade César et une demi-barquette de fraises.

– Au cas où il se ferait encore attendre trop longtemps, d'accord ?

Je ne touchai pas à la nourriture. La regarder me donnait envie de fondre en larmes.

J'étais terrifiée pour James, bien sûr, mais des pensées concernant ma propre sécurité commencèrent à s'insinuer dans mon cerveau. Je me demandais ce que je devrais faire si

James ne revenait jamais. Qui appeler ? Alice, peut-être ? Ma mère ? Pas papa. Il s'inquiéterait trop. Et je ne pourrais pas supporter de lui dire que j'avais menti. Peut-être Will ? Puis je commençai à me demander où se trouvait le téléphone le plus proche. Je ne savais même pas très bien où j'étais. Quelque part sur la côte pacifique près de L.A., d'après ce que j'avais compris. Cela réduisait le choix à un bon millier d'endroits différents.

Juste au moment où j'allais entrer en mode panique totale, James apparut. Il avait un sac de fast-food en papier à la main.

– Ça a refroidi, dit-il. Alors j'ai dû jeter le premier sac et en racheter un.

Je ne mangeais même pas de hamburgers, mais je suppose qu'il ne le savait pas. Je bondis sur mes pieds, lui sautai au cou et le couvris de baisers sur toute la figure.

– Désolé. (Même dans le noir, je voyais qu'il avait les yeux rouges.) J'ai... J'ai essayé de t'appeler. Ton téléphone était éteint.

– Il était dans ta voiture.

– Ah oui, c'est vrai. Tu as déjà mangé, on dirait, remarqua-t-il en désignant les restes de pique-nique.

– Des gens ont eu pitié de moi. Ils m'ont prise pour une sans-abri.

– Tu m'en veux ? demanda James. Ne m'en veux pas, s'il te plaît.

– Juste un tout petit peu. J'ai surtout eu très peur pour toi.

James s'assit sur la plage à côté de moi. Au bout d'un moment, je me rassis également.

– Pardon, chuchota-t-il. Je suis vraiment un pauvre nul.

– Mais non.

– Si si, je t'assure.

– James, ne dis pas ça.

Il remonta les genoux et posa sa tête dessus de manière que je ne puisse plus voir son visage.

– James, regarde-moi, tu veux ?

Mais il refusa. Maladroitement j'essayai de mettre mon visage sous le sien pour l'obliger à me regarder. Il ne voulut toujours pas bouger. Je l'embrassai dans la nuque. Puis je l'embrassai sur le bras.

Au bout d'un moment, il leva la tête. Il avait pleuré.

– Qu'est-ce qui s'est passé, au fait ?

J'essayai de le dire d'une voix douce, mais tout un éventail d'autres émotions diluait mon intention.

– J'allais chez mon père à Westwood pour prendre les affaires. Et j'ai remarqué ce cimetière par hasard, alors j'ai décidé de m'arrêter. Marilyn Monroe y est enterrée. J'y étais déjà allé, mais cette fois, en y retournant, j'ai remarqué que le marbre de sa tombe était tout rose à force d'être touché et embrassé par tellement de gens, tu sais... Et ça m'a complètement déprimé. Mon frère est enterré à moins de deux kilomètres de là dans un autre cimetière. Personne n'embrasse ni ne touche jamais sa tombe, parce que personne n'en a rien à foutre de lui, tu comprends ? C'est juste un gamin qui est mort. Et ça va te paraître vraiment tordu, mais ensuite je suis allé sur sa tombe. Au début, je ne l'ai même pas trouvée. J'avais oublié où elle était. C'est tout au fond. Et je me suis mis à l'embrasser, à la toucher pour essayer de changer la couleur de la pierre... Je savais que c'était dingue même en le faisant, mais j'ai beaucoup pensé à lui ces derniers temps. Il n'a jamais atteint l'âge que j'ai aujourd'hui, c'est complètement injuste. Parfois, ça me rend fou.

» Cette chose que j'ai... cette dépression... je la vois venir. C'est comme quand on surfe. Il faut rester à la crête de la vague le plus longtemps possible, mais c'est dans la nature même des vagues de toujours retomber.

Je passai le bras autour de lui. Il me faisait l'effet d'être tout petit.

– Je t'aime, dis-je.

Il se mit à rire, ce qui était horrible.

– Je ne peux pas m'empêcher de me demander si tu dirais la même chose si tu te souvenais de tout. Si tu avais tous tes esprits.

J'aurais pu le lui dire à ce moment-là, mais cela semblait déplacé.

– Tu ne m'aimes pas ? lui demandai-je.

– Si.

– Partons d'ici, d'accord ?

Lorsque nous arrivâmes à la voiture, James avait l'air vraiment fatigué, aussi proposai-je qu'il m'indique l'itinéraire pendant que je conduirais.

– Je croyais que tu ne savais plus, dit-il.

– Ça m'est revenu.

Il ne posa pas d'autres questions.

La maison de son père en Californie était l'équivalent de celle de sa mère. Vaste, vide. Son père était parti je ne sais où.

– Voyage d'affaires, dit James.

– Tu es resté tout seul ici depuis que tu es arrivé ?

Il haussa les épaules.

Je préparai des œufs, mais James ne mangea pas vraiment. Il ne dit pas grand-chose de toute la soirée. Je voyais qu'il pensait à quelque chose, et je ne voulais pas le déranger. Mais quand même, j'avais la sensation que chaque seconde de silence creusait un peu plus l'écart entre nous.

Vers 10 heures, il annonça qu'il allait se coucher. Je le suivis dans sa chambre.

Je l'embrassai.

– J'ai besoin de dormir, précisa-t-il. Il y a des jours et des jours que je n'ai pas dormi.

– Pourquoi pas ensemble ? demandai-je.

J'étais consciente que c'était sans doute pitoyable, mais j'essayais de le remonter à la surface. Je l'aimais encore plus maintenant qu'il avait l'air si vulnérable. Peut-être l'aimais-je d'autant plus qu'il avait besoin de moi.

Il secoua la tête.

– Naomi, dit-il doucement. Naomi... j'aimerais bien pouvoir.

Il me prit la main. Son étreinte n'était pas forte du tout. Il me guida jusqu'à l'une des chambres d'amis.

– Bonne nuit, dit-il, et il ferma la porte.

Je n'avais pas rallumé mon téléphone depuis l'enregistrement à l'aéroport.

Il y avait vingt-huit messages. J'allais les consulter lorsque l'appareil sonna. C'était papa. Je savais que c'était cuit.

– Allô, fis-je.

Voici comment les choses s'étaient passées :

Il avait essayé de m'appeler toute la journée.

Il s'était inquiété que je ne réponde pas.

Il avait appelé Will.

Will n'était pas là, mais il avait eu Mrs Landsman.

Mrs Landsman n'avait jamais entendu parler d'une conférence à San Diego. En outre, elle l'avait averti que j'avais arrêté l'album depuis des mois.

Il avait appelé la mère de James.

Elle avait dit que James était en Californie.

– Je veux juste savoir une chose, c'est là-bas que tu es ?

– Oui, avouai-je, et puis je me mis à pleurer.

C'était plus à cause de la tension de la journée que du pétrin dans lequel je m'étais fourrée. C'était le son de la voix de mon père. C'était le fait d'avoir menti, non seulement à papa mais à tout le monde. C'était le fait de me demander comment j'avais pu laisser la situation tourner aussi mal. Avec James, maman, Will, papa, le lycée, l'album, le tennis et même ce pauvre Ace. C'étaient toutes les choses que je n'avais pas dites, mais que je voulais dire sans le pouvoir. Elles me serraient la gorge au point que je ne pouvais plus que pleurer ou suffoquer. C'était cette barquette de fraises à moitié mangée et le tir à pile ou face auquel j'avais perdu et le fait d'avoir été abandonnée d'abord dans un étui de machine à écrire puis par ma propre mère, folle, belle, traîtresse, qui peignait sur les murs. C'étaient mes lunettes de soleil, que j'avais laissées sur la plage ce jour-là. Le soleil était descendu et je n'en avais plus eu besoin. C'est lorsqu'on n'a plus besoin des choses qu'on a tendance à les perdre.

C'était James. Bien sûr que c'était James. Il avait dit que je le regardais « bizarrement », mais je n'étais pas aveugle : lui aussi me regardait bizarrement.

Papa me réserva une place sur un vol qui partait le lendemain midi, le premier qu'il ait trouvé.

Au matin, James avait meilleure mine.

– Peut-être qu'il me fallait juste une bonne nuit de sommeil ?

Je lui appris que mon père avait découvert la vérité et que je devais rentrer.

– Je sais. Raina m'a appelé. Ton père doit me détester à l'heure qu'il est.

– Ce n'est pas toi qui as menti.

En m'emmenant à l'aéroport, James fit un détour. Il alla à l'USC, où nous suivîmes la visite guidée.

– C'est une étape, dis-je.

– Infinitésimale, ajouta-t-il. J'ai encore beaucoup de travail à faire.

Je lui tins la main tout le temps. Le campus était vraiment très beau et le soleil brillait si fort, si agréablement, qu'il vous aurait presque fait oublier les choses.

À l'aéroport, il m'embrassa, mais son baiser avait un goût d'au revoir.

– À mardi, quand tu rentreras au lycée, lui dis-je. À supposer que mon père me laisse un jour ressortir de ma chambre.

Comme un officier de sécurité lui criait de déplacer sa voiture, James dut s'en aller. Une partie de moi avait peur de ne plus jamais le revoir.

En arrivant aux portes de l'aérogare, je m'aperçus que j'avais oublié le livre de mon père dans sa voiture.

# 10

Pendant le vol de retour, deux sujets d'inquiétude occupaient tour à tour mon esprit : James (à soixante-quinze pour cent) et le pétrin dans lequel j'étais. Au lieu de réfléchir, j'aurais préféré dormir, mais les avions sont les endroits « théoriquement silencieux » les plus bruyants sur Terre, et je n'y arrivai pas.

Je mis mes écouteurs et glissai un CD dans le lecteur de mon ordi. Je n'avais pas vraiment fait attention à ce que j'emportais en quittant la maison, mais j'avais trouvé le moyen d'attraper non pas une mais deux des fichues compiles de Will. La première que je passai fut celle qu'il m'avait faite lorsque je lui avais menti à propos de la pièce de théâtre, mais je lui trouvais quelque chose d'angoissant. (C'était peut-être le choix de chansons ; car après tout, il m'en voulait à mort au moment où il les avait choisies.) Je la remplaçai donc par l'autre, celle de mon anniversaire, *Chansons pour une jeune amnésique*, Vol. II. Un message apparut sur mon écran pour me demander si je voulais lancer le lecteur de DVD.

Je cliquai sur « oui ».

C'était un film, qui ne durait pas plus d'un quart d'heure.

C'est même un peu exagéré d'appeler cela un film. Ce n'était pas professionnel du tout, pas comme les installations vidéo de James pour la pièce, par exemple. C'était un simple diaporama, accompagné par la chanson du Velvet Underground « That's the Story of my Life ». Il avait ajouté un peu de texte, mais il s'agissait principalement d'images.

C'étaient toutes les années que j'avais ratées. Il avait rassemblé toutes les vidéos et les images possédées par lui, par le lycée et même par maman (oui, il avait contacté ma mère), et il les avait montées chronologiquement.

J'y étais.

J'y étais, à la fête de fin de collège à Tom-Purdue. Je suis facile à repérer. Je suis la fille la plus grande sur la photo.

Et maman donnant naissance à Chloé. *Ma sœur.* Je n'étais pas présente ce jour-là, et pourtant c'était indéniable : j'y étais.

Et l'installation avec papa dans la nouvelle maison – toute notre vie dans des cartons. Et Ace me tirant par la queue-de-cheval sur les courts. Et moi prenant en photo quelqu'un qui me prend en photo. C'était Will – bien sûr, c'était Will –, je voyais son reflet sombre dans mon objectif.

Et dans cette robe de bal noire. J'avais les cheveux blond foncé, mais on voyait quand même les racines.

Rien de bien passionnant, sans doute, mais j'y étais.

J'y étais, j'y étais.

Dès la fin du film, je le repassai.

Et ensuite, je le repassai de nouveau.

C'était surréaliste de voir toute ma vie, telle que compilée par Will, dans un avion à dix mille pieds d'altitude.

Évidemment, il l'avait réalisé avant que je retrouve la mémoire ; il ne savait toujours pas que je l'avais retrouvée. Il avait dû mettre un temps fou à faire son montage. C'était probablement le cadeau le plus gentil, le plus attentionné qu'on m'ait jamais fait, et je n'avais même pas pris la peine d'y jeter un coup d'œil en trois mois. Pas étonnant qu'il m'en veuille. J'étais nulle, indigne de cet effort.

Je passai les trois heures suivantes dans un état horrible. J'essayai d'actionner le téléphone intégré dans le dossier du siège pour appeler Will, mais je n'arrivai pas à le faire fonctionner.

Dès l'atterrissage, j'allumai mon portable, mais la batterie était morte. Je savais que papa m'attendrait à la sortie du contrôle de sécurité et que cela marquerait concrètement la fin de ma liberté pour un bon moment. Je m'arrêtai à la première cabine téléphonique. Comme je n'avais pas de monnaie, je dus appeler Will en PCV.

– J'ai Naomi Porter en ligne. William Landsman, demanda l'opératrice, acceptez-vous le coût de l'appel ?

– Pourquoi pas ? répondit Will. Alors, qu'est-ce que tu veux ?

– Désolée de devoir t'appeler en PCV, commençai-je. Mon téléphone est mort.

– Bien.

– Je... J'ai eu ton cadeau d'anniversaire. Enfin, je l'avais avant, mais je ne l'avais pas regardé jusqu'à aujourd'hui. Je voulais juste te dire que ça comptait beaucoup pour moi.

Les mots ne sortaient pas bien. Ils avaient l'air tout raides, et pas du tout comme ce que j'avais dans le cœur.

– Bon... Eh bien tant mieux. Autre chose ? J'allais sortir, en fait.

– Will, je...

– Quoi ? fit-il sèchement. Je sors avec Winnie.

– Winnie de l'album ? Winnifred Momoi de l'album ?

– Oui, Winnie Momoi. On se voit depuis le début du semestre. Tu n'es pas la première personne au monde à avoir quelqu'un dans sa vie.

– Au revoir, Coach.

– À plus.

Il raccrocha le premier.

Je sortis dans le hall à la rencontre de papa. Je me sentais comme la semelle d'une très vieille chaussure.

La première chose que fit papa fut de me serrer dans ses bras, et la deuxième, de me demander mon téléphone portable.

– Il est déchargé, dis-je en le lui remettant.

– Et il va le rester, ma fille. (Il mit mon téléphone dans sa poche.) Je n'ai jamais eu à te punir vraiment jusqu'ici, je ne suis même pas sûr de savoir comment on fait.

– Le portable est sans doute un bon début, dis-je.

– Et pas de téléphone fixe non plus, du moins pas beaucoup.

Il prit mon sac à dos et ne me reparla plus jusqu'à ce que nous soyons dans la voiture.

Sur l'autoroute, il me détailla ses projets de punition. Il m'annonça que j'étais « sévèrement consignée » au moins pour le mois qui venait.

– Qu'est-ce que ça implique au juste, une consigne sévère ? me demanda-t-il.

– Sais pas trop.

– Ne pas sortir avec James ni personne d'autre, je crois. Et aussi, je veux que tu rentres à la maison immédiatement après les cours, et je t'y emmènerai et viendrai te chercher.

– Je pourrais y aller à pied pour t'épargner cette peine.

– Non, ça fait partie de la question de la confiance. Tu vois, je ne te fais plus confiance.

Ça faisait mal, mais je l'avais cherché.

– Pourquoi m'as-tu caché que tu avais arrêté l'album ?

– Je ne sais pas.

– Qu'est-ce que je dois faire de toi, Naomi ? Je n'aurais jamais cru qu'un jour tu t'envolerais pour la Californie sans me prévenir. C'est pour après le lycée, ces choses-là.

– Je sais.

– Il n'y a rien que tu puisses me dire pour expliquer tout ça ?

– Je m'inquiétais pour James, commençai-je. Je voyais bien qu'il était mal barré...

– Pourquoi n'es-tu pas venue me voir ? Tu ne pensais pas que je vous aiderais ?

– Ce n'était pas seulement James, papa. C'était moi, aussi...

Je dis tout à mon père.

Je lui racontai tout, mais vraiment tout.

– Oh là là, ma grande, conclut-il. Pourquoi ne m'en as-tu pas parlé avant ?

– Je crois que ma vie avait l'air d'aller dans un sens, et que c'était trop dur d'imaginer de tout recommencer ou de repartir en arrière. Et je... je ne voulais pas perdre James.

Je n'ajoutai pas que de toute manière j'avais l'impression que c'était fait, à présent.

– Je ne suis pas sûr de comprendre. Pourquoi aurais-tu perdu James ? me demanda calmement papa.

– Parce que... ça n'aura peut-être pas de sens pour toi, mais ne pas avoir de passé était un point commun entre nous. (Cela me fit mal de simplement prononcer la suite.) Je crois que c'était l'une de ses principales raisons de m'aimer.

– Ça, j'en doute énormément. (Il sourit pendant une seconde puis soupira.) Tu peux de nouveau conduire ?

J'acquiesçai.

– Dommage que tu sois punie, alors.

Je ne parlai pas à James avant le jeudi soir, lorsqu'il rentra à Tarrytown. Je n'aurais sans doute même pas pu lui parler si papa ne m'avait pas laissée seule dix minutes, le temps d'aller chercher du café.

Nous n'évoquâmes pas L.A. ni rien de ce qui s'y était passé. À vrai dire, j'étais folle de joie rien que de l'entendre. J'avais craint qu'il ne rentre pas de Californie du tout.

Il ne dit rien au début, mais je savais que c'était lui.

– Je ne peux pas rester longtemps, Jims, dis-je enfin. Je ne devrais même pas être au téléphone en ce moment.

Il s'excusa puis devint encore plus silencieux... tellement silencieux que j'entendais Raina regarder la télé dans sa chambre, le frigo faire des glaçons, et le chat de Raina, Louis, laper de l'eau dans son bol. Lorsque James reprit finalement la parole, sa voix était très étrange.

– Que sais-tu de toi avec certitude ? me demanda-t-il.

– Mon nom.

Je ris pour lui faire savoir que je n'en dirais pas plus sur la question.

Il vit sans doute des points de suspension là où j'avais voulu un point final, car il continua :

– À part ton nom. À part ton nom, à part les faits, qu'est-ce que tu connais de toi qui soit vrai, fondamentalement vrai ?

En temps normal, j'aimais bien... ce qu'on pourrait appeler sa philosophie, mais ce soir elle me faisait un peu peur.

Je lui dis que je l'aimais, parce que c'est tout ce que je trouvai.

– Je me demande, déclara-t-il. Vraiment, je me demande. Si tu savais tout, aurais-tu les mêmes sentiments ?

J'aurais dû simplement lui avouer qu'en fait je savais tout, justement. Mais je n'en fis rien.

– Comment sais-tu qu'être amoureuse de moi n'est pas une magistrale illusion mentale ?

Je me sentis insultée, comme s'il insinuait que tout ce qui s'était passé entre nous comptait pour du beurre. Je le pris mal, et gardai pour moi ce que j'aurais aimé dire, quelque chose comme : « L'amour c'est l'amour. Ce n'est pas une question de savoir et, entre parenthèses, je sais tout ce que j'ai besoin de savoir. »

Au lieu de cela, je lui annonçai qu'il fallait que je raccroche ; papa allait rentrer d'une minute à l'autre, et j'avais déjà pas mal d'ennuis.

Puis, d'une voix claire, forte, rassurante, il me dit qu'il m'aimait, aussi (ce « aussi » est encore cuisant), et qu'on se verrait le lendemain au lycée, ce qui se révéla mensonger.

Au déjeuner, je l'appelai sur son portable depuis la cabine du lycée. C'est Raina qui répondit.

– Naomi, dit-elle, j'allais t'appeler. La journée a été mouvementée.

Sa voix était râpeuse et cassée, comme si elle avait passé la nuit à parler.

– Il est arrivé quelque chose à James ?

Vu son historique, toutes sortes de possibilités horrifiques venaient à l'esprit.

– Non, dit-elle. Non, il va bien.

Puis elle me raconta. James avait volontairement décidé de retourner à Sweet Lake, l'institution psychiatrique d'Albany où il avait été interné un an plus tôt.

– Pourquoi ? demandai-je. Il allait bien.

– Je crois qu'il se sentait un peu dépassé.

C'est tout ce qu'elle me dit, au début.

– Il allait bien.

– Et dans l'ensemble il va bien, mais il ne voulait pas que les choses tournent mal. Ça lui est déjà arrivé, tu sais. C'est une bonne chose, chérie, il essaie d'être responsable.

Elle m'expliqua que ce serait peut-être l'affaire de quelques jours, et qu'il était en section de transition, pas dans la section des vrais fous ni rien. La différence était que dans la section de transition, il pouvait rester à jour dans ses devoirs et passer des coups de téléphone.

– En fait c'est simplement une maison, Naomi. Il t'appellera sans doute dans les jours qui viennent, une fois installé.

J'étais comme engourdie, mais cet engourdissement recouvrait une petite tumeur d'indignation. Je n'arrivais pas à croire qu'il se soit fait la malle sans me le dire de vive voix.

Une semaine s'écoula sans un mot de la part de James.

Je décidai que si lui ne voulait pas appeler, moi je l'appellerais. Il y avait des choses qu'il devait savoir et d'autres que j'avais besoin de dire. Donc, chaque fois que papa serait au travail ou sorti, je téléphonerais à Sweet Lake.

Je l'appelai peut-être trente fois au cours des trois jours qui suivirent, mais il ne me rappela jamais. Il n'y avait pas de ligne directe pour sa chambre ni rien. Je finis par poser carrément la question au réceptionniste :

– Est-ce qu'il reçoit mes messages ?

Il soupira ou renifla très fort – au téléphone, cela fait le même bruit – avant de me répondre :

– Oui. Il reçoit vos messages, mais il arrive que des patients ne se sentent pas en état de rappeler.

Si c'était comme ça, tant pis. J'irais le voir en personne.

Je n'avais pas oublié la promesse que je lui avais faite. Je n'avais pas oublié ses « règles ». Mais je ne voulais pas qu'il soit enfermé sans savoir la vérité : j'avais été avec lui sans m'illusionner ni être amnésique. Je l'avais aimé. Je crois que je l'avais vraiment aimé.

Et tant pis pour James. C'étaient ses règles, pas les miennes.

Sans compter que j'avais croisé les doigts.

Je savais que papa ne me laisserait pas conduire toute seule jusqu'à Albany, surtout si c'était pour aller voir James.

J'appelai Will.

– Coach, dis-je.

Je savais que j'en faisais un peu beaucoup, à l'appeler « Coach », mais j'avais besoin de le mettre dans la meilleure disposition d'esprit possible.

– Qu'est-ce que tu veux ? me demanda-t-il.

– Eh bien voilà, en fait j'ai besoin que tu m'emmènes à Albany demain.

– Et pourquoi est-ce que je ferais une chose pareille ?

– Je ne sais pas.

Et c'était vrai, je ne savais pas. J'avais demandé juste au cas où. Je m'étais mal comportée avec Will. Je lui dis donc au revoir et commençai à raccrocher.

– Attends une seconde. Je n'ai pas encore refusé de le faire.

– D'accord.

– Qu'est-ce qu'il y a à Albany ?

Je le lui expliquai.

Il baissa la voix.

– Franchement, Naomi (il avait cessé de m'appeler « Chef » depuis que j'avais abandonné l'album, et maintenant que j'avais retrouvé la mémoire et que je me rappelais à quel point nous avions été amis, ça faisait mal), tu ne crois pas que j'ai mieux à faire un samedi que de t'emmener voir ton amoureux cinglé ?

– Si. Bien sûr que si.

J'avais envie d'ajouter que James n'était pas cinglé, mais sa question indiquait qu'il était en train de changer d'avis.

– J'ai un album à éditer. Tout seul, qui plus est.

– Je sais.

– Et une copine, maintenant.

– Oui.

Je l'avais vu avec Winnie Momoi. Tout le monde disait qu'ils étaient trop mignons ensemble. Même leurs deux noms accolés sonnaient bien.

– Bon, je voulais juste que tu comprennes bien que toute ma vie ne tourne plus autour de toi, dit-il. Tu paieras l'essence. Et la bouffe. Et les faux frais.

– Les faux frais ? Quels faux frais ?

– Par exemple... les articles divers, vitamines, stylos, je ne sais pas, moi. Je parlais en théorie. Et au fait, c'est à combien d'ici, Albany ?

– Deux heures, je crois.

– OK, ça fait deux CD. Il faut que je me mette à une compile pour demain. Parce que même si je t'emmène, je ne te parle toujours pas, Naomi.

Je me gardai de lui faire remarquer l'évidence : il était en train de me parler.

Je l'entendis farfouiller dans ses CD en bruit de fond. *Chansons pour aller voir l'amoureux cinglé de Naomi à Albany.* Will et ses compiles.

– Accrocheur, comme titre, commentai-je.

– Je vais la remplir de tous les artistes connus pour leurs tendances à la folie et/ou au suicide. Jeff Buckley. Elliott Smith. Nick Drake. Et peut-être quelques chansons d'amour, aussi. Mais du genre vraiment délicieusement torturées.

– Il y a encore un détail, ajoutai-je. J'aurais besoin que tu appelles mon père pour lui dire que c'est un travail que je dois faire pour l'album.

– Bon Dieu, Naomi, je ne vais pas mentir pour toi.

– S'il te plaît, Will... Il te croira, toi. Sinon je ne pourrai pas y aller.

– Il sait que tu as arrêté, dit-il au bout d'un moment.

– Je sais. Tu n'as qu'à lui expliquer que c'est une chose à laquelle je m'étais engagée avant, et que je suis la seule à pouvoir faire.

– Je vais y réfléchir. Je ne te promets rien. Surtout que je n'aime pas l'idée de mentir à ton père.

Ce soir-là, Will appela papa et lui raconta une histoire très brève comme quoi je m'étais engagée à aller photographier les jeux Paralympiques.

Papa ne posa pas de questions à Will. Tout le monde savait que William Blake Landsman n'était pas un menteur. En outre, je crois qu'il était conscient que j'avais besoin de sortir de chez moi.

Nous avons pris la route le samedi midi. Dans la voiture, je fis surtout semblant de dormir. J'étais trop nerveuse même pour parler avec Will.

À l'arrivée, il me dit qu'il m'attendrait dans la voiture.

– J'ai besoin que tu entres avec moi, lui dis-je.

– Pourquoi ? Tu as peur ?

– Non... enfin, je pense qu'il y a une petite chance pour qu'il ne veuille pas me voir, alors il faut que je donne ton nom à l'accueil.

– Il n'est pas au courant que tu viens ?

Will n'en croyait pas ses oreilles.

– Pas vraiment, avouai-je.

– Félicitations. Ça m'a l'air excessivement bien préparé, tout ça, ironisa-t-il en ouvrant sa portière.

Je m'attendais à une prison, mais Sweet Lake me fit penser à Monticello, la maison de Thomas Jefferson, où j'étais allée en sortie de classe en CM1. Ou peut-être à un très grand gîte rural.

Les visites étaient autorisées de midi à 19 heures. J'avais appelé au préalable. C'était le même réceptionniste, et je suis persuadée qu'il reconnut ma voix, vu ce qu'il me dit.

– Vous êtes au courant que les patients ont le droit de *ne pas* voir quelqu'un, n'est-ce pas ?

Will donna son nom à l'accueil, puis nous allâmes attendre dans la salle de visite.

– Will, dit James en apparaissant à la porte. Est-ce qu'il y a un problème avec...

Puis il me vit. Au début, je crus qu'il allait faire demi-tour immédiatement et repartir comme il était venu, mais non.

Il s'approcha du canapé où Will et moi étions installés. Après un moment, il s'assit, mais en m'ignorant.

Lorsqu'il finit par me regarder au bout de cinq minutes, c'était d'un air pas aimable du tout.

– Alors ? fit-il.

J'avais répété ce que je voulais dire depuis que j'avais décidé de venir. Je respirai un grand coup.

Je faillis demander à Will de partir, mais je n'en fis rien.

– Je crois que (je me tournai vers James ; je me fichais qu'il veuille me regarder ou non) tu t'es mis dans la tête que si je pouvais me souvenir de tout, je ne voudrais plus être avec toi. Et que puisque c'est comme ça, je ne devrais pas me gâcher la vie à être avec toi en attendant, alors que tu es tellement... défectueux. C'est exact ?

Il hocha la tête et marmonna dans sa barbe.

– Quelque chose comme ça.

– Seulement voilà. Je ne suis plus amnésique depuis janvier. Je t'aime en ce moment. Ce n'est pas de la gratitude ni de l'amnésie. C'est de l'*amour*. Et je sais que tu as des problèmes. Tout le monde a des problèmes. Ça m'est égal.

– Quelle foutue menteuse, dit James.

– Je le crois pas, intervint Will. Comment as-tu pu le cacher ?

Je le regardai.

– Je ne sais pas. Désolée.

Il était tout rouge.

– Je vais t'attendre à la voiture, dit-il.

Et sur ce, il s'en alla.

James ne me parla pas pendant un long moment.

– Sortons. Je n'en peux plus d'être ici, proposa-t-il finalement.

C'était une belle journée, et je ne veux pas dire par là qu'il y avait du soleil. Il faisait humide et pas trop frais, comme si l'hiver commençait à se lasser de lui-même et avait hâte que le printemps arrive, comme tout le monde. Nous nous installâmes à une table de pique-nique.

Je me rappelle avoir eu envie de le toucher, mais avoir senti qu'il ne me laisserait pas faire. Il finit par me prendre la main.

– Elle est froide, remarqua-t-il.

Il mit les siennes, qui étaient sèches et chaudes, en coupe autour de la mienne.

– Il m'est arrivé, dit-il après un silence, d'être un peu jaloux de ton amnésie, je sais que ça peut sembler dingue. Parce que pendant tellement longtemps, dans ma vie, j'ai voulu simplement oublier tout ce qui m'était arrivé...

» Après la mort de mon frère, c'est devenu très facile pour moi d'imaginer que je mourrais jeune. Mais récemment, je me suis rendu compte que ça ne m'arriverait sans doute pas, à moins que je ne le provoque activement. Je sais que ça peut te paraître évident, mais en fait, c'est tout nouveau pour moi. Et si je ne dois pas mourir jeune, ça veut dire que je suis coincé avec les conséquences de mes actes. Ça veut dire que je dois réfléchir, tu comprends ?

Je comprenais.

– Parce que maintenant, je suis plus vieux que mon frère n'a jamais pu l'être. Et je vais aller en fac, une chose qu'il n'a jamais faite. De mon point de vue, c'est vraiment le moment de tout reprendre en main.

» Quant à toi... eh bien, je ne veux pas que tu deviennes une nouvelle Sera, tout simplement. Mais tu ne me facilites pas les choses.

» Je regrette qu'on ne se soit pas rencontrés à un autre moment, dit-il encore. Quand j'aurais été plus vieux et plus sage. Ou plus jeune, avant que tout parte en vrille.

» Un jour, on se recroisera, je le sais. Je serai peut-être plus vieux, plus malin et tout simplement meilleur. Si ça arrive, c'est là que je te mériterai, Naomi. Mais maintenant, en ce moment, il ne faut pas que tu amarres ta barque à la mienne, parce que je risquerais de nous couler tous les deux.

Je lui promis de le laisser tranquille jusqu'à sa sortie. Et puis je ne pus m'empêcher de lui demander quand ce serait. J'ai honte de révéler ce qui suit, mais il se peut que j'aie eu un peu en tête le bal de fin d'année des premières, en mai.

Comme il n'était que dans la section « de transition », il suivait le programme scolaire par e-mail et espérait être de retour pour la fête de fin d'année, peut-être plus tôt mais ce n'était pas sûr.

– Je... bon, je suis content de te voir, mais d'une certaine manière je suis gêné que tu sois là, me confia-t-il. J'avais un peu envie que tu me croies parfait.

Je lui dis que je savais bien qu'il ne l'était pas.

– D'accord, mais j'aurais voulu que tu le croies.

Nous restâmes très longtemps assis à cette table de pique-nique, jusqu'à ce que le monde devienne de plus en plus sombre. L'espace d'une seconde, je souhaitai que le temps s'arrête et que ce soit le crépuscule à jamais. Peut-être pourrais-je passer toute ma vie sur ce banc de parc avec James, que j'aimais, à côté de moi.

Le soleil se coucha.

Les heures de visite étaient terminées.

Je l'embrassai une dernière fois, et je remontai en voiture avec Will pour rentrer.

Will ne desserra pas les dents pendant toute la première heure et demie du trajet de retour, et lorsqu'il finit par parler, ce fut uniquement pour attirer mon attention sur le fait qu'il souhaitait s'arrêter dans un restaurant.

— Je voulais juste te rappeler que je suis libre de commander tout ce que je veux au menu, dit-il.

Tout ce qu'il commanda fut un cheeseburger et un milk-shake au chocolat, ce qui était une chance car je n'avais que quarante dollars sur moi et il fallait encore que je prenne de l'essence. Comme je n'avais pas envie de manger, je me contentai d'attendre qu'il ait fini.

— Donc... donc... si tu as retrouvé la mémoire depuis tout ce temps, ça veut dire que tu te souviens de tout ?

Je le regardai.

— Oui.

— Mais vraiment *de tout* ?

J'étais à peu près sûre qu'il pensait à la fois où nous nous étions embrassés, mais je n'avais pas forcément envie d'en parler là tout de suite.

— Oui.

Will hocha la tête et mangea quelques frites.

— Mais le jour où je t'ai fait retourner chercher l'appareil photo ? En temps normal, je serais simplement allé le chercher moi-même. Je t'embêtais uniquement parce que je ne voulais pas que tu penses que les choses avaient changé entre nous. Je crois que j'en rajoutais un peu beaucoup sur le thème « on est amis ».

– Ce n'est pas ta faute. C'est moi qui me suis cassé la figure.

Will opina.

– Ça m'a fait mal, dit-il. Ce jour-là, je peux t'assurer que j'avais mal. J'étais amoureux de toi, et le lendemain tu fais comme si ça n'avait aucune importance qu'on se soit embrassés.

– Will, soupirai-je. Bien sûr que c'était important. Comment ça pourrait ne pas l'être ? Tu es mon meilleur ami, pas vrai ?

– Je sais que j'aurais dû dire quelque chose, juste à ce moment-là, dans le parking, mais quand l'occasion s'est représentée tu avais tout oublié. Aucun souvenir de moi. Ensuite tu as laissé tomber l'album. Tu as rencontré James. C'était trop tard. Mais le pire, c'est que dans tout ça, quelque part... à un moment donné, après ta rupture avec cet abruti de Zuckerman, peut-être que j'aurais eu une chance ? Mais je n'ai rien dit à ce moment-là non plus.

» Mais je ne suis plus amoureux de toi, affirma-t-il fermement.

– Will.

– Je ne t'aime plus tant que ça.

Je ne trouvais rien à ajouter. D'une certaine manière, j'aurais bien aimé être amoureuse de lui au lieu de James, car cela aurait été plus facile pour tout le monde.

# 11

La semaine suivante, je reçus une carte postale de James.

Tout d'abord, l'image me fit rire, mais il savait sans doute que ce serait le cas. Des chérubins blonds aux grands yeux (étaient-ils frère et sœur, ou était-ce plus que cela?), sur la plage, surmontaient une légende qui disait : *Si seulement tu étais là... Albany, État de New York*. Y a-t-il seulement des plages à Albany ? Et vu où se trouvait le « là » en question, ça m'aurait étonné qu'il souhaite que j'y sois.

Puis je retournai la carte et lus son message, qui tenait en deux mots, sans signature. « Oublie-moi », avait-il écrit. Voilà, c'était tout.

C'était à peu près la pire chose qu'on puisse me demander, si on me connaissait un peu.

Oui, je le laisserais tranquille.

Non, je ne l'oublierais pas. Ce n'était pas à lui de choisir.

La seule personne à qui j'avais envie de parler de tout cela était Will.

J'essayai de le joindre au téléphone, mais il ne répondit pas. Je courus au lycée – l'épuisement de la course me rasséréna étrangement – et il était encore au bureau de l'album, mais en train de parler avec Winnie Momoi. Comme je ne voulais pas les interrompre en entrant, j'attendis dans le couloir que lui ou Winnie s'en aille. Je suppose qu'il dut m'apercevoir par la vitre de la porte du bureau. Il sortit environ quinze secondes plus tard, et je fondis en larmes, même en voyant Winnie m'observer avec curiosité.

Je voyais bien qu'il voulait me demander ce qui n'allait pas, mais ce n'est pas ce qu'il fit. Il passa le bras autour de moi, et nous commençâmes à marcher vers sa voiture.

– Tu n'as pas ton manteau.

C'est tout ce qu'il me dit.

Il retourna dans le bureau et revint avec son blouson (ce truc invraisemblable en daim orange avec un col en peau de mouton) et me dit de le mettre. Ce que je fis. Il devait peser dans les trente kilos. Il était déjà beaucoup trop grand pour lui, alors moi, je me noyais dedans.

Il me ramena chez moi.

– Tout est terminé, dis-je.

– Je sais, dit Will.

– Je suis vraiment nulle.

– Mais non, Chef. Tu es super.

Je ne sais pas pourquoi, le fait qu'il me dise cela me fit de nouveau pleurer à chaudes larmes. Je ne me sentais pas super du tout.

Ce n'est pas sur James que je pleurais, toutefois. Je crois que je pleurais sur tout ce qu'il ne connaissait pas de moi, sur tout ce que je ne savais pas de lui, sur le fait que je me sois comportée comme une idiote. Comment avais-je pu en arriver à penser, quand j'avais retrouvé la mémoire, que je ne pouvais même pas le lui dire ?

Je pleurais un peu sur le garçon que j'aurais voulu qu'il soit et qu'il s'était révélé ne pas être.

Et je pleurais sur la gravité. Elle m'avait précipitée en bas de l'escalier, et j'avais cru que cela avait un sens, mais peut-être était-ce juste la direction dans laquelle toutes choses ont tendance à affluer.

Mon cœur était un petit peu brisé (ça existe, ça ?), mais il fallait quand même que j'aille en cours. Je boutonnai ma chemise par-dessus ledit cœur, et mon manteau d'hiver aussi. En espérant que ça ne se verrait pas trop.

Il se passa quelque chose d'un peu drôle le lendemain après-midi. J'étais à côté de mon casier, en train de parler avec Alice, lorsque la Winnie de Will vint m'affronter.

Winnie avait de longs cheveux bruns qui me rappelaient ceux de ma mère et me faisaient un peu regretter mon ancienne chevelure. Ma coupe commençait à devenir merdique, d'ailleurs : pas assez courte pour être courte ni assez longue pour être autre chose. Je n'avais pas réfléchi au temps qu'il faudrait pour que ça repousse au moment où j'avais coupé.

Revenons à Winnie. Elle mesurait une tête de moins que moi, mais cela ne l'empêcha pas de venir me parler sous le nez.

– Écoute, Naomi, dit-elle, il a été amoureux de toi. On le sait. Tout le monde le sait. Mais Will est une personne de valeur, et tu l'as jeté quand tu as eu James, alors maintenant tu as intérêt à lui foutre la paix.

– Le gant est jeté, dit Alice.

Elle émit un sifflement bas.

J'étais stupéfaite. Winnie avait toujours eu l'air si doux, c'était la personne la moins susceptible de venir vous agresser dans un couloir avec un discours du genre « t'approche pas de mon mec ».

Je lui dis que Will et moi étions « simplement amis, et encore, à peine ».

Winnie me regarda en plissant les yeux avant de s'en aller comme une furie.

– Tu veux que j'aille lui botter les fesses, ma belle ? me demanda Alice. On fait à peu près la même taille, mais je suis plus féroce que j'en ai l'air.

Je secouai la tête. Même si Winnie avait eu une réaction absurde et si j'avais bien besoin d'un ami en ce moment, je décidai de garder mes distances avec Will. J'avais besoin de son amitié, mais je n'étais pas sûre de la mériter.

Je serai

## 12

J'étais toujours consignée, mais cela n'avait aucune importance. Je n'avais envie d'aller nulle part.

Pour passer le temps, je révisais, je réfléchissais à un nouveau projet photographique, j'allais courir autour de mon quartier.

Je lus le livre de mon père dans son intégralité. Il était assez fidèle à la description de la jaquette, mais il y avait un passage dans lequel papa disait avoir été « émotionnellement infidèle » à maman même avant la séparation. Il racontait sa manie de flirter en permanence, combien il avait toujours envie qu'on l'aime, et même besoin que leur enfant (moi) l'aime plus. Il avait écrit : « Cela a parfois dû être épuisant pour ma femme. » C'était étrange de savoir que mon père avait de telles pensées.

J'écoutais de la musique. D'abord, je passai tous mes CD. Puis j'écoutai ceux que Will m'avait gravés, et lorsque j'eus terminé, je les réécoutai. C'était une expérience complètement différente d'écouter ses compiles en ayant toute ma mémoire. Toutes les chansons voulaient dire un petit quelque chose pour moi. C'était une sorte de langage codé entre nous, une langue commune que je n'aurais jamais pu deviner. La dernière chanson de la première compile qu'il m'avait donnée (*Chansons pour une jeune amnésique*, Vol. I) était intitulée « I Will ». Elle était charmante et vieux jeu, un peu comme lui.

Au bout d'un mois de punition, papa se fatigua de me voir traîner mes guêtres à la maison.

– Je te laisse sortir ce week-end, ma fille.

Je lui demandai si cela signifiait que la consigne était levée.

– Ah non, dit-il. Mais je t'envoie chez ta mère.

J'aurais pu discuter, je suppose. J'aurais pu en faire toute une histoire, mais à quoi bon ? Je savais bien que cette visite aurait dû avoir lieu depuis longtemps déjà.

Lorsque j'arrivai à son appartement, ma mère vint m'ouvrir. Elle m'annonça qu'elle s'était débarrassée de Fuse et de Chloé pour la journée, afin que nous soyons toutes les deux.

Elle sourit d'un air très détendu.

– J'ai pensé qu'on pourrait parler de ton projet photo, aujourd'hui. Dis-moi ce que tu as à faire.

Sa formulation paraissait un peu préparée à l'avance, comme si elle s'était entraînée depuis des jours. Je fus touchée par sa nervosité, je crois.

Nous allâmes dans son studio et elle me montra son travail et celui d'autres photographes, nous échangeâmes des idées.

L'un de ses albums personnels était un album de grossesse. Elle s'était prise en photo une fois par jour, tous les jours pendant huit mois. Dès qu'elle avait appris « avec certitude » la nouvelle de son médecin, elle avait fixé son appareil sur un pied et l'avait installé face à un grand fauteuil en velours bordeaux. Je me souvenais de ce fauteuil dans notre ancienne maison car papa l'avait toujours détesté. En plus, il se trouve que maman était assise dedans en ce moment même, pendant que je feuilletais l'album.

Toutes les photos étaient composées à l'identique – ma mère dans le fauteuil – sauf que son habillement changeait à mesure que son ventre s'arrondissait. Il y avait deux cent vingt-cinq photos au total. Si on les avait empilées et fait défiler à toute vitesse, on aurait obtenu un *flip book* dans lequel il ne se passait pas grand-chose à part le miracle de la vie humaine, si l'on est adepte de ce genre de choses...

La dernière était prise sous un ciel gris, avec ma mère en jean et sous-pull blanc à col en V dont je devinais qu'il devait appartenir à Fuse. Son expression n'était pas des plus évidentes, comme la joie ou la tristesse : elle se situait quelque part entre *saluer quelqu'un qu'on n'a pas vu depuis longtemps* et *réprimer un bâillement*, mais ce n'était ni l'un ni l'autre. Il faut sans doute voir la photo pour comprendre ce que je veux dire.

Maman vint à la table regarder l'album par-dessus mon épaule.

– Elles sont vieilles comme tout, ces photos. Ça date d'avant ta naissance.

– Ce n'est pas Chloé, alors ? demandai-je, surprise.

Ma mère secoua la tête. Elle avait un regard lointain.

– Ton père et moi, nous avons perdu celui-là.

Je ne l'avais jamais su. Je croyais qu'ils ne pouvaient pas concevoir d'enfant. Je me dis que c'était drôle, toutes les choses que l'on ignore sur les autres, même ceux avec qui on vit. Je me dis que, d'une certaine manière, l'histoire de ce bébé était le début de la mienne, n'est-ce pas ? Pourtant je n'aurais jamais pu le deviner en regardant les photos, et personne d'autre non plus. Pour cela, il aurait fallu une légende.

C'est alors que j'eus une idée pour mon projet.

Chaque photo de ma série serait la légende de la suivante. Autrement dit, toutes les images se légenderaient les unes les autres. Elles s'expliqueraient mutuellement par le biais d'autres photos.

La première que je pris était une mise en scène de ma « naissance ». Je récupérai un étui de machine à écrire dans un magasin genre Emmaüs et le trimballai jusqu'à l'appartement de ma mère à New York. Chloé, bien qu'elle ne soit plus un bébé, joua mon rôle. Comme elle ne rentrait pas dans l'étui, elle monta dessus.

La photo suivante était principalement liée à Chloé. C'était une photo d'elle et moi dans le fauteuil en velours de maman. Je voulais représenter le lien qui nous unissait, mais uniquement par le fauteuil, pas par le sang. Sur le devant de l'image, je m'arrangeai pour que l'on voie maman de dos et un pied d'appareil photo.

J'en pris une d'un appareil photo posé en bas des marches à Tom-Purdue. Il pleuvait ce jour-là, ce qui rendit l'image encore plus parfaite. Au départ, je crus que celle-là parlait de James, mais je crois bien qu'en fait elle parlait de moi.

J'en pris une dans le parc où j'étais allée à Rye avec James. Je posai une machine à écrire au milieu d'un champ et un étui de machine aussi loin que possible tout en gardant les objets dans le même cadre. Celle-là parlait de Will, je suppose. Ou alors, on pouvait la lire comme une légende de la machine à écrire.

Je mis en scène encore environ vingt-cinq photos. Cela me prit l'essentiel du mois qui suivit, mais j'étais contente du résultat.

Lorsque je présentai mon projet dans le cours de Mr Weir la semaine suivante, j'avais la trouille au début. Les étudiants en photo peuvent avoir la dent dure.

– Quand j'étais petite, commençai-je, mes parents étaient auteurs de guides de voyage. Mon père écrivait tous les textes et ma mère prenait toutes les photos, mais elle rédigeait aussi une légende par-ci par-là. Ce sont les seules fois où je suis vraiment mentionnée dans les livres. Là, et aussi sur la photo du rabat de jaquette. J'ai appelé mon projet « Légendes d'une jeunesse perdue », mais je cogite toujours sur le titre. C'est peut-être un peu prétentieux...

Mr Weir me mit un B.

– Je t'aurais bien notée A, mais j'ai dû t'enlever des points pour le retard.

Il affiche aussi mes photos dans la galerie du lycée. C'était étrange d'avoir quelque chose d'aussi personnel exposé de cette manière, mais ce qui est bien avec l'art, c'est que les gens ne savent pas forcément de quoi on parle.

Papa et Rosa Rivera vinrent les voir. Ainsi qu'Alice et Yvette, et tous ceux avec qui j'avais joué dans la pièce.

Will aussi vint voir mes photos. Je ne sais pas quand, mais un jour une compile sur CD apparut dans ma boîte aux lettres : *Légendes d'une jeunesse perdue*. Le premier morceau était « Yoshimi Battles the Pink Robots, Part I », celui auquel il avait déjà pensé des mois plus tôt. Je me sentais pardonnée. J'appelai pour le remercier, mais il n'était pas chez lui.

Même maman et Fuse vinrent de New York voir mes photos.

Ils m'emmenèrent dîner après. De quoi avons-nous parlé, je vous le demande ? De la manière dont ils s'étaient rencontrés.

La première fois, c'était au lycée, ce que je savais déjà.

Fuse raconta que la deuxième fois c'était vingt ans plus tard, sur un quai de métro, à Brooklyn. Maman attendait le métro pour se rendre à son expo photo et Fuse attendait sur le quai d'en face, pour aller voir des clients à Manhattan. Juste avant que le train de maman arrive, Fuse avait inscrit son numéro de téléphone sur une feuille de papier qu'il avait tendue en l'air pour qu'elle le voie, mais sans savoir du tout si elle le noterait, si elle appellerait ou quoi. Puis le train avait quitté la station. Maman était toujours là, à fouiller dans son sac.

– Je ne trouve pas de stylo, avait-elle crié d'un quai à l'autre.

Alors Fuse avait montré du doigt le plafond, pour lui proposer de se retrouver à l'extérieur.

– Donc, suivant le point de vue, notre histoire d'amour a pris vingt ans ou trente secondes, plaisanta maman.

– C'est soit très rapide, soit très lent, remarquai-je.

– Les histoires d'amour s'écrivent en millimètres et en millisecondes et d'un crayon rapide, émoussé, qui laisse à peine une trace, déclama Fuse. Elles se gravent au burin, en kilomètres et en éternités, sur le flanc d'une montagne.

– Mon cœur, dit maman avec de l'amusement dans la voix, c'est vraiment très poétique. Prétentieux, ajouta-t-elle avec une petite toux.

– C'est le licencié en philo qui parle en moi, répondit Fuse en piquant un fard.

La semaine suivante, j'allai décrocher mes photos de la galerie du lycée. En arrivant à celle qui représentait Chloé et moi dans le fauteuil, je pensai à la différence entre ses origines et les miennes.

Pour Chloé, maman avait subi la douleur, la sueur, et pris quinze kilos. Mais au moins, elle n'avait eu que deux pâtés de maisons à parcourir pour se rendre à la maternité.

Pour moi, elle avait rempli maints formulaires, croisé les doigts, payé quinze mille dollars, surmonté la barrière de la langue et affronté des bureaucrates russes opportunistes. Après tout cela, elle avait eu la joie de se coltiner trente heures de vol en classe éco.

L'accouchement avait été différent, mais le résultat était globalement le même. C'était comme Fuse l'avait dit : une histoire d'amour en millimètres ou une histoire d'amour en kilomètres.

# 13

Ace relança ses manœuvres d'approche pour me convaincre d'intégrer l'équipe de tennis. Sa partenaire de double mixte, Melissa Berenboim, s'était déchiré les ligaments croisés. Elle n'avait pas pu jouer les trois derniers matchs de la saison, et il avait un besoin urgent d'une remplaçante.

– On s'est toujours dit qu'il valait mieux ne pas jouer en double tant qu'on sortait ensemble, mais je pense que maintenant ça ne poserait plus de problème, me fit-il remarquer.

– Qu'est-ce que tu fais de notre dispute et de tout le reste ?

– Je savais bien que tu dirais ça, mais avant tout, je dois être un bon capitaine pour mon équipe, et ce qui est bon pour l'équipe, c'est que je trouve une remplaçante à Missy. Naomi, il y a des choses beaucoup, beaucoup, beaucoup plus importantes que ce qui a pu se passer d'idiot entre nous.

– Comme quoi, par exemple ?

J'étais curieuse de voir ce que répondrait Ace.

– Comme le tennis. Et de bons genoux.

– Je te préviens, je manque totalement d'entraînement.

– Je vais te remettre en forme, et plus vite que ça, Porter.

À la vérité, il y avait un moment que j'avais envie de réintégrer l'équipe. Je n'étais pas la meilleure joueuse du monde, mais j'adorais le tennis. Ace le savait bien.

– Bien sûr, dis-je. Pourquoi pas ?

En fait, Ace était un partenaire formidable en double : il ne jouait pas perso, n'essayait pas de prendre toutes les balles, savait instinctivement quand je pouvais taper et quand je ne pouvais pas. Nous formions une bonne équipe. Nous gagnions plus que nous ne perdions, ce qui n'était pas rien compte tenu du peu de temps que nous avions eu pour nous entraîner.

En plus, nous nous entendions bien sur le court. Par exemple, si le score était de 40-0 (« forty-love »), il y avait des chances pour qu'Ace sorte une blague du genre :

– Love ? Sans doute pas si elle vous largue le soir du bal de rentrée.

– Ha ! m'exclamais-je alors.

Un jour, je portai les bracelets en éponge sur le court.

– Tu remarques quelque chose de spécial sur moi ? lui demandai-je en levant les poignets.

Ace siffla.

– Le type qui t'a offert ça devait être un sacré romantique, dit-il.

Tout cela était un peu bon enfant, mais nous nous faisions bien rire. Je comprenais facilement pourquoi j'avais pu l'apprécier.

Nous étions dans le minibus de l'A.S., de retour d'un match, lorsqu'il me dit :

– Je suis au courant pour James.

– Eh oui, fis-je en espérant qu'il s'arrêterait là.

– Tu pourrais peut-être aller le voir ?

Je lui dis que c'était déjà fait, mais que, en gros, nous prenions un temps de recul l'un sans l'autre.

Ace hocha la tête.

– Je vois bien que tu l'aimes vraiment. Je sais l'air que tu as quand tu es amoureuse. *Je te connais bien.*

Puis il s'excusa.

– Quand on s'est quittés, il se peut que j'aie raconté des choses pas très gentilles sur toi. Je suis désolé.

Bien sûr, je lui avais pardonné depuis longtemps. Je lui dis que moi aussi j'étais navrée.

– Il y avait déjà un moment que ça n'allait pas très bien entre nous, non ? Même avant mon accident, je veux dire ?

Ace me gratifia de son grand sourire à moitié endormi et se contenta de secouer la tête.

La troisième semaine de mai, j'étais en train d'aider Alice à peindre les décors de sa nouvelle pièce, une mise en scène de *Hamlet*, lorsque James entra d'un pas nonchalant dans le théâtre.

Je ne savais pas qu'il devait revenir ce jour-là.

Il était aussi beau que d'habitude. Moins émacié, et cela lui allait bien. Il me demanda si je voulais aller boire un café quelque part. Je lui dis que je devais d'abord finir ma peinture, ce qui était vrai.

Au café, il me parla de Sweet Lake et je lui parlai de mes photos.

Il me dit qu'il avait arrêté de fumer, et je lui dis que je me laissais repousser les cheveux.

Il me dit qu'il avait sympathisé avec une fille appelée Elizabeth là-bas, et je lui dis que j'avais envoyé à Chloé un poème d'Emily Dickinson la semaine passée.

– Lequel ? me demanda-t-il.

– « Je suis Personne. » C'est une sorte de surnom qu'elle me réserve. On l'a lu en cours avec Mrs Landsman, alors je l'ai photocopié et le lui ai envoyé. Quand j'étais petite, j'adorais recevoir du courrier, pas toi ?

James acquiesça.

Peu après, nous tombâmes à court de sujets de conversation. Notre heure était passée, en quelque sorte. C'était différent. Lui aussi l'était. Sans notre « folie » (comment l'appeler autrement ?) pour nous unir, il ne restait plus grand-chose. Ou alors, peut-être s'était-il passé trop de choses en trop peu de temps. C'est comme quand on fait un voyage avec quelqu'un qu'on ne connaît pas très bien. Parfois, on peut devenir très proches très vite, mais ensuite, après la fin du voyage, on se rend compte que c'était une proximité factice. Une intimité fondée sur le voyage plus que sur les voyageurs, en quelque sorte.

Quoi que ce fût, je savais qu'il ressentait la même chose.

Il me reconduisit chez moi.

– Tu as la main encore toute tachée de rouge, remarqua-t-il. Comme la mienne, le jour où on s'est rencontrés.

– Sauf que c'était ton sang, Jims, lui fis-je observer. La peinture, ça se lave, tu sais ?

– Très juste, très juste. Mais ça a cicatrisé assez vite, en fait.

Il m'embrassa sur la joue.


J'allai toute seule au bal de fin d'année, mais je finis par me retrouver en compagnie d'Yvette et Alice.

La première personne sur qui je tombai fut Ace. Sa nouvelle copine était une joueuse de tennis d'un autre lycée. Il me présenta.

– Naomi Porter, mon ex-copine et actuelle partenaire de double mixte.

– Tu ne voulais sans doute pas en savoir autant, dis-je à la copine d'Ace en roulant les yeux.

Will était là avec Winnie. Il portait un smoking bleu ciel, et elle avait l'air minuscule dans sa robe vintage assortie, en tulle bleu ciel avec une jupe froncée à la taille. (Personnellement, je suis trop grande pour la plupart des fringues vintage.) Cela faisait beaucoup de bleu, mais ils étaient trop mignons. Will et moi n'eûmes pas l'occasion de parler. À un moment, il me fit un clin d'œil depuis l'autre côté de la salle ; je le lui rendis.

Il se comportait en bon amoureux avec elle. Il lui apportait du punch, lui trouvait un siège quand elle voulait s'asseoir, et gardait son sac quand elle allait aux toilettes.

C'était un bon amoureux avec elle, tout comme, dans un autre univers, il aurait pu l'être avec moi.

## 14

Rosa Rivera, mon père et moi étions devant un documentaire animalier. Papa en regardait encore, quoique moins souvent à présent, et quand il le faisait c'était avec Rosa Rivera ou moi.

Quoi qu'il en soit, celui-là était sur les porcs-épics. Et donc, monsieur porc-épic chante une chanson s'il veut s'accoupler, et si la dame porc-épic n'est pas d'humeur ou préférerait un autre porc-épic, elle fait semblant de ne pas l'entendre avant de se carapater. Et parfois, il est tout à fait à son goût mais elle se débine quand même parce qu'elle n'est pas prête. Mais si c'est le porc-épic de sa vie et que c'est le bon moment, ils se mettent debout face à face, les yeux dans les yeux, ventre contre ventre. Ils prennent vraiment le temps de se *regarder*.

– C'est trop mignon, commenta Rosa. Il lui témoigne du respect. Pourquoi tu ne fais pas ça avec moi ?

Elle fit pivoter papa pour le placer face à elle, à la manière porc-épic.

« Une fois que l'échange de regards a duré suffisamment longtemps, continua la voix off à la télé, le porc-épic mâle asperge la femelle, des pieds à la tête, de sa propre urine. »

– Pitié, ne me fais jamais ça, chéri, dit Rosa à papa.

– Sa propre urine ? demanda-t-il. Ce n'est pas un pléonasme ? Et avec l'urine de qui d'autre pourrait-il le faire ?

La voix off nous conseilla de « ne jamais s'approcher de porcs-épics en train de s'accoupler », ce qui m'avait tout l'air d'un conseil sensé.

Je n'entendis pas ce qui se passait après l'aspersion d'urine car mon téléphone sonna et j'allai répondre dans la salle à manger. C'était la copine de Will, Winnie.

– Je me demandais si tu avais des nouvelles de Will, me dit-elle avec raideur.

Je n'avais pas parlé avec lui depuis l'heure du déjeuner, ce qui n'avait rien d'inhabituel puisque je ne travaillais plus sur l'album et que nous n'étions pas dans la même classe. Il m'appelait parfois le soir, mais le plus souvent non.

– Non, répondis-je. Pourquoi ?

– Personne n'en a eu depuis que l'ambulance est venue. On se disait qu'il t'avait peut-être appelée.

– Winnie, de quoi tu parles ? Quelle ambulance ?

– Mais tu n'es pas au courant ?

*Apparemment non.* Pourquoi les gens posent-ils toujours cette question ?

– Non, Winnie. Dis-moi, s'il te plaît.

Cela avait commencé après les cours, au *Phénix*. Il avait d'abord eu une quinte de toux, puis s'était plaint d'avoir du mal à respirer. Il avait essayé de continuer à travailler, même si on voyait bien qu'il n'était pas dans son assiette. Puis il s'était évanoui. Il s'était réveillé juste avant l'arrivée de l'ambulance. D'après Winnie, il avait dit à tout le monde de continuer le travail, interdit que l'on monte avec lui dans l'ambulance et prévenu qu'il appellerait pour donner des instructions plus tard dans la soirée.

– C'est tout Will, n'est-ce pas ? me dit Winnie. Sauf qu'il n'a pas rappelé avec ses instructions, ce qui ne lui ressemble pas du tout, et maintenant tout le monde se fait un sang d'encre. J'aurais dû y aller avec lui. Je n'arrive pas à joindre Mrs Landsman. (Elle parlait d'une petite voix.) Tu crois qu'il est en train de mourir, Naomi ?

– Pardon, Winnie, il faut que je raccroche. Je te rappellerai si j'ai des nouvelles.

J'avais les mains qui tremblaient.

Papa coupa le son de l'émission sur les porcs-épics et m'appela depuis le salon.

– Tout va bien ?

Je respirai un grand coup. Je composai le numéro de Will, mais personne ne répondit.

– Tout va bien ?

Papa était venu jusqu'à la salle à manger.

– C'est Will. Il a été... (Je me raclai la gorge.) Il a été emmené en ambulance. Il est malade. Il faut qu'on aille à l'hôpital.

Papa regarda sa montre.

– Je suis sûr qu'il n'a rien de grave. D'ailleurs, il est presque 10 heures du soir, Naomi. On ne te laissera pas le voir avant demain, de toute manière.

– Il faut que je sache ce qu'il a.

Je commençai à foncer vers la porte.

– Attends ! dit papa. Je vais d'abord appeler l'hôpital.

Pendant qu'il trouvait le numéro et appelait, je pensai au fait que Will savait tout de moi et que s'il disparaissait, une partie de moi manquerait à jamais. Je me demandai si la personne qui vous aime vraiment ne serait pas celle qui connaît toutes vos histoires, celle qui *veut* connaître toutes vos histoires.

Papa raccrocha le téléphone de la cuisine.

– Ils ont un William Landsman, dit-il, mais bien sûr ils n'ont rien voulu me dire sur son état de santé. On ne peut pas appeler sa chambre parce qu'il est trop tard. Mais s'il a une chambre, c'est décidément qu'il n'est pas mort, Nomi.

– Et s'il était en train de mourir, papa ? J'y vais.

Papa soupira.

– Il est 22 heures. Les visites sont terminées. Et en plus, il fait un temps de chien.

Un orage de fin de printemps particulièrement violent sévissait dehors, avec bourrasques, éclairs et tous les effets spéciaux.

– Peut-être que sa mère sera dans la salle d'attente et qu'elle pourra nous dire ce qui s'est passé, arguai-je.

Papa me regarda dans les yeux.

– D'accord, finit-il par dire en prenant ses clés sur la table de salle à manger. Rosa, on sort un moment.

Dans notre hâte, nous avions oublié de prendre des parapluies et nous nous fîmes complètement tremper entre le parking et l'hôpital.

À notre arrivée, la salle d'attente du service de pédiatrie était déserte. Je chuchotai à papa de demander à l'infirmière derrière le comptoir si elle pouvait nous dire ce qu'avait Will. Je me disais qu'ils avaient plus de chances de respecter un adulte qu'une ado. Mais lorsqu'elle lui demanda s'il était le tuteur légal, papa secoua la tête comme une andouille.

Je fondis en larmes. Mon père était tellement énervant, parfois !

L'infirmière me regarda avec curiosité.

– Ah mais je vous reconnais ! Trauma crânien en août, j'ai pas raison ?

Je hochai la tête.

– J'ai une mémoire photographique des visages, ou tout comme, expliqua-t-elle. Comment ça va, chérie ?

– Bien, dans l'ensemble. Sauf que mon ami Will est peut-être en train de mourir et que personne ne veut rien me dire.

– Oh, chérie, il est pas en train de mourir. Il a juste (elle baissa la voix) une bonne pneumonie, c'est tout. C'est du vilain. Il a fait un collapsus pulmonaire, mais maintenant il dort. Et j'ai rien dit, vu ?

Je me penchai par-dessus le comptoir et posai une bise sur chacune de ses joues d'angelot à peau de pêche, même si le contact physique avec de parfaits étrangers n'est pas du tout mon truc.

– Merci, dis-je. Merci, merci.

– C'est à moi que ça fait plaisir, dit-elle. Et j'ai pas dit ça non plus.

– Je peux lui laisser un message pour qu'il sache que je suis venue ?

– Bien sûr, chérie.

Elle me tendit une feuille de papier à en-tête de l'hôpital.

Je ne savais pas quoi écrire. Mon cœur éclatait de choses à dire, et pourtant, au moment de les coucher sur le papier, j'en étais incapable. Finalement, j'écrivis les lignes suivantes :

*Très cher Coach,*
*À demain, si tu veux bien de moi.*
*Bien à toi,*
*Chef*

Je tendis le mot à l'infirmière. Je la vis le lire avant de le plier en deux et d'écrire le nom de Will au verso.

– Les visites commencent à 11 heures, dit-elle.

Je me rappelai que Will était arrivé à moins dix lorsque c'était moi qui étais à l'hosto, et je me promis d'en faire autant.

Dans la voiture, en rentrant, papa n'arrêtait pas de me lorgner du coin de l'œil.

– Il y a quelque chose entre toi et Will ?

– Non, dis-je en secouant la tête.

Je me demandais si j'en avais trop dit dans mon message. Qu'est-ce que je pouvais bien entendre par « si tu veux bien de moi » ? Bien sûr qu'il voudrait bien de moi. C'était un hôpital. On recevait des visites de tous ceux qui se présentaient. Qu'allait-il penser de cette lettre idiote, lui qui analysait tout ?

– Non, répétai-je fermement.

– Tu es sûre ?

– Excuse-moi, papa. Il faut que je passe un coup de fil, dis-je afin de changer de sujet, mais aussi parce que c'était vrai.

Je composai le numéro de Winnie.

– Winnie ? C'est Naomi Porter. Ça va aller.

Comme je savais que papa ne me permettrait pas de sécher deux cours d'affilée, je ne lui demandai pas. Je choisis plutôt de fabriquer un faux mot d'excuse pour cause de rendez-vous chez le médecin. (Et de fait, n'était-ce pas en partie vrai ? J'allais bien à l'hôpital, après tout...)

Dans l'ascenseur, je repensai au message que j'avais laissé pour Will la veille au soir et au fait qu'il comportait les trois phrases les plus débiles de l'histoire mondiale. Pourquoi avoir écrit « Très cher Coach » ? Le « Très cher » paraissait ridiculement sentimental une fois le matin venu. Ce n'était que Will, enfin quoi ! Et « Bien à toi, Chef » ? Allait-il penser que je disais que j'étais à lui et qu'il était à moi ? C'était d'ailleurs bien ce que je voulais dire, mais je ne voulais pas encore qu'il le sache.

J'essayai de me sortir ce message de l'esprit. Peut-être qu'il ne l'avait pas reçu, d'ailleurs. Il n'avait pas été envoyé en recommandé, non plus.

Lorsque j'entrai dans sa chambre, il était assis au lit avec son ordi portable posé sur son plateau-repas. Il était en pyjama d'hôpital avec sa veste d'intérieur par-dessus, et il ressemblait à une version très pâle de lui-même. Il me sourit, et je fus soudain intimidée.

– Eh bonjour...

C'est tout ce que je réussis à dire. Je ne croisai pas non plus son regard. J'avais les yeux focalisés sur le pied du lit. Puis je décidai que c'était idiot, si bien que je le regardai de la manière la moins sentimentale possible.

– Alors, qu'est-ce qu'il t'est arrivé ?

Je m'approchai de son chevet et il me raconta. Il ne se sentait pas bien depuis un moment, mais il n'y avait pas fait attention, persuadé que c'était le stress, ou tout simplement la grippe, ou allez savoir quoi. Et la veille, tout d'un coup, il était tombé dans les pommes.

– Ils ne savent absolument pas comment j'ai pu couver ça

tellement longtemps, déclara-t-il presque avec fierté. Mon poumon s'est effondré sur lui-même tellement il était plein de bactéries.

– Formidable.

– N'est-ce pas ? C'est bien plus compliqué qu'une simple pneumonie de base.

– Tu n'as jamais su faire simple.

Nous continuâmes sur ce ton pendant un moment, sans nous dire grand-chose. Si Will avait bien eu mon message, il n'en parla pas ou ne pensait pas qu'il y eût matière à discussion. Je n'abordai pas le sujet non plus.

Et pourtant, à l'intérieur de moi les choses avaient changé. C'était comme ce DVD de physique sur la théorie des cordes que j'avais regardé il y avait bien longtemps. Vous vous rappelez ? Celui avec les savants tâtonnant dans le noir. Je croyais que mes sentiments pour Will n'étaient qu'une pièce, mais en fait c'était un château. En fait, c'était lui le château. Maintenant que je le savais, j'avais du mal à revenir à l'ancien ordre des choses.

À la fin de ma visite, Will m'annonça qu'il devait me parler d'une grave question. *Et voilà. Mon message idiot*, me blâmai-je en moi-même.

Mais tout ce qu'il me dit fut :

– J'ai besoin que tu me rendes un très grand service.

– Absolument. Tu veux que je te prenne tes devoirs, quelque chose comme ça ?

Il secoua la tête.

– Non, ça, Winnie s'en occupe. Je veux que tu t'occupes de l'album pendant mon absence. Tu en sais autant que moi, et je vais sans doute rater les cours au moins pour les deux semaines à venir. En plus, l'album est terminé. Il ne reste que la distribution, les inserts de fin d'année, ce genre de bricoles. Des choses que tu sais faire les yeux fermés, Chef.

– Pas de problème, Coach. Mets-moi sur le coup, et c'est bon.

Et voilà comment je passai du statut d'ex-corédac' chef à celui de rédac' chef par intérim du *Phénix*.

Quelques personnes à la rédaction ne furent pas franchement ravies de me revoir. Elles me considéraient, non sans raison, comme un traître et un déserteur. Mais la plupart des gens comprirent que je remplaçais Will parce qu'il me l'avait demandé. Ils ne m'accueillirent pas en fanfare, mais par égard pour lui, ils me respectèrent.

Will m'envoyait des e-mails pratiquement toutes les heures. Comme sa mère l'avait interdit de téléphone pour ses premiers jours de convalescence, j'allais le voir tous les soirs avec les dernières mises au point et des conseils à lui demander, même si ce n'était pas le genre de travail qui exigeait beaucoup de participation. Il s'agissait surtout de comptabilité et de distribution, comme l'avait dit Will. Mais il était obsessionnel avec ce genre de détails.

Son dix-septième anniversaire tombait le 5 juin.

Je fis de mon mieux pour emballer le tourne-disque, mais sans grand résultat, et le bras dépassait. Je le portai tant bien que mal jusqu'à la voiture, puis me rendis à l'appartement qu'il partageait avec sa mère. Winnie était là, tout comme Mrs Landsman et quelques membres de la rédaction.

C'était plutôt calme pour un anniversaire. Je m'en félicitais. Il n'était sorti de l'hôpital que depuis environ une semaine, et je me faisais encore du souci pour lui. Winnie lui offrit un chapeau de paille à ruban noir et blanc, incontestablement le genre de chose qu'il était capable de porter ; Mrs Landsman lui donna une paire de jumelles. Il garda mon cadeau pour la fin, mais il n'arrêtait pas de blaguer dessus : « Je me demande ce que ça peut bien être... Un grille-pain, peut-être ? Une raquette de tennis ? »

Lorsqu'il arracha finalement le papier, il me dit :

– Bien sûr, tu sais que je suis absolument abasourdi.

– J'aurais pu trouver une boîte, mais j'ai pensé que tu ne pourrais pas supporter une trop grosse surprise, Landsman.

Winnie passa le bras autour des épaules de Will.

– Maintenant, on va enfin pouvoir écouter tous ces disques, mon bébé.

J'essayai de sourire à Winnie, mais cela resta coincé en chemin quelque part.

– Il faut que j'y aille, dis-je.

– Non, me retint Will, ne t'en va pas tout de suite. C'est super, Chef.

Il y avait bien longtemps qu'il ne m'avait pas appelée ainsi.

– Quand est-ce que tu l'as acheté ?

– Il y a des mois. Avant toute l'histoire. Quand papa a commencé à sortir avec Rosa Rivera, je lui ai parlé de ta collection de vinyles et elle s'est pointée avec ce vieux tourne-disque déglingué. Rosa Rivera est toujours en train d'essayer de vous refourguer des trucs.

– Mais alors, c'est un cadeau recyclé ? demanda Winnie.

– Non, j'ai dû le faire réparer. J'avais prévu de te l'offrir au début de l'année scolaire – pour fêter notre statut de rédacteurs en chef du *Phénix*, tu vois –, mais le type du magasin a dû commander une pièce, et ça a pris plus longtemps que je ne l'espérais. Le temps que ce soit terminé, j'avais oublié que je l'avais donné à réparer. Je ne l'ai récupéré que parce que je suis entrée par hasard dans le même magasin pour chercher autre chose en novembre dernier, et que le proprio m'a reconnue. Mais à l'époque, je ne savais même pas pour qui c'était.

– Tu n'as pas deviné que c'était moi ? Tu en connais d'autres qui ont des vinyles ?

– À l'époque, je ne me souvenais plus de ta collection de disques. Et quand ça m'est revenu, on ne se parlait plus vraiment.

– Quelle histoire étonnante ! dit Mrs Landsman. Tous ces quiproquos, on dirait une comédie de Shakespeare.

Will coiffa le chapeau que Winnie lui avait acheté.

– Il te va bien, mon bébé.

Je n'aimais pas sa manière de l'appeler son « bébé ». Sans oublier que si elle s'inquiétait autant pour lui, pourquoi n'avait-elle pas remarqué qu'il était malade depuis tout ce temps ? Peut-être étais-je injuste. J'avais souvent de telles pensées en voyant Winnie et Will.

– Il faut que j'y aille, répétai-je.

– Tu ne restes pas pour le gâteau, Naomi ? me demanda Mrs Landsman.

Je secouai la tête.

– J'ai deux ou trois choses à faire pour l'album ce soir. C'est demain qu'il doit être livré au lycée.

Le jour J, comme on l'appelait.

– Il faut que j'y sois pour ça, m'man, dit Will.

– Tu ne bouges pas d'ici, répondit-elle.

– Mais, Mrs Landsman... protesta Will, comme un élève réclamant une meilleure note.

Je lui serrai la main et lui souhaitai un bon anniversaire.

Il me rappela plus tard ce soir-là.

– Vraiment, j'adore ton cadeau, me chuchota-t-il assez bas pour que sa mère ne l'entende pas.

Elle lui avait interdit de téléphoner après 21 heures tant qu'il était en convalescence, et il était déjà 22 h 30.

– Tant mieux.

– Tu sais que ces disques étaient à mon père.

– Oui, Will. (Évidemment que je le savais ; je savais tout sur ce garçon.) Mais mon idée, c'était que... C'était il y a tellement longtemps... Mon idée, c'était que tu pourrais peut-être les décrocher du mur pour les passer de temps en temps ?

Will ne dit rien pendant une minute.

– Winnie m'a app...

À ce moment-là, Mrs Landsman prit la ligne.

– William Blake Landsman, vous devriez être en train de dormir.

– M'man !

– Bonsoir, Mrs Landsman, dis-je à ma prof d'anglais.

– Bonsoir ma chère. Demande à mon fils de raccrocher, veux-tu ?

Que faire ? Certes, ce que Will avait à me dire sur Winnie m'intéressait, mais cette femme allait noter mon contrôle final dans moins de deux semaines.

– Il faut que tu te reposes, Will.

– Merci, dit sa mère. À présent, on dit au revoir à Naomi et on raccroche, William.

– Bonne nuit, Chef.

Le lendemain fut chaotique à cause de l'arrivée des albums. En ouvrant le premier carton, je fus attristée que Will ne soit pas là. C'était son bébé, au fond, et ce n'était pas juste que je sois la première à voir le livre, surtout sans Will. Personne n'aimait cet album plus que lui, et ce bel objet que les gens garderaient toute leur vie était le fruit de son travail acharné. Le livre était entièrement blanc. Dans le coin inférieur droit, on pouvait lire *Le Phénix* en caractères Arial très simples, et le dos était orné d'un petit oiseau d'argent surgissant d'une flamme argentée. Les pages de garde étaient grises, et le nom du lycée et l'année étaient imprimés dans le coin supérieur gauche à l'intérieur de la couverture. C'était simple et élégant ; nous avions commencé la conception graphique des mois, même des années plus tôt, avant même d'être corédacteurs en chef.

Bien sûr, je me devais d'appeler Will.

– Je n'ai qu'une minute pour te parler. Ça va bientôt être la folie ici.

– Je sais, dit-il avec mélancolie. Je me disais que je pourrais passer...

– Je t'interdis...

– Et en fait, j'ai décidé que non. Même si j'arrivais jusque-là, ma chère mère m'étriperait. Alors, il est comment ?

– Sublime. Je suis fière de toi. Je viendrai te voir dès que j'aurai fini de les distribuer.

– Heureusement que tu es là. (Will toussa, mais même sa toux sonnait bien mieux.) Je me disais... c'est une chance qu'on ait décidé de devenir corédacteurs en chef, tu ne trouves pas ? Si l'un se prend un coup sur la tête, l'autre peut le remplacer. Si l'autre a un poumon qui s'effondre, le premier peut le remplacer. C'est un système parfait, quand on y pense.

Je m'esclaffai.

– Au fait, Will, je pourrais confier l'album à Winnie. Elle te verra sans doute avant moi. Tu sais ce que c'est, le jour J.

– Non, je préfère que ce soit toi qui me l'apportes, Chef.

– Ou ta mère, si tu préfères. Je peux envoyer Patten ou Plotkin le déposer dans sa classe.

– Non, insista-t-il, il faut que ce soit toi.

Je n'arrivai pas chez Will avant 19 h 30, et à ce moment-là j'étais épuisée.

– Il t'attend, me dit sa mère.

Elle me fit promettre de partir à 21 heures, pour que Will se repose.

– Ça ne te ferait pas de mal non plus, on dirait, ajouta-t-elle.

J'entrai dans la chambre de Will.

Les murs étaient encore entièrement couverts de la collection de vinyles de son père. Le tourne-disque était posé sur le bureau.

– Alors, dit Will. Voyons voir…

Je lui tendis le livre ; il se mit à le feuilleter page par page. Il était couché sur le ventre sur son lit, et je m'allongeai à côté de lui dans la même position pour pouvoir regarder aussi. Nous nous plaignions d'une coquille ou de l'impression d'une photo ici ou là, mais c'était le genre de détails que personne à part nous ne remarquerait. La dernière chose que nous regardâmes fut la couverture.

– Je trouve qu'on a eu raison de se décider pour du tout blanc, non ?

J'acquiesçai.

– J'adore. Et tout le monde aussi au lycée.

– Tu n'as pas oublié notre blague, hein ? dit Will en me souriant.

Non, je n'avais pas oublié. Le titre dans le coin était imprimé de telle manière qu'il ressemblait presque à une orpheline typographique.

– L'orpheline.

– Exactement. (Sa voix changea légèrement.) Dis-moi que tu n'as pas oublié le *White Album*, non plus ?

Pour concevoir cette reliure, nous nous étions inspirés du *White Album* des Beatles, le disque préféré du père de Will. Je scrutai les murs de la chambre à sa recherche – les vinyles étaient rangés par ordre alphabétique des titres – mais il y avait un trou dans la collection là où il aurait dû se trouver.

– Où est-il passé ? demandai-je.

Il me dit qu'il l'avait décroché, qu'il voulait l'écouter en premier sur son nouveau (vieux) tourne-disque.

– J'attendais que tu sois là.

C'était un double album, et il mit la face trois (ou première face du second disque). Il déposa l'aiguille.

Nous écoutâmes pendant un moment tout en continuant à feuilleter l'album, en échangeant de temps en temps des commentaires sur une chose ou une autre.

– J'aurais voulu que mon père voie ça, dit Will.

Il retira ses lunettes et les essuya sur son pantalon.

L'avant-dernier morceau de la face trois était intitulé « I Will ». Lorsqu'il résonna, je fis remarquer que c'était la dernière chanson de la première compile qu'il m'avait faite après mon accident.

– Tu essayais de me faire penser à la couverture ? lui demandai-je.

– Si on veut, dit-il timidement avec son drôle de sourire asymétrique, mais j'essayais surtout de te faire penser à moi. *Moi, Will*, tu vois ?

– Si tu avais signé mon album au lieu de juste laisser ce grand cadre vide, ça aurait peut-être aidé, aussi.

– P'têtre.

– Pourquoi tu ne l'as pas signé ?

– Trop de choses à dire, affirma-t-il avec un mouvement décidé du menton. Trop de choses à dire et aucun mot juste pour le dire. Je préférais choisir la chanson parfaite pour faire le boulot à ma place.

C'était une chanson si douce et triste, avec des paroles si douces et tristes... Un peu vieux jeu, mais aussi intemporelle. C'était tellement lui, d'une certaine manière ! J'eus envie de la réentendre pratiquement dès qu'elle fut terminée, mais il était déjà 21 heures. Je serrai la main de Will – était-ce mon imagination, ou la retint-il plus longtemps que le strict nécessaire ? – puis je repris ma voiture pour rentrer.

Le jeudi, la plupart des albums avaient été distribués. Pour la première fois depuis plus d'une semaine, j'avais le temps d'aller déjeuner avec Alice et Yvette, qui s'étaient remises ensemble.

– On adore l'album, ma belle, me dit Alice.

– C'est surtout grâce à Will, précisai-je.

– Eh bien dis-lui qu'on adore quand tu le verras.

Je promis de le faire.

– Tu sais que Winnie Momoi l'a largué ? me demanda Yvette.

– Pendant qu'il était malade. Tu étais au courant, ma belle ? fit Alice en me regardant.

Je secouai la tête et me concentrai sur la mastication de mon sandwich.

– Eh oui, dit Yvette, elle est avec moi en maths et elle a pleuré toute la journée lundi.

– Pourquoi c'est elle qui pleurait si c'est elle qui l'a plaqué ? demanda Alice.

– La culpabilité, peut-être ? Tu pleures à chaque fois que tu me quittes, Ali.

– *Touché*, dit Alice avant de s'empresser de changer de sujet. Je déteste le mot *touché*, pas vous ? Je ne sais pas ce qui m'a pris de l'employer.

– En fait, c'est un terme d'escrime, lui expliqua Yvette. Tu le saurais si tu venais assister à mes matchs de temps en temps.

– Mais je viens les voir, tes matchs ! se récria Alice. J'en ai vu au moins trois.

– Deux !

Leurs disputes commençaient souvent ainsi et duraient des jours. Je me désintéressai d'elles pour penser à Will. Je l'avais vu et appelé plus de dix fois depuis le lundi, et il ne m'avait pas du tout parlé de Winnie. Je me demandais ce qui s'était passé entre eux, mais j'avais le sentiment d'être assez mal placée pour poser la question. Je me dis que s'il avait envie de m'en parler, il le ferait. Je faisais attention avec Will ces temps-ci, et il faisait attention avec moi.

Même si nous n'avions jamais été ensemble comme des amoureux, je l'aimais. Je l'avais toujours aimé, je crois bien. Pour tout vous dire, c'était un peu un fardeau de le savoir.

Je me souvins des porcs-épics que j'avais regardés avec papa le soir où j'avais cru que Will allait peut-être mourir. Pas la partie sur l'aspersion d'urine. Le moment où ils se regardaient dans les yeux. Nous n'en étions pas encore là, Will et moi. (Personnellement, j'espérais ne jamais arriver au stade du pipi.)

Je passai chez Will après le lycée pour le prévenir que je ne le verrais pas pendant les trois jours qui venaient – je prenais mon vendredi pour me rendre au mariage de papa et de Rosa Rivera à Martha's Vineyard. Je savais que Will avait pris l'habitude que je vienne le voir tous les jours, mais je choisis volontairement mes mots. Je ne voulais pas qu'il pense que j'espérais qu'il soit triste que je parte. Je ne voulais pas non plus disparaître à nouveau sans prévenir.

– Le mariage de ton père. C'est arrivé vite, hein ?

– Ben ouais.

– Bon alors, pourquoi tu ne m'as pas invité, Chef ? demanda-t-il, assez gaiement pour que je sois incapable de savoir s'il était sérieux.

– Eh bien... comme tu étais malade, je doute fort que ta mère t'aurait laissé y aller.

– Très juste, très juste.

– Et aussi (je ne savais pas que je dirais ça avant de le prononcer), il y a Winnie.

Will s'éclaircit la gorge.

– Oui, Winnie.

Il avait une voix amusée. Il plongea ses yeux dans les miens, et je soutins son regard.

– Elle m'a plaqué. Je pensais que tu en avais entendu parler, à l'heure qu'il est.

– Comme je ne l'avais pas entendu à la source, je n'accordais pas trop d'importance aux rumeurs.

– Elle m'a dit que je ne faisais pas un très bon amoureux.

– Ça, ça m'étonnerait. Tu m'as toujours eu l'air attentionné.

– Oh, ce n'est pas ça. Je suis un génie pour les anniversaires, et quand je dis quelque chose je le fais toujours. Tu le sais. Ce qu'il y a, c'est qu'elle me soupçonnait d'être amoureux de quelqu'un d'autre.

Je respirai un grand coup et haussai le sourcil droit.

– Scandaleux, réussis-je à articuler.

La mère de Will rentra à la maison à ce moment-là. Depuis qu'il était malade, elle était toujours à lui tournicoter autour.

– M'man, je peux aller à Martha's Vineyard pour le mariage du père de Naomi ? lui cria Will.

– Absolument pas.

– Je ne l'ai pas invité, lui criai-je.

– Je savais que tu ne ferais pas ça, toi, dit-elle. Mais mon fils, mon fils...

Pendant le trajet en ferry jusqu'à Martha's Vineyard, papa et moi étions assis au milieu d'un long banc, comme un banc d'église, avec environ un million de personnes en sueur dessus. Rosa était sur le pont avec Freddie et George. Papa avait toujours le mal de mer sur le pont, c'est pourquoi je lui tenais compagnie en cabine. L'idée m'était venue que c'était la dernière occasion d'être seule avec lui avant très longtemps. Peut-être Rosa et ses filles avaient-elles pensé la même chose en décidant de rester à l'extérieur.

C'était une journée lumineuse et humide, et mes vêtements me collaient à la peau. J'avais sérieusement l'intention d'abandonner papa pour le pont (et tant pis pour notre dernier tête-à-tête), où il y avait au moins un peu d'air, lorsqu'il me demanda si j'attendais le mariage avec impatience. Je lui dis que oui. Je lui dis combien j'appréciais Rosa Rivera et toutes sortes de choses dont je savais qu'elles lui feraient plaisir à entendre.

– Mais tu es un peu rouge, remarqua-t-il.

Je lui dis que j'avais simplement chaud.

La cabine était bruyante et encombrée, en d'autres termes ce n'était pas un endroit formidable pour évoquer des sujets sérieux, mais papa persista.

– Comment va James ? s'enquit-il.

En vérité, je ne pensais plus du tout à lui. Je n'avais pas eu le temps, entre le mariage de papa, la maladie de Will, et *Will*, et la photo, le tennis, l'album.

C'était étrange, en fait. Quelques mois plus tôt, je croyais que je ne pourrais pas vivre sans lui.

Apparemment, je pouvais.

Plus que la perte de James lui-même, c'était le fait de pouvoir l'oublier si facilement qui me rendait mélancolique, je crois. Je me demandais si maman avait ressenti la même chose pour papa quand elle avait retrouvé Nigel. Je me demandais si ma mère biologique avait ressenti la même chose pour mon père biologique, et même pour moi lorsqu'elle avait dû m'abandonner.

– Je ne le vois pas beaucoup, répondis-je au bout d'un moment.

– Ce sont des choses qui arrivent, mon cœur.

Papa hocha la tête et me tapota la main, et ensuite il lut dans mes pensées.

– Tout finit par s'oublier, de toute manière. D'abord, on oublie tout ce qu'on a appris : les dates de la guerre de Cent Ans, le théorème de Pythagore. On oublie surtout tout ce qu'on n'a pas vraiment appris mais qu'on a juste mémorisé la veille au soir. On oublie les noms de pratiquement tous ses profs à part un ou deux, qu'on finira par oublier eux aussi. On oublie son emploi du temps de première, sa place dans la classe, le numéro de téléphone de son meilleur ami et les paroles de cette chanson qu'on a bien écoutée un million de fois. Pour moi, c'en était une de Simon & Garfunkel. Qui sait laquelle ce sera pour toi ? Et finalement, mais lentement, tellement lentement, on oublie ses humiliations... même celles qui semblaient indélébiles finissent par s'effacer. On oublie qui était branché et qui ne l'était pas, qui était beau, intelligent, sportif ou pas. Qui est allé dans une bonne fac. Qui donnait les meilleures fêtes. Qui pouvait vous trouver de l'herbe. On les oublie tous. Même ceux qu'on disait aimer, et même ceux qu'on aimait vraiment. Ceux-là sont les derniers à disparaître. Et ensuite, une fois qu'on a suffisamment oublié, on aime quelqu'un d'autre.

Je me mis sans doute à pleurer, car papa me tendit sa manche pour que je m'essuie les yeux dessus, ce que je fis. Ce n'était pas une chose en particulier qu'il avait dite, mais c'était comme s'il avait lu dans mes pensées et mis des mots sur tout ce qui mijotait en moi depuis tellement longtemps. Nous nous ressemblions énormément, en fait.

J'avais envie de lui dire que j'étais amoureuse de Will, mais c'était le week-end de papa (et je n'étais pas du genre à me confier beaucoup, quelles que soient les circonstances), et de toute manière peut-être le savait-il déjà. En outre, cela paraissait un peu idiot alors que nous venions d'évoquer James. Je ne voulais pas être le genre de fille qui a toujours besoin d'être amoureuse de quelqu'un.

– Je suis très heureuse pour toi, papa.

Voilà donc tout ce que je dis.

Rosa Rivera ne voyait pas l'intérêt de la couleur blanche déjà en décoration, et encore moins dans les mariages.

– Je ne suis plus ni jeune ni vierge, avait-elle déclaré, et j'ai déjà porté une robe blanche une fois. Cette fois, je serai en rouge.

Tout ce qu'elle avait de blanc sur elle pour son mariage était un ruban qu'elle s'était noué autour de la taille comme après coup, et la rose qu'elle portait dans les cheveux.

– Mais maman, ça ne porte pas malheur, les roses blanches ? lui avait demandé George.

Rosa Rivera avait répondu qu'elle n'en savait rien et qu'elle ne voulait pas le savoir.

Elle ne voulait pas spécialement savoir non plus ce que nous, les demoiselles d'honneur, porterions.

– Vous, mettez-vous en blanc si vous voulez. Vous êtes jeunes et ça me mettra joliment en valeur, je crois, non ?

C'était plus une suggestion qu'un ordre. (Mais d'un autre côté, à peu près tout ce que disait Rosa Rivera ressemblait à une interrogation.) Freddie et George avaient décidé d'honorer la requête de leur mère puisqu'elle en faisait si peu, et nous portions trois robes blanches dépareillées. Papa suivait le mouvement avec un complet beige acheté l'été où nous avions tribulé en Toscane. Soit il avait choisi de ne pas se rappeler que c'était ma mère qui l'avait choisi pour lui, soit il s'en fichait vraiment. Cette histoire aurait pu figurer en légende de la journée : costume choisi par l'ex-femme.

La semaine précédant le mariage, j'avais entendu papa s'entretenir au téléphone avec le prêtre chargé de la cérémonie.

– Hmmmph, avait-il fait en raccrochant, il veut qu'on se décide entre « oui » et « je le promets ». Je ne savais même pas qu'on pouvait dire ça. Qu'est-ce que tu préfères, ma grande ?

– À peu près tout le monde dit « oui », non ?

Papa hocha la tête.

– C'est ce que je pensais.

– Mais d'un autre côté, « je le promets », c'est peut-être mieux. Il y a de l'avenir là-dedans. « Oui », c'est seulement pour le présent.

– C'est tout à fait juste, dit papa. Qu'est-ce qui a fait de toi une telle fine mouche ?

Je haussai les épaules.

– C'est sans doute à force de conjuguer des verbes en français.

– Sans parler du fait que j'ai déjà dit « oui », alors pour cette fois je devrais peut-être essayer autre chose.

Ils échangèrent leurs « je le promets » sur la plage au lever du soleil, leur moment de la journée préféré à tous les deux. Rosa était une lève-tôt alors que papa avait plutôt des horaires de vampire, mais allez savoir comment, ils parvenaient à se croiser quelques heures tous les matins.

J'étais heureuse pour papa, mais j'avais aussi la sensation d'être en train de le perdre. J'étais de nouveau le bébé dans l'étui de machine à écrire. Peut-être était-ce la vie, tout simplement ? Redevenir sans cesse orphelin. On devrait nous le dire à la naissance : mets ton cœur dans une valise, prépare-toi à voyager.

J'étais en train de bien m'apitoyer sur mon sort lorsque Rosa lança son bouquet. Je ne l'avais même pas remarqué avant que les fleurs ne me tombent droit dessus. J'ai toujours eu l'instinct de plonger pour rattraper la balle, et c'est ce que je fis.

– C'est toi la prochaine, dit Freddie.

– Pas si vite, protesta papa. Elle n'a que dix-sept ans. (Il prit Rosa à témoin comme un papa débonnaire dans une sitcom.) Tu devrais peut-être le relancer ?

Je lançai le bouquet à ma grand-mère Rollie, qui s'était endormie dans une chaise longue. Rollie n'aimait pas devoir se lever avant midi. Elle se réveilla lorsque le bouquet atterrit sur ses genoux.

– Oh mince, pas encore ! s'exclama-t-elle.

Elle avait déjà été mariée quatre fois, c'est pourquoi elle jeta le bouquet dans le sable comme s'il était en feu.

– Mais alors, personne ne veut de mon bouquet ? demanda Rosa.

Elle l'avait dit sur le ton de la plaisanterie, mais je sentis qu'elle était un peu blessée.

Je repensai à la fois où je n'avais pas voulu de son écharpe et à la réflexion que papa m'avait faite. Je ne voulais pas qu'elle ait de la peine le jour de son mariage, alors je ramassai le bouquet par terre.

– Moi, j'en veux bien, déclarai-je.

En rentrant à l'hôtel pour prendre le petit déjeuner, papa me chuchota à l'oreille :

– Ne t'en fais pas. Je sais que ce que tu voulais dire, c'est « j'en voudrai bien ». Au futur. Dans un futur lointain, très lointain.

Il me fit un clin d'œil complice et je cessai de me sentir orpheline.

– C'était qui, cette Martha ? chuchotai-je depuis la salle de bains de la chambre d'hôtel que je partageais avec les deux filles de Rosa Rivera, qui dormaient déjà.

Je n'avais pas besoin de préciser de quoi je voulais parler. Il était 11 heures du soir, et j'espérais que Will serait encore réveillé.

– Ne quitte pas, dit-il. Je vais regarder.

J'entendais sa respiration légère et le cliquetis rapide de ses doigts sur le clavier.

– C'étaient la mère et la fille du Blanc qui a découvert l'île de Martha's Vineyard. Elles avaient le même prénom, et elles sont mortes toutes les deux, me rapporta Will. Les autochtones appelaient l'endroit autrement, évidemment.

– Crétins de Blancs, dis-je.

– Bonne nuit, Chef.

– Bonne nuit, Coach, et merci.

Il y eut une pause pendant laquelle aucun de nous deux ne raccrocha. Elle dura peut-être cinq secondes ; elle dura peut-être cinq minutes. Je ne saurais le dire avec certitude.

– C'était comment, le mariage ? me demanda-t-il.

– Je ne sais pas. Tout s'est un peu mélangé. Il faut prendre un ferry pour arriver jusqu'ici et je me sentais pratiquement comme un immigrant. J'étais dans la peau de « vos pauvres, vos exténués... »

– « ... Qui en rangs serrés aspirent à vivre libres[1]... » continua-t-il.

– Exactement. Rosa était jolie. Papa était très heureux.

---

1. Citation du poème « The New Colossus » d'Emma Lazarus gravé sur une plaque de bronze au pied de la statue de la Liberté. (N. d. T.)

J'étais présentable. Il a plu toute la nuit dernière, et grâce à l'humidité je n'ai pas eu besoin de repasser ma robe.

– Tu as fait des photos ?

– Non. J'y ai bien pensé, mais tout à coup ça m'a paru trop de tintouin de sortir mon appareil de mon sac. De toute manière il y avait d'autres gens qui en prenaient.

– Pourquoi tu ne dors pas ? me demanda-t-il.

– Je ne peux pas. Mon iPod est déchargé depuis ce matin, et Freddie ronfle.

– Tu rentres quand ?

– Vers 9 heures.

Will proposa de venir me chercher. Je lui rappelai qu'il avait besoin de repos.

– Ce n'est qu'un trajet en voiture, pas un marathon.

– J'aimerais bien, dis-je, mais papa a laissé la sienne à l'aéroport alors il faut que je la ramène à la maison.

Rosa et papa partaient en lune de miel directement depuis Boston. Ils allaient à Bali, l'un des rares endroits où maman et lui n'avaient pas tribulé.

– Sois prudente au volant, dit-il.

– Je le promets.

Je me sentais pleine de courage, allongée dans le noir sur le carrelage frais de la salle de bains de l'hôtel.

– Tu veux que je te dise quelque chose d'idiot ? Tu m'as vraiment manqué pendant tout le week-end, Landsman. Je m'étais habituée à te voir tous les jours.

Il garda le silence pendant un petit moment.

– Toi aussi tu m'as manqué, reconnut-il enfin. J'aurais aimé pouvoir venir.

## 15

Lorsque je rentrai le dimanche soir, un petit drame battait son plein à l'album. La fille qui devait photographier la cérémonie de remise des diplômes avait perdu sa grand-mère, si bien qu'elle ne pourrait pas y être le lundi soir. Il fallait que je la remplace.

J'étais en train de prendre des vues d'ensemble lorsque je repérai Raina dans mon objectif. Elle était assise avec le grand-père de James et un homme qui s'avéra être son père. Elle tripotait son appareil photo, et elle dut me voir la regarder car au moment où j'appuyai sur le déclencheur, elle me prit également. Nous abaissâmes toutes les deux nos appareils et échangeâmes un sourire un peu las.

La fanfare se mit à jouer la marche de la remise de diplômes, « Pompe et Circonstance », un air que j'ai toujours trouvé passablement déprimant. On imagine facilement des croque-morts portant un cercueil sur cette musique, surtout lorsqu'elle est exécutée par la fanfare de Tom-Purdue, qui joue faux. On devrait jouer quelque chose de plus gai. Quelque chose comme « Higher Ground » de Stevie Wonder. Ou si on veut être sérieux, peut-être « Bittersweet Symphony » de Verve.

Will aurait sans doute un million d'idées meilleures que les miennes.

J'avais déjà photographié deux remises de diplômes avant celle-ci, et c'était toujours à peu près la même chose : mêmes robes de cérémonie bleu marine, mêmes toques carrées, même auditorium. On aurait pratiquement pu reprendre les photos de l'année précédente sans que personne ne s'en aperçoive. De toute manière, c'était de la triche : celles que je prenais là ne seraient pas publiées avant le *Phénix* de l'année suivante.

Après la cérémonie, j'entendis Raina m'appeler.

– Naomi, viens poser pour une photo !

Je me retournai et James était là, bien sûr. Sa robe et sa toque le grandissaient. J'envisageai de faire un signe de la main sans aller le voir, mais ça aurait été impoli.

– James, passe ton bras autour de Naomi. Maintenant, souriez tous les deux. C'est un grand jour !

Il se passa quelque chose avec l'appareil, qui était un modèle à l'ancienne avec une pellicule et un énorme flash. Le père de James dit qu'il n'était pas sûr que la photo ait été prise, pourrions-nous recommencer ? Nous prîmes de nouveau la pose, et cette fois je suis à peu près sûre que la photo fut prise. Mr Larkin déclara qu'il m'en enverrait un tirage, mais personne ne l'a jamais fait.

James regarda l'appareil photo de l'album, toujours accroché autour de mon cou. Il passa le doigt sur le capuchon de l'objectif et me demanda si c'était « le même appareil ». J'opinai. James le prit dans sa main et le fit sauter légèrement en l'air.

– C'est robuste, cette petite saleté, dit-il juste avant de le rattraper.

C'était vrai. Cet appareil avait survécu à beaucoup de choses. Les lois de la pesanteur. Une chute au bas d'une volée de marches. Il avait duré toute une année scolaire. C'était plus que toute mon histoire avec James, sans vouloir insister lourdement.

Je soulevai l'appareil et pris James en photo.

Nous nous serrâmes la main. Je le félicitai une fois de plus.

Il n'était que l'un des cent cinquante terminales dont je devais tirer le portrait, il fallait que je me remette au boulot.

En rentrant, j'appelai Will.

– *Chansons pour une remise de diplômes au lycée*, dis-je. Tu sais, à la place de « Pompe et Circonstance ». À ton avis ?

– « My Back Pages » par Bob Dylan, répondit-il.

– « Friends Forever », Vitamin C, proposai-je.

– Un peu cliché, peut-être. « Bittersweet Symphony » par The Verve. Tu sais, ils n'ont jamais tiré un centime de cette chanson à cause d'un litige au sujet des samples de cordes.

– J'y avais déjà pensé. Celle-là et « Higher Ground » étaient les deux premières sur ma liste.

– Par les Red Hot ou par Stevie Wonder ?

– Stevie, mais en fait l'un ou l'autre irait bien, non ?

– « Song I Wrote Myself in the Future. » John Wesley Harding.

– Tu l'as mise sur ma deuxième ou troisième compile, lui rappelai-je. Je croyais que tu n'aimais pas les doublons.

– C'est vrai, concéda-t-il, mais la dernière fois que je l'ai utilisée ce n'était pas pour critiquer le système éducatif, ce n'est pas la même chose. Aussi, « Ghost World » par Aimee Mann.

– Je ne connais pas celle-là.

– Tu aimerais. Il faut que je te la fasse écouter un de ces jours.

Et ainsi de suite pendant tout le trajet à pied jusque chez moi. La nuit était tombée, et c'était comme si Will et moi étions seuls dans tout l'Univers.

– « At Last », Etta James.

– Pas mal trouvé.

– « Teenage Spaceship » par Smog.

– Ou « Teenage Wasteland ».

– En fait, elle s'appelle « Baba O'Riley » à cause du compositeur Terry Riley.

– Ah oui, j'oublie toujours. Et que penses-tu de « Race for the Prize » des Flaming Lips ?

Et plus tard, dans l'allée en arrivant chez moi.

– ... Bob Marley, c'est ça ? Il y a les reprises aussi. À moins que ce ne soit la sienne, la reprise ?

Dans le couloir.

– Le tempo est sans doute un peu irrégulier pour une marche, Naomi...

Je m'arrêtai dans la cuisine pour me servir un verre d'eau.

– ... pas assez de morceaux rapides. Il ne faut pas s'embourber dans des chansons trop lentes. Peut-être « Praise You » de FatBoy Slim ou « Road to Joy » de Bright Eyes ?

Dans ma chambre.

– La chanson de Whitney Houston qu'ils ont reprise dans la pub pour les jeux Paralympiques avec les enfants, là... Comment elle s'appelle, déjà ?

J'étais allongée sur mon lit.

– J'en peux plus, dis-je.

– Ce n'est pas comme ça qu'elle s'appelle.

– Non, je voulais dire que je suis crevée.

– Eh bien va te coucher, Chef.

– Je suis couchée, mais je ne veux pas arrêter de parler.

– D'accord. Quand tu seras restée cinq minutes sans rien dire, je saurai qu'il est temps de raccrocher. Après, ton portable coupera au bout de trente secondes de toute manière.

Nous continuâmes à nommer des chansons...

– « Me and Julio Down by the Schoolyard ».

– « The Only Living Boy in New York ».

– Trop mélancolique ?

– C'est pour ça que c'est bien pour une cérémonie de fin d'année, je trouve.

... jusqu'à ce que je sois endormie.

Dix mois et une ou deux vies après le début de mon histoire, j'étais de retour à la case départ : de nouveau toute seule au *Phénix* vers 7 heures un mercredi soir. Il n'y avait pas grand-chose à faire pour l'album pendant les deux ou trois semaines suivant la distribution. J'étais en train de me dire que le bureau était surnaturellement silencieux et solitaire sans personne dedans lorsque mon téléphone sonna. C'était Will.

– Tu es au bureau ? me demanda-t-il.

– Je fermais.

Il me dit que je pourrais peut-être passer plus tard, puis il raccrocha rapidement, ce qui ne lui ressemblait pas.

Lorsque je sortis, il se tenait en haut des marches, avec un grand sourire doux et tordu en forme de « tilde ». C'était la première fois depuis trois semaines qu'il remettait les pieds au lycée et, quoique amaigri, il avait bien meilleure mine que quand j'étais allée le voir à l'hôpital. Enfin bon, je reconnais que son pantalon était pire : c'était un pantalon de pépé à carreaux, sans doute emprunté à son grand-père. Même le pantalon d'uniforme du lycée lui allait mieux. Mais que voulez-vous ? Il était comme ça, ce cher vieux Will.

– Coucou ! Pourquoi tu n'es pas venu jusqu'au bureau ? lui criai-je de loin.

– La porte principale était fermée, et c'est toi qui as mes clés. J'ai décidé de t'attendre ici.

Je le rejoignis au pas de course.

– Qu'est-ce qui me vaut l'honneur... ?

– Il y a bien longtemps, j'étais élève ici. J'étais même rédacteur en chef de l'album-souvenir.

– Ah non, dis-je en fronçant le sourcil. Aucun souvenir.

Il me tendit son bras.

– Il paraît que ces marches peuvent être difficiles à négocier.

– Je crois pouvoir les descendre sans assistance.

– Allez, prends mon bras, Chef. C'est plus sûr. Tu ne crois pas qu'à nous deux on a connu assez de calamités pour une année scolaire ? Si tu tombais...

Je lui coupai la parole.

– Je ne suis pas tombée. J'ai plongé.

– Très bien. Comme tu veux. *Plongé*. Dans un cas comme dans l'autre, je ne pourrais pas supporter que tu m'oublies complètement une fois de plus.

Il me fit pivoter vers lui de manière que nous soyons les yeux dans les yeux. Lorsqu'il reprit la parole, ce fut d'une voix grave.

– Prends mon bras, Naomi. Je te proposerais bien de te porter tes livres, mais ça m'étonnerait que tu me laisses faire.

Je ris et passai mon bras sous le sien. Nous faisions exactement la même taille et c'était agréable.

Nous sortîmes lentement à pied du parking, où sa voiture était garée. Je n'oubliais pas la santé de Will, mais c'était sans doute aussi la plus belle heure de la plus belle journée de l'année. Vingt-trois degrés, et le soleil commençait à décliner, et l'air était rempli d'une odeur d'herbe coupée avec un soupçon de crème solaire et quelque chose de lointain, quelque chose de doux et de délicieux que je ne parvenais pas encore à identifier.

Je ne me rappelle plus qui, mais l'un de nous finit par dire à l'autre :

– Tu ne trouves pas ça drôle qu'on ait tiré à pile ou face, il y a des mois, pour ne pas avoir à faire ce trajet précis ?

L'un ou l'autre de nous deux répondit :

– Et maintenant, ça ne me dérangerait pas que ce soit encore plus loin, du moment que l'on continue comme ça sans s'arrêter.

Pendant un temps très long après cela, aucun de nous ne dit un mot. Je n'avais pas l'habitude qu'il reste silencieux, mais cela ne me dérangeait pas. Je savais presque tout de lui, et il savait presque tout de moi, et tout cela faisait de notre silence une sorte de chanson.

Le genre que l'on fredonne sans même savoir ce que c'est ni pourquoi on la fredonne.

Le genre que l'on connaît depuis toujours.

# Remerciements

Toute ma reconnaissance :

Aux livres et à ceux qui les publient et les défendent. (Surtout les miens, bien sûr... tous mes remerciements à Sarah Odedina, Jonathan Pecarsky, Dorian Karchmar, Janine O'Malley, et aux hommes et femmes de bonne volonté de chez Farrar, Straus and Giroux.)

Aux lecteurs et à leurs professeurs.

À mes parents qui n'ont rien censuré, et à Hans Canosa qui est, entre autres choses, le meilleur lecteur que puisse souhaiter une écrivaine.

Je vous le dis, la vie est belle.

# CE ROMAN VOUS A PLU ?

Donnez votre avis
et retrouvez
d'autres lecteurs sur

**LECTURE academy.com**

Le Livre de Poche s'engage pour l'environnement en réduisant l'empreinte carbone de ses livres. Celle de cet exemplaire est de : **290g éq. $CO_2$** Rendez-vous sur www.livredepoche-durable.fr

PAPIER À BASE DE FIBRES CERTIFIÉES

« Pour l'éditeur, le principe est d'utiliser des papiers composés de fibres naturelles, renouvelables, recyclables et fabriquées à partir de bois issus de forêts qui adoptent un système d'aménagement durable. En outre, l'éditeur attend de ses fournisseurs de papier qu'ils s'inscrivent dans une démarche de certification environnementale reconnue. »

Édité par la Librairie Générale Française - LPJ
(58 rue Jean Bleuzen, 92178 Vanves Cedex)

*Composition Nord Compo*
Achevé d'imprimer en Espagne par BLACK PRINT CPI IBERICA
Dépôt légal 1ʳᵉ publication janvier 2015
84.1119.4/02 - ISBN : 978-2-01-220223-8
*Loi n° 49-956 du 16 juillet 1949 sur les publications destinées à la jeunesse*
*Dépôt légal : mai 2015*